Béla Bolten

Tränenkinder

Ein Fall für Berg und Thal

Impressum

In den Reben 11
D-78465 Konstanz
belabolten@email.de

Lektorat: Michael Lohmann, www.worttaten.de
Cover-Design: Sabine Herke, www.sabineherke.de
Titelfoto: Andreas Lechtape, www.andreaslechtape.de

Der Autor im Internet:
www.belabolten.com

Inhalt

Seit drei Wochen hält ein Kindesentführer die Stadt in Atem. Immer donnerstags verschwindet ein Baby spurlos. Am darauffolgenden Dienstag taucht es wieder auf. Unversehrt und wohlbehalten.
So war es beim ersten Mal.
So war es beim zweiten Mal.
Doch beim dritten Mal ist alles anders - und das Baby tot.
Die Ermittler der Konstanzer Kriminalpolizei tappen im Dunklen. Warum ließ der Täter die ersten beiden Babys frei, und warum brachte er das dritte um?
Wird am kommenden Donnerstag wieder ein Baby verschwinden? Und wenn ja: Darf es leben, oder muss es sterben?
Bettina Berg und Alexander Thal bleiben fünf Tage, das Rätsel zu lösen.

Über den Autor

»Tränenkinder« ist der elfte Einsatz für das Konstanzer Ermittlerduo Bettina Berg und Alexander Thal.
Béla Boltens zeithistorische Krimiserie um den Polizisten Axel Daut (bisher erschienen: »Codewort Rothenburg« und »Der Aufbewarier«) spielt während des zweiten Weltkriegs in Berlin.
In der Reihe »Mörderische Alibis« geraten Leo Liebig und Jule Haller mit ihrer Münsteraner Alibi-Agentur in gefährliche Situationen.

Bolten lebt und arbeitet in Konstanz am Bodensee.

Eins

Dienstag

»Bitte geben Sie uns unsere Lina zurück!«

Die Stimme des Mannes war brüchig. Er senkte den Kopf und wischte sich mit einer fahrigen Bewegung über die Wange. Er kämpfte mit den Tränen – und verlor. Sein Oberkörper bebte, er schlug die Hände vor sein Gesicht.

»Tun Sie ihr nichts!«, flüsterte die Frau neben ihm und legte ihm eine Hand auf den Unterarm. Es war eine hilflose Geste, um die eigene Machtlosigkeit zu kaschieren. »Sie ist doch noch so klein. Bringen Sie sie heil zurück!«

Bettina widerstand dem Impuls, aufzuspringen und den Saal zu verlassen. Sie wollte jedes Aufsehen vermeiden, denn offiziell hatte sie hier nichts zu suchen. Sie konzentrierte sich auf den Kameramann, der ihr die Sicht auf die Bühne nahm. Er hielt auf das Gesicht der Frau. Im Kameramonitor sah sie, dass er heranzoomte, bis bei ihr eine Träne sichtbar wurde, die sich aus dem Winkel ihres rechten Auges löste. In einem Spielfilm würde die Szene mit dramatischer Musik unterlegt. Streicher vielleicht. Hier hörte man nur das Rauschen aus den altersschwachen Lautsprechern. Entweder konnte sich die Stadt keine bessere Lautsprecheranlage im Astoria-Saal leisten oder die Bürgerinitiative ›Konstanz schützt seine Kinder‹ hatte die Kosten für eine professionelle Tonübertragung gespart.

Was einem alles durch den Kopf geht angesichts der am Boden zerstörten Eltern, dachte Bettina und starrte immer noch auf den Monitor an der Kamera. Das Bild zog auf und zeigte das Ehepaar Waldvogel. Er hatte die Hände vom Gesicht genommen und umschlang die verschränkten Finger seiner Frau, die den Blick in den Saal gerichtet hatte. Sie schien jeden Besucher zu scannen, als könnte er der Entführer ihrer Tochter sein.

»Wir beten seit dem vergangenen Donnerstag, dass Lina Waldvogel gesund und unversehrt zu ihren Eltern zurückkommt. So wie Emma und Nora.«

Sören Korn erhob sich von seinem Platz neben Timo Waldvogel und trat an die Seite des Podiums, den Blick auf die hintere Wand gerichtet, auf der die Bilder der drei entführten Mädchen erschienen. Drei Säuglinge, in Strampler gesteckt, die ihnen zu groß waren, die speckigen Ärmchen in die Höhe gereckt, die Beinchen o-förmig auseinander. Die unterschiedlichen Farben der winzigen Overalls hätten den Bildern Individualität verliehen, aber sie waren schwarz-weiß.

Wie Zwillinge, dachte Bettina, die Mühe hatte, die Säuglinge auseinanderzuhalten. Sie waren zwischen vier und sechs Wochen alt, und so sehr jede Mutter und jeder Vater die Einzigartigkeit seines Kindes betonte, so ähnlich sahen sie für eine Fremde aus.

»Seit dem vergangenen Donnerstag finden Svenja und Timo Waldvogel keine Ruhe, so wie es zuvor den beiden anderen Elternpaaren gegangen ist, deren Kinder verschwunden sind.« Korn ließ den Blick durchs Publikum schweifen. Der Saal war bis auf den letzten Platz gefüllt, im hinteren Teil standen zwei Dutzend Menschen, die keinen Stuhl gefunden hatten. Über hundert Zuhörer drängten sich in dem Raum, die Luft wurde zunehmend schlecht. Korn atmete geräuschvoll ein, als müsste er die letzten Sauerstoffmoleküle aus der Atmosphäre pressen. »Es war beide Male der darauffolgende Dienstag, an dem die Eltern ihre Mädchen wieder in die Arme schließen konnten.«

Er ging mit ausholenden Schritten über die Bühne und stellte sich hinter die Eltern, die mit gesenktem Kopf und zusammengesunken auf ihren Stühlen saßen. Vorsichtig, als könnte er sie verletzen, legte Korn beiden eine Hand auf die Schulter. »Deshalb hoffen und beten wir, dass auch die kleine Lina noch an diesem Abend wieder zuhause sein wird. Vielleicht wurde sie bereits gefunden und ist in Sicherheit.«

Svenja Waldvogel hob den Kopf und lehnte ihn eine Sekunde an Sören Korns Arm, der abrupt seine Hand von ihrer Schulter nahm, als habe ihn ein elektrischer Schlag getroffen.

Er machte drei Schritte zur Seite und reckte den Oberkörper.

»Trotzdem bleibt die Untätigkeit der Polizei ein Skandal!«

»Buh!«

Bettina drehte sich um und suchte den Mann, der mit tiefer Stimme seinen Unmut äußerte. Er war aufgestanden und klatschte Beifall. Seine Nachbarin, eine auffallend große und auffallend hässliche Frau, fiel ein.

Drei Sekunden später hatten sich alle Menschen im Saal erhoben und klatschen ebenfalls. Zuerst verhalten, später frenetisch, als könnten sie damit den Fluch besiegen, der seit fast drei Wochen über der Stadt lag.

Sören Korn hielt beide Arme waagerecht vor den Körper und hob und senkte sie beschwichtigend. »Bitte! Ich kann Ihre Empörung verstehen, aber wir sollten Rücksicht auf die Eltern nehmen.«

Der Beifallssturm brach genauso plötzlich ab, wie er aufgekommen war.

Sören Korn nickte ins Publikum. »Die Polizei behandelt die Angelegenheit als banale Entführungen. Als ginge es um ausgerissene Teenager, die nach ein paar Tagen reumütig ins Hotel Mama zurückkehren.«

Ein Lächeln schlich sich in Korns Gesicht.

Was für ein eitler Fatzke, dachte Bettina. Der Typ berauschte sich an seinem eigenen Wortspiel, während die Eltern Mühe hatten, ihre Körper nicht wie Espenlaub zittern zu lassen.

»Nein, Herr Kriminaldirektor Schober!« Korn erhob die Stimme. »Es geht um Säuglinge! Wann sehen Sie endlich ein, dass diese winzigen Wesen ohne die umsorgende, liebende Pflege ihrer Mütter in Lebensgefahr sind. Müssen wir erst den Tod eines Kindes beklagen, bevor Sie endlich die besten Ermittler dieser Stadt auf die Jagd nach dem Scheusal ansetzen?«

Wieder machte der selbst ernannte Vorsitzende der erst vor einer Woche gegründeten Bürgerinitiative eine theatralische Pause.

Der Mann ist rhetorisch geschickt, dachte Bettina und spürte, wie sie das anwiderte.

»Möge Gott verhüten, dass wir irgendwann trauernden Eltern beistehen müssen, weil die Polizei sich weigert, ihre Arbeit zu tun.«

Bettina fürchtete, dass wieder Beifall aufbranden würde, aber Korn unterband das mit einer herrischen Bewegung.

»Nein, Herr Kriminaldirektor! Solange Sie zuschauen, wie in dieser Stadt Kinder verschwinden und gottlob, aber ohne jegliches Zutun unserer Polizei, wieder auftauchen, werden wir Eltern den Schutz unserer Familien selbst in die Hand nehmen.«

Was für ein selbstgerechtes Arschloch! Bettina hatte endlich den passenden Ausdruck für Sören Korn gefunden. Sie nutzte den aufkommenden Tumult im Publikum, um den Saal zu verlassen, bevor jemand sie als die Hauptkommissarin Berg erkannte.

Zwei

Sie setzte sich auf die Parkbank und hob das Gesicht der Sonne entgegen, die zu dieser abendlichen Stunde noch wärmte, ohne die Haut zu verbrennen. Durch die geschlossenen Lider sah sie das rote Licht des Frühsommers, der nach einem langen Winter und einem Frühling, der diese Bezeichnung nicht verdient hatte, wie ein Hoffnungsschimmer auf unbeschwerte Sommerfreuden wirkte.

Vorsichtig öffnete sie die Augen und schirmte sie mit der flachen Hand ab. Das letzte Ausflugsschiff des Tages machte fest. An Bord nur wenige Touristen, noch hatte die Hauptsaison nicht begonnen. Dann würden sich die Dampfer an schönen Tagen wie diesem unter der Last der aussteigenden Passagiere zur Seite neigen.

Ein Mann hob einen Zwillingskinderwagen über die enge Gangway. Seine Frau trug einen Säugling auf dem Arm, der andere lag vor den Blicken verborgen im Wagen. Kaum hatte der Vater das Gefährt abgestellt, beugte sich die Mutter darüber. Langsam legte sie das zappelnde Bündel hinein. Das Baby – sie glaubte an ein Mädchen – schrie mit erstaunlicher Kraft seine Wut über diese Behandlung in die Welt hinaus. Das Brüder- oder Schwesterchen ließ sich davon nicht anstecken. Oder lag überhaupt kein zweites Kind im Wagen? Hatten die Eltern das große Gefährt bereits gekauft, als das Schicksal ihnen eines der beiden Kinder wieder genommen hatte?

Unwahrscheinlich, dachte sie, obwohl sie die Dramatik ihrer Fantasie faszinierte. Die Eltern hätten alles daran gesetzt, einen anderen Kinderwagen zu besorgen. Niemals würden sie ein einzelnes Baby in die Einsamkeit eines

Zwillingswagens legen. So etwas taten Eltern nicht, das wusste sie.

Am liebsten wäre sie aufgestanden und hätte einen Blick in den Wagen geworfen. Ob es eineiige oder zweieiige Zwillinge waren? Sie tippte auf eineiig, ohne dafür einen Grund nennen zu können.

Der Mann schaute die Frau müde an, als sie sich aufrichtete. Oblag ihm die nächtliche Versorgung der Babys? Oder spiegelte seine Mimik die generelle Erschöpfung eines Mannes wider, der seiner Vaterrolle bereits nach wenigen Wochen überdrüssig war.

Sie atmete die warme, vom See befeuchtete Luft tief ein. Ihre Gedanken gingen oft auf seltsame Wanderungen. Während andere mit gesenktem Kopf in ein Buch schauten, las sie in der Gestik und Mimik der Menschen, die an diesem Abend durch den Hafen flanierten. Schon als Kind hatte sie damit jede aufkommende Langeweile bekämpft.

Sie spürte eine Bewegung an ihrer Seite. Ein älterer Herr, sie schätzte ihn auf mindestens siebzig Jahre, hatte ebenfalls auf der Bank Platz genommen. Er lächelte ihr zu, sagte aber kein Wort.

Sie rückte ein paar Zentimeter zur Seite. Nähe konnte sie im Moment nur schwer ertragen. Sie hatte zu viel davon ungefragt erdulden und gleichzeitig spenden müssen. Jetzt entschied sie selber über den Abstand zwischen sich und der Welt.

Eine Frau, die gerade erst dem Teenageralter entwachsen war, schob einen leicht schäbigen Kinderwagen in Richtung Innenstadt. Sie ging langsam und mit nach vorne gebeugtem Oberkörper, als hätte sie Mühe, den Widerstand des Gefährts zu überwinden. Alle zwei, drei Sekunden schaute sie sich um.

Sie fing einen Blick der jungen Mutter auf. Gehetzt bewegten sich deren Augen von links nach rechts. War sie besorgt? Ängstlich? Auf jeden Fall alarmiert, auf der Hut.

Zurecht, dachte sie und ärgerte sich über die unangebrachte Fröhlichkeit, die sich bei dem Gedanken einschlich und die Trauer verdrängte, die seit ein paar Stunden auf ihr lastete. Sie durfte sich nicht von ihren Gefühlen beherrschen lassen. Sie tat, was zu tun war. Mehr nicht.

Ob sie die Kleine gefunden hatten?

Sie schaute auf die Uhr. Vor drei Stunden hatte sie sich von dem Mädchen verabschiedet. Obwohl sie jeden Schritt zuvor hundert Mal in Gedanken durchgegangen war, hatte die Wirklichkeit sie überwältigt. Sie wollte es schnell hinter sich bringen und vergaß die eingehenden Überlegungen, die sie in den Wochen zuvor angestellt hatte. Jeden Schritt hatte sie sich überlegt. Jede Handlung festgelegt. Die Kleine sollte so schnell wie möglich gefunden werden, das war ihr wichtig. Niemand durfte unnötig leiden. Das Kind nicht, aber auch die Eltern nicht. Nicht zu wissen, was mit dem eigenen Fleisch und Blut geschehen war, zerriss jeder Mutter das Herz. Sie wusste das. Deshalb ließ sie sich keine Zeit.

Sie atmete auf und stöhnte leise. Der Mann neben ihr schaute sie an.

Sie schüttelte den Kopf, er verstand, dass sie nicht reden wollte, und blickte schweigend zu Boden. Vielleicht hätte sie sich auf eine Unterhaltung einlassen sollen. Einem Menschen, der sie so gut verstand wie dieser Unbekannte, war sie lange nicht mehr begegnet.

Er erhob sich langsam, zog die Hosenbeine glatt, lüpfte seinen Hut ein paar Millimeter und ging, ohne sie ein weiteres Mal anzusehen. Als hätte seine Anwesenheit sie gewärmt, spürte sie jetzt die Kühle, die vom See heraufzog. Oder war es die Müdigkeit? Die Kleinen ließen ihr nur wenig Schlaf. Sie war es nicht mehr gewohnt, sich rund um die Uhr um ein hilfloses Bündel Mensch kümmern zu müssen. Die Sorge einer Mutter hatte sie schon lange hinter sich gelassen und ihre biologische Uhr war unaufhaltsam vorangeschritten. Was die Natur jungen Frauen als Selbstverständlichkeit mitgab, verlangte ihre ganze Willenskraft. Für einen Augenblick gab sie sich der Schwäche hin und lehnte sich schwer atmend zurück. Als drückte die Verantwortung auf ihre Brust, hatte sie Mühe, genug Luft einzusaugen. Ein leichter Schmerz zog sich von links nach rechts. Erträglich heute, aber eindringlich genug, um sie zu mahnen. Sie schloss erneut die Augen und blendete die Wirklichkeit aus. Nur in ihr selbst lag die Ruhe. Noch. Es würde nicht mehr lange dauern, bis sie die Kraft verlassen würde.

Langsam erhob sie sich. Sie musste nach Hause gehen. Diese und die nächste Nacht nutzen, um sich zu regenerieren. Sie brauchte Schlaf, um weitermachen zu können. Aber sie durfte sich nicht gehen lassen. Sie durfte nicht den Eindruck erwecken, dass sie den Anforderungen nicht mehr gewachsen war. Ihre Mission war nicht vollendet. Das Schicksal hatte ihr die Mittel in die Hand gegeben, jetzt musste sie die nutzen.

Sie drehte sich noch einmal um. Der ältere Herr war verschwunden, sie sah nicht einmal mehr seinen Hut über den anderen Flaneuren tanzen.

Drei

»Mhmm ...«, stöhnte Thal wohlig auf. Pranom hockte auf seinen Oberschenkeln und zog seinen Oberkörper sanft und kräftig zugleich nach oben. Vorsichtig wiegte sie ihn hin und her, ehe sie ihn zu Boden gleiten ließ. Jeder Druck ihrer Hände, Ellenbogen oder Füße jagte Energie durch seinen müden Körper. Warum hatte er sich so lange nicht mehr massieren lassen? Dabei wusste er doch, dass die klassische Thai-Massage wie ein Jungbrunnen funktionierte, der Körper und Geist in Einklang brachte.

»Wo hast du das gelernt?«, durchbrach er das Schweigen, das die Massage begleiten sollte.

»Wat Po«, antwortete Pranom, und er brauchte zwei Sekunden, ehe er verstand. Bettinas Kindermädchen, die längst zu ihrer Freundin geworden war, hatte eine Ausbildung an der renommierten Massageschule gemacht, die in einem der schönsten Tempel Bangkoks untergebracht war. Es schien ihm eine Ewigkeit her zu sein, dass er den dort verehrten Liegenden Buddha bewundert hatte. Wie in einem anderen Leben.

Aus dem Kinderzimmer kam ein kurzes Jauchzen, dem Stille folgte. Seine Enkelin träumte. Er hatte sie vor einer Stunde in den Schlaf gewiegt, selbst müde von dem hervorragenden thailändischen Mahl, das Pranom zubereitet hatte. Wie viele Talente sie wohl noch hatte? Perfektes Kindermädchen, grandiose Köchin, Masseurin.

Er seufzte.

»Geht es dir gut?«, fragte Pranom. Zum ersten Mal seit Wochen bejahte er, ohne zu lügen. Die Zeit der Trauer um seinen Sohn war vorbei, er hatte es akzeptiert, kein Vater mehr zu sein, sich aber intensiv um seine Enkeltochter kümmern zu dürfen, die ohne Vater aufwachsen würde.

Pranom drückte mit den Daumen seine Wirbelsäule entlang. Er schloss die Augen und genoss die heilsamen Berührungen.

»Wann kommt Madlaina zurück?«, fragte die Masseurin.

»Übermorgen.«

Thal spürte, wie Wärme seinen Körper durchströmte. Allein der Gedanke, dass seine Freundin endlich das letzte Konzert ihrer Tournee mit der ›Olsenbande‹ spielte, ließ die Glückshormone Samba tanzen. Er würde das Konzert in St. Gallen besuchen, anschließend würden sie die letzte Show dieser grandiosen Tournee – die Presse schwärmte von einer der erfolgreichsten Rockbands im deutschsprachigen Raum – ausgiebig feiern. Vom Wochenende an hatte er Urlaub und sie würden in die Ferien fahren. Sie hatten keine Pläne gemacht. Sie wollten spontan entscheiden, sich vielleicht einfach nur treiben lassen, ohne Ziel und Zweck zusammen sein. Er hatte die Enttäuschung überwunden, dass sie den Heiratsantrag zurückgewiesen hatte. Im ersten Moment hatte er gedacht, sie hätte sich über Ort und Zeitpunkt geärgert. Am Tag der Beerdigung seines Sohnes und am Grab seiner Frau Leah hatte er Madlaina Veicht um ihre Hand gebeten. Heute wusste er, dass sie ihn niemals heiraten würde. Sie brauchte die Freiheit wie die Luft zum Atmen. Was soll's, dachte er. Mit dieser Frau an seiner Seite würde er gerne als Junggeselle alt.

»Kaum ist man mal nicht zu Hause, vergnügt sich der Herr Hauptkommissar mit dem Kindermädchen.«

Bettina lachte und schlug Thal auf die Schulter.

»Habt ihr mir wenigstens etwas zu essen übrig gelassen? Hier durftet es wie in einem Sternerestaurant.«

Bettina stürmte in die Küche. Pranom half Thal auf die Beine; er spürte hinter der fröhlichen Fassade der Kollegin eine seltsame Verunsicherung. Thal ging in die Küche. Bettina hatte die Kostümjacke auf eine Stuhllehne gehängt und beugte sich über einen Topf. Wie immer war sie modisch und geschmackvoll gekleidet, trotzdem stimmte etwas nicht. Ihre Körperhaltung signalisierte etwas anderes als die zur Schau gestellte gute Laune.

»Wie war's?«, fragte Thal.

Bettina ließ sich widerstandslos von Pranom zur Seite drängen, die es nicht mochte, wenn ihr jemand die Herrschaft in der Küche streitig machte.

»Eigenartig.« Bettina öffnete eine Mineralwasserflasche und trank gierig. »Der Auftritt der Eltern der entführten Lina war herzzerreißend. Dafür hat sich dieser Sören Korn derart unsympathisch verhalten, dass einem die Betroffenen leidtaten.«

»Hat er wieder seine Tirade gegen Schober zum Besten gegeben?«

Bettina nickte. »Darin hat er sich regelrecht verbissen.«

Thal verkniff sich den Kommentar, der ihm auf der Zunge lag.

»Ich fürchte, dass seine Wut bald die der Eltern werden wird. Stell dir vor, das geht noch eine Weile so weiter und an jedem Donnerstag verschwindet ein Säugling spurlos, um am nächsten Dienstag wieder aufzutauchen. Was meinst du, was dann in der Stadt los ist?«

Thal nickte schweigend. Was sollte er auch sagen? Er kannte den Stand der Ermittlungen nicht. »Vielleicht ist es ja gut, dass Schober uns aus der Sache raushält. Was würden die Eltern denken, wenn die Mordkommission vor der Tür steht?«

Bettina kniff die Lippen zusammen und schluckte.

»Mach dir keine Sorgen«, sagte Thal und setzte sich neben sie. »Wir wissen nur wenig über den Täter, aber eins steht fest: Seine Entführungsopfer sind Säuglinge.« Er nahm Bettinas Hand und drückte sie. »Leah ist zu alt.«

Bettina erwiderte seinen Druck. »Wenn sich der Täter an denselben Ablauf hält wie bei den ersten beiden Entführungen, muss heute das dritte Baby gefunden werden.«

Thal hörte einen Zweifel in ihrer Stimme. Er ließ ihre Hand los und lehnte sich betont entspannt zurück.

»Bestimmt ist es genauso gesund und munter wie die beiden anderen.« Er spürte, wie seltsam dieser Satz klang.

Bettina seufzte. »Hoffentlich.«

Pranom servierte ihr eine Schale Tom Kha Gai und schaute Thal fragend an.

»Gerne!«, sagte er.

Das Handy vibrierte in seiner Hosentasche. Er schaute auf das Display. »Guten Abend, Stephanie. Was ist so dringend, dass du mich beim Genuss einer hervorragenden thailändischen Hühnersuppe störst?«

Zehn Sekunden später wusste Thal, dass er so schnell nicht mit Madlaina in die Ferien fahren würde.

Vier

Bettina schlang die Arme um ihren Oberkörper. Eine feuchte Kälte kam vom See und setzte sich in jeder Faser ihres Körpers fest. Ein Kollege der Wasserschutzpolizei schaute in den Himmel und atmete viel zu schnell. Er kämpft mit den Tränen, dachte Bettina. Ein zweiter uniformierter Kollege ging mit schnellen Schritten auf dem grasbewachsenen Seegrundstück auf und ab. Die Hände hatte er zu Fäusten geballt, sein Atem rasselte.

Auf der Insel Reichenau übernahm die Wasserschutzpolizei alle Aufgaben, die auf dem Festland von den uniformierten Beamten der Polizeidienststellen wahrgenommen wurden. Die Kollegen wurden selten mit einer Szenerie wie dieser konfrontiert. Die Kriminaltechniker hatten leistungsstarke Scheinwerfer installiert, die den Fundort gespenstisch ausleuchteten. Zischend fanden Motten einen schnellen Tod an den heißen Leuchten, es war neben dem Plätschern des Wassers an der Uferlinie und dem leisen Brummen der Pumpen der benachbarten Großberegnung das einzige Geräusch. Niemand sprach ein Wort. Selbst die hart gesottensten Ermittler hatten mit sich selbst und ihren Gefühlen zu tun. Die schmale Uferstraße war mit den Einsatzfahrzeugen zugestellt. Zwei Pfähle des Drahtzauns, der Besucher kaum vom Betreten des Grundstücks abhalten dürfte, hatten die Kollegen entfernt, damit die Tatortermittler ihr Gerät leichter ans Ufer schaffen konnten.

Ein Meter vom Wasser entfernt stand ein Korb aus grob geflochtenen Weiden. Er hatte einen Durchmesser von einem knappen Meter, sein Äußeres schimmerte in einem glänzenden Schwarz.

Neben dem Weidenkorb lag auf einer roten Decke ein winziger Mensch in einem weißen Hemd.

Bettina atmete zwei Mal tief ein und trat an das tote Baby. Die kleinen Hände waren leicht gekrümmt, die Füße vom Hemd bedeckt. Der Kopf hing zur Seite, die Augen waren geschlossen, als schliefe das Mädchen. Es war ein friedliches Bild, das nach Vergeltung schrie.

Hartmut Grendel trat hinter Bettina und legte ihr vorsichtig die Hand auf die Schulter. »Tu dir das nicht an«, sagte er und schob sie zur Seite. Bettina war gerührt von der Fürsorge des Spurenermittlers, schüttelte ihn aber ab. »Jetzt ist das unser Fall«, sagte sie trotzig.

»Leider«, sagte Grendel.

Bettina schaute sich um und suchte Thal. Er stand mit Jonas Quandt und Stephanie Bohlmann neben dem Einsatzwagen der WaPo. Sie winkte ihnen zu, und die drei lösten sich aus der Erstarrung, in der sie verharrt hatten. Langsam kamen sie auf sie zu. Thal legte Grendel beide Hände auf die Schultern, als wollte er ihn umarmen.

»Daran kann man sich nicht gewöhnen, oder?«, fragte Quandt. Das jüngste Mitglied des Teams bemühte sich um einen sachlichen Ton.

»Nein, kann man nicht«, sagte Bettina.

Thal ging neben ihr in die Hocke und starrte auf den leblosen Körper.

»Auch wenn nichts zu sein scheint wie bei anderen Fällen, müssen wir die Routine ablaufen lassen wie immer«, sagte er.

»Was haben wir bis jetzt?«, fragte Quandt in Grendels Richtung.

»Nicht viel. Vor anderthalb Stunden ging ein Anruf in der Zentrale in Konstanz ein. Auf der Reichenau sei ein Korb mit einem Baby ans Ufer getrieben worden. Der Kollege ging davon aus, dass die Kleine noch lebte ...« Er schluckte den Rest des Satzes herunter.

»Hat der Anrufer gesagt, dass sie tot ist?«

Grendel schüttelte den Kopf. »Soweit ich weiß, nicht, aber die Aufzeichnung könnt ihr euch nachher anhören. Auf jeden Fall hat der Kollege im Präsidium sofort die Wasserschutzpolizei informiert. Keine fünf Minuten nach dem Anruf waren zwei Beamte zur Stelle. Sie hatten keinen Zweifel: Das Mädchen lebte nicht mehr.«

»Todeszeitpunkt?«, fragte Stephanie außer Atem.

Grendel zuckte mit den Schultern und verzichtete auf die bei dieser Frage stets wiederkehrende Erwiderung, dass er kein Hellseher sei und sie auf diese Frage nicht mal vom Rechtsmediziner eine Antwort bekommen würden. »Ich glaube, dass sie schon tot war, als sie angespült wurde, aber ...«

»Hast du irgendwelche Hinweise auf Gewalteinwirkung gefunden?«, fragte Quandt.

»Nein, es deutet nichts darauf hin. Aber auch das wird euch erst Restle endgültig sagen können. Für mich sieht der Körper unversehrt aus.«

»Was zum Teufel ist hier passiert?« Thal sprang aus der Hocke. »Irgendetwas muss schiefgelaufen sein! Es sieht alles danach aus, als wollte der Entführer das Baby wie zwei Mal zuvor wohlbehalten zurückgegeben. Warum hat das nicht geklappt?«

Die Wörter durchschnitten die kühle Nachtluft und formten sich statt zu Fragen zu Anklagen. Warum musste Lina Waldvogel sterben, während die beiden Mädchen zuvor überlebt hatten? Bettina wusste, dass alle im Team nicht eher ruhen würden, bis sie den Eltern diese Frage beantworten konnten.

»Was ist mit dem Anrufer?«, fragte Bettina und schaute sich um, als erwartete sie, dass der Mann seine Hand hob und vortrat.

»Er hat seinen Namen nicht genannt«, antwortete Quandt.

»Unterdrückte Nummer?«

»Zum Glück nicht.« Quandt zog einen Zettel aus der Hosentasche und hielt ihn wie eine Trophäe in die Höhe. »Ich habe mir die Nummer schon durchgeben lassen. Wenn wir hier fertig sind, versuche ich, jemanden vom Mobilfunkanbieter zu erreichen. Die werden nicht erfreut sein, wenn sie sich in der Nacht in ihre Datenbanken vergraben müssen, aber wenn ich ihnen sage ...«

Er brauchte nicht weiter zu sprechen. Der Tod eines Kindes brach alle Widerstände.

»Wenn ihr fertig seid, bringt die Kleine so schnell wie möglich nach Freiburg. Ich möchte, dass Restle sie morgen früh als Erstes obduziert.«

Thal bemühte sich um Sachlichkeit, aber Bettina hörte das leichte Zittern seiner Stimme.

»Wir müssen wissen, ob sie eines natürlichen Todes gestorben ist.«

»Du meinst, es ist so was wie ein Unfall?«

»Möglich«, sagte Thal und schaute zu Boden. »Wenn es Mord war ...«

Bettina wusste, dass sie das Gleiche dachte wie alle anderen. Hatte der Täter das Baby getötet, war das eine neue Eskalationsstufe. Bisher hatte er seinen kleinen Opfern nichts angetan, warum wurde er jetzt zum Mörder? Und vor allem: Würde er erneut ein Kind entführen, um es zu töten?

Die Ermittler gingen zu den Autos.

»Wir brauchen eine Identifizierung«, sagte Quandt.

Er hatte recht. Sie gingen davon aus, dass es sich bei dem Säugling um die seit dem vergangenen Donnerstag vermisste Lina Waldvogel handelte. Endgültig bestätigen konnte das nur eine Identifizierung durch die Eltern oder ein DNA-Test, der seine Zeit brauchte.

»Ich übernehme das«, sagte Thal und wandte sich an Stephanie. »Lass uns fahren!«

Fünf

Mittwoch

Jonas fädelte sich in den dichten Verkehr auf der Bundesstraße nach Freiburg ein. Er trommelte nervös auf das Lenkrad. Thal wusste, dass Jonas genauso ungern Auto fuhr wie er selbst, fühlte sich nach dieser Nacht aber nicht in der Lage, dem jungen Kollegen die Chauffeurdienste zu ersparen. Er hätte gerne Bettina neben sich, aber er wollte ihr als Mutter die Obduktion eines Säuglings nicht zumuten. Seine Entscheidung, Stephanie den Besuch der Waldvogels abzuverlangen, hatte sich als richtig erwiesen. Für ihre dreißig Jahre hatte sie oft erstaunlich abgeklärt agiert.

Svenja Waldvogel war schon beim Anblick der beiden Kriminalpolizisten zusammengebrochen. Stephanie hatte sich um sie gekümmert und sie zumindest soweit auf die Beine gebracht, dass Thal seinen Impuls unterdrückte, die Mutter von Lina Waldvogel in eine Klinik bringen zu lassen. Er hoffte, diesen Beschluss nicht bereuen zu müssen.

Als Thal Timo Waldvogel ein Polaroid des toten Mädchens von der Reichenau zeigte, starrte der junge Mann eine Minute auf das Bild, das er in seinen zitternden Händen hielt. Er nickte stumm und steckte das Foto in die Brusttasche seines Hemds. Eine Geste, die Thal fast die Tränen in die Augen trieb. Als wollte der Vater sein totes Kind symbolisch so nah wie möglich am Herzen tragen.

Danach kamen die Fragen nach dem Wann, dem Wie und vor allem dem Warum, die alle Angehörigen stellen. Thal hatte keine Antworten. Svenja und Timo Waldvogel schienen Mustereltern zu sein. Lina war ihr erstes Kind. Beide hatten studiert; sie hatte vor der Geburt als Sonderschullehrerin gearbeitet, er war Creative Director einer Züricher Werbeagentur. Ihre helle und geräumige Wohnung lag im Konstanzer Stadtteil Paradies, das in dieser Nacht die Hölle war. Sie planten ihren Umzug in die Schweiz, ihr neues Haus in Bottighofen war so gut wie fertig.

In dieser Nacht brach die Welt von Svenja und Timo Waldvogel zusammen und Thal war sich nicht sicher, ob sie je wieder heil sein würde. Als er mit Stephanie die Wohnung verließ, ging ein kräftiger Regenschauer nieder. Er spürte noch jetzt die Regentropfen, die wie Nadelstiche auf sein Gesicht trafen.

Jonas griff in die Türablage und angelte eine Flasche Krating Daeng heraus.

»Zu wenig Schlaf?«, fragte Thal, obwohl der Kollege den thailändischen Wachmacherdrink täglich und auch ohne ersichtlichen Grund konsumierte.

»Gar keinen«, antwortete Jonas, klemmte die Flasche zwischen die Oberschenkel, öffnete sie und leerte sie in einem Zug.

»Irgendjemand musste Grendel bei der Spurensicherung unterstützen. Die Kollegen von der WaPo waren viel zu fertig.«

»Aber das kann doch nicht die halbe Nacht gedauert haben? Wann habt ihr die Leiche nach Freiburg schaffen lassen?« Thal befürchtete, sie könnten vor der Toten in der Rechtsmedizin ankommen.

»Das muss gegen zwei Uhr gewesen sein. Danach bin ich ins Büro, hab den Kollegen von der Vermisstenstelle die Akten abgeluchst und mich in die alten Fälle vertieft. Hätte der Imam uns von Anfang an hinzugezogen, wären mir wenigstens ein paar Stunden Schlaf geblieben.«

Thal kam es falsch vor, dass Quandt den Spitznamen des Kriminaldirektors benutzte, aber er schwieg. Immanuel Schober leierte seine Ansprachen zwar immer noch herunter wie ein islamischer Gelehrter die Suren des Koran, in diesem Fall hatte er aber schon genug Druck auszuhalten. Die Öffentlichkeit machte ihn persönlich dafür verantwortlich, dass sie es in drei Wochen nicht geschafft hatten, den Kindesentführer – seit gestern Mörder – dingfest zu machen.

»Was hat den KD nur angetrieben, uns aus der Sache rauszuhalten?« Quandt fuhr sich mit der Hand über das normalerweise glatt rasierte Kinn, auf das an diesem Morgen Bartstoppeln Schatten warfen.

»Sein Argument, dass wir die Abteilung mit den meisten Überstunden sind, stinkt doch zum Himmel. Das hat ihn noch nie interessiert.«

Thal ahnte, worum es ging. Der Tourismuschef, vielleicht sogar der Oberbürgermeister persönlich dürfte Schober gebeten haben, die Sache möglichst niedrig zu hängen. Es sei ja so gut wie nichts passiert, die Kinder kämen wohlbehalten zurück und eine Mitarbeit der Mordkommission würde unnötig Staub aufwirbeln. Und das jetzt, wo die Reisesaison begann und der Tourismus am Bodensee zu ungeahnten Höhenflügen ansetzte.

Thal behielt seine Vermutungen für sich. »Jetzt ist es auf jeden Fall unser Fall.«

Die nächsten zehn Minuten verbrachten die beiden Männer schweigend. Jeder hing seinen Gedanken nach und versuchte, die Schwermut einzudämmen, die sie an der konzentrierten Begleitung der Obduktion hindern würde.

Als sie den Obduktionssaal betraten, war nichts wie sonst. Gerhard Restle, der Leiter der Freiburger Rechtsmedizin, und seine Mitarbeiterin Fiona Lee standen schweigend an der Stirnwand des Raums und blickten aus drei Metern Entfernung auf den Seziertisch. Zweihundertvierzig mal neunzig Zentimeter kalte, chromblitzende Funktionalität. Der darauf liegende Körper bedeckte gerade ein Viertel der Tischplatte. Die Welt war aus den Angeln gehoben.

Restle drückte sich von der Wand ab, nickte Thal zu und trat an den Tisch.

»Dann wollen wir mal.«

Langsamer als sonst und mit leiserer Stimme diktierte er die Eindrücke der äußeren Leichenschau. Der Körper war unversehrt, es gab keine Anzeichen von Gewalteinwirkung. Überhaupt schien das Baby in einem guten Zustand zu sein, nichts deutete auf Mangelernährung oder Vernachlässigung hin.

»Plötzlicher Kindstod?«, fragte Fiona Lee mit leicht schwäbischem Zungenschlag, was Thal in angespannten Momenten wie diesem irritierte. Dabei kannte er die in Stuttgart aufgewachsene Frau asiatischer Abstammung und schätzte ihre im Vergleich zu ihrem Chef offene Art.

Restle schüttelte mit dem Kopf, ohne seine Meinung zu begründen. Er stützte sich mit beiden Händen auf dem kalten Chrom des Seziertisches ab und schob die Lippen vor, als müsse er einen Widerstand überwinden, der ihn hinderte, zur Säge zu greifen.

Fünf Minuten später war die Schädelhöhle geöffnet und Fiona Lee untersuchte das winzige Gehirn. »Ein Schütteltrauma können wir ebenfalls ausschließen, es gibt keine Hirnverletzungen.«

Quandt, der trotz seiner kurzen Dienstzeit schon an einigen Obduktionen teilgenommen hatte, drehte sich zur Seite. Normalerweise hätte Restle diesen Moment der Schwäche mit beißendem Spott kommentiert, heute arbeitete er schweigend weiter. Verbissen hakte er Punkt für Punkt im Obduktionsplan ab. Als er den Mageninhalt abpumpte, blitzte zum ersten Mal so etwas wie Zufriedenheit in seinem Gesicht auf.

»Immerhin ist der Magen nicht leer«, brummte er.

»Ist das etwas besonders?«, fragte Quandt, der immer noch kreidebleich war.

»Ein Säugling verdaut die Milch schnell«, sagte Fiona Lee und verschloss den Behälter mit der Flüssigkeit. »Das dauert höchstens neunzig Minuten.«

»Der Täter hat das Kind also kurz vor seinem Tod gefüttert«, ergänzte Restle. Er deutete auf die abgesaugte Flüssigkeit. »Ab damit in die Toxikologie. Wenn wir dort nichts finden ...«

Er schüttelte den Kopf. Thal hatte ihn noch nie so ratlos gesehen.

Sechs

»Was für ein mysteriöser Fall!«

Bettina schlug einen Aktenordner zu und stellte ihn neben die drei anderen. Seit zwei Stunden wühlte sie sich mit Stephanie Bohlmann durch die Protokolle der bisherigen Entführungsfälle.

»Wir müssen versuchen, in den drei Fällen ein Muster zu erkennen«, sagte Stephanie und rührte in ihrer Teetasse, deren Inhalt längst kalt sein musste. »Es gibt immer ein Muster, warum sollte es hier anders sein?«

»Gut«, sagte Bettina und nahm einen teuren Füller aus ihrer Handtasche. »Fangen wir mit der letzten Entführung an. Lina Waldvogel verschwand am vergangenen Donnerstag. Ihre Mutter Svenja hatte mit der Kleinen im Garten des Mehrfamilienhauses im Paradies gesessen und mit ihrem Mann, Linas Vater, telefoniert.«

»Genau.« Stephanie trank einen Schluck Tee. Sie verzog das Gesicht, Bettina erwartete, dass sie das kalte Gebräu zurück in die Tasse spuckte. Tapfer schluckte die Kollegin es herunter, schob die Tasse aber weit von sich. »Während des Telefonats begann die Kleine zu schreien. Sie hatte Hunger. Svenja Waldvogel nahm sie aus dem Kinderwagen und versuchte, sie zu beruhigen.«

»Ohne Erfolg«, warf Bettina ein. »Sie legte das schreiende Baby zurück in den Kinderwagen und rannte in die Wohnung, um ihr ein Fläschchen zuzubereiten.« Sie machte eine Pause und klopfte mit dem Füller auf die Tischplatte. »Habt ihr sie gefragt, warum sie ihre Tochter allein im Garten zurückgelassen hat?«

Stephanie nickte. »Sie fühlte sich absolut sicher. Der Garten ist schwer zugänglich und von außen nicht vollständig einsehbar.«

»Das nützte allerdings nichts, denn als sie mit dem Fläschchen zurückkam, war Lina verschwunden.« Bettina warf das edle Schreibgerät auf den Tisch.

Stephanie schaute erschrocken auf und zog die Augenbrauen hoch. »Kommt dir das logisch vor? Hättest du Leah ...?«

»Nein, ich hätte sie ganz sicher nicht allein im Garten gelassen. Obwohl ...«

Stephanie nahm den Füller und drehte ihn in der Hand. »Gestern Abend machte Svenja Waldvogel einen unsicheren Eindruck auf mich. Es kam mir vor, als wäre sie mit der Rolle der Mutter überfordert. Ich kann mich natürlich täuschen, es war eine Ausnahmesituation und die Gewissheit, die Tochter verloren zu haben, überlagerte alles. Sie brach erst regelrecht zusammen, es dauerte fast eine Stunde, bis wir mit ihr sprechen konnten.«

Bettina überlegte, wie sie auf die Nachricht reagieren würde, ihre Tochter Leah wäre ermordet worden. Auf jeden Fall sollten sie die Reaktion einer Mutter nicht auf die Goldwaage legen.

Stephanie tippte auf einen der Aktenordner. »Die Kollegen haben sie direkt nach der Entführung eingehend befragt. Es gab keinerlei Hinweise, dass die Aussage der Mutter nicht stimmen könnte.«

Bettina nickte. Es war wie verhext. Niemand hatte etwas gesehen, das Baby war wie vom Erdboden verschluckt. Es gab keine Spuren, nichts.

»Die ersten beiden Fälle sind genauso mysteriös«, sagte Stephanie und schaute in ihre Notizen. »Im ersten Fall vor drei Wochen wurde das fünf Wochen alte Mädchen Emma samt Kinderwagen vor einem Kiosk gestohlen, während die Mutter Zigaretten kaufte. Im zweiten Fall eine Woche später verschwand die sieben Wochen alte Nora aus einem geparkten Auto. Die Mutter wollte nur schnell ein halbes Pfund Butter kaufen. Die Frau schwor Stein und Bein, dass sie die Wagentür verschlossen hatte.«

»Eine reine Schutzbehauptung«, sagte Bettina und hielt Stephanie die offene Handfläche hin. Die Kollegin legte ihr lächelnd den Füllfederhalter hinein.

»Stimmt«, fuhr Stephanie fort. »Die Spurensicherer fanden keine Hinweise, dass der Wagen aufgebrochen worden war. Vermutlich hat die Mutter gelogen.«

Bettina konnte das Verhalten der Frau verstehen. Sie konnte sich nichts Schlimmeres vorstellen, als eingestehen zu müssen, die Entführung der eigenen Tochter durch leichtsinniges Verhalten erst ermöglicht zu haben.

Stephanie riss sie aus ihren Gedanken. »Ich hätte nicht gedacht, dass man Kinder so einfach stehlen kann. Normalerweise hocken Mütter doch wie Glucken auf ihren Kindern.«

»Vielleicht schlägt da die Idylle zu«, sagte Bettina.

»Wie meinst du das?«, fragte Stephanie. Sie ging zum Fenster, öffnete es und leerte die Teetasse mit Schwung in den Innenhof des Präsidiums.

Bettina schaute sie grinsend an, konzentrierte sich aber sofort wieder auf den Fall. »Konstanz scheint ein friedlicher Ort zu sein. Verbrechen, Kindesentführungen, Mord ... Das passiert in Berlin, aber nicht bei uns!«

»Wenn du damit recht hast, dürfte es der Täter von heute an viel schwerer haben, ein Kind in seine Gewalt zu bringen.« Stephanie goss sich eine neue Tasse Tee aus der

Thermoskanne ein. »Spätestens nach dem Mord sind alle Mütter im Umkreis von hundert Kilometern alarmiert.«

Die Tür wurde aufgerissen. »Wir haben das Handy, von dem der anonyme Anruf mit dem Hinweis auf den Leichenfundort kam«, sagte Hartmut Grendel und machte zwei Schritte in den Raum. Er schaute sich um und das Lächeln verschwand aus seinem Gesicht.

Keine Schokolade, dachte Bettina. Der Tatortermittler griff gerne in die Schale mit den Naschereien, die Stephanie und Bettina abwechselnd füllten. In dieser Woche hatten sie es beide vergessen.

»Es ist ein Prepaid-Handy«, sagte Grendel, als wollte er sich damit für den entgangenen Genuss rächen, setzte aber hinzu: »Immerhin befindet es sich noch auf der Reichenau.« Er wandte sich zur Tür. »Wir können den Umkreis auf ein Quadrat mit einer Kantenlänge von fünfhundert Metern eingrenzen.«

Die beiden Frauen stöhnten auf.

»Moment!« Grendel lehnte sich an den Türrahmen. »In diesem Bereich der Insel stehen nicht viele Häuser. Da sind hauptsächlich Felder und Treibhäuser.«

Bettina schob den Stuhl zurück und sprang auf. »Wie viele Leute brauchen wir, um das Gelände abzuriegeln?«

»Fünfzehn bis zwanzig sollten reichen.«

»Den Einsatz ist Schober uns schuldig«, sagte Bettina grimmig.

Sieben

»Da vorne links«, sagte Thal und dirigierte Jonas auf den schmalen Uferweg. Bettinas Anruf hatte sie erreicht, als sie etwa die halbe Strecke zwischen Freiburg und Konstanz zurückgelegt hatten. Der Einsatz lief bereits, ein uniformierter Kollege der Wasserschutzpolizei stoppte sie, ließ sie aber sofort weiterfahren, als er Thal auf dem Beifahrersitz erkannte. Die enge Straße vor dem Fundort des Babys war vollständig von Einsatzfahrzeugen versperrt. Jonas parkte den Wagen auf dem unbefestigten Randstreifen und sie gingen zu Fuß weiter.

»Das Haus kenne ich doch«, sagte Thal und deutete auf ein direkt an den See angrenzendes Wohnhaus mit einer schmalen Freitreppe an der Seite. Auf der Terrasse direkt am Wasser standen hölzerne Gartenstühle um einen runden Tisch.

»Ganz sicher sogar.« Jonas lachte. »Ich sage nur ›Tatort‹.«

Thal hatte keine Ahnung, wovon der Kollege sprach.

»Das Haus ist eine Location der Krimireihe. Hier wohnt die Kommissarin.«

»Aha«, sagte Thal und winkte Bettina zu, die an ein Einsatzfahrzeug gelehnt mit Grendel sprach. »Schon etwas gefunden?«

»Wir haben doch gerade erst angefangen«, verteidigte sich Grendel.

»Wird schon klappen«, sagte Bettina und machte eine ausholende Handbewegung. »Sind ja tatsächlich nicht viele Häuser in der Nähe.«

»Schwieriger wird's, wenn das Handy irgendwo im Gras liegt. Leider gibt es keine Hunde, deren Nase dafür ausgebildet ist.« Grendel lachte auf. Thal glaubte, dass es der erste halbwegs unbeschwerte Moment war, seit sie die kleine Lina gefunden hatten.

»Wie war die Obduktion?«, fragte Bettina.

»Furchtbar«, antwortete Quandt und Thal nickte schweigend. Mehr gab es nicht zu sagen.

»Kollege Grendel!« Ein Kollege von der Wasserschutzpolizei hob den Arm. Er stand vor dem Haus, das direkt an die Wiese grenzte; deren niedergedrückte Gräser zeugten von dem furchtbaren Geschehen der vergangenen Nacht.

Der Spurensicherer ging mit schnellen Schritten auf den Uniformierten zu, der den Deckel einer blauen Mülltonne hob.

Grendel schaute hinein. »Na, so was! Wer entsorgt denn Elektroschrott in der Papiermülltonne?« Mit einem breiten Grinsen holte er ein Handy aus der Tonne, drückte den Anschaltknopf und steckte es in eine Spurentüte. Eine halbe Minute später leuchtete das Display auf. Grendel zog sein Handy aus der Tasche und tippte darauf herum. Sekunden später vibrierte das Gerät in der Tüte.

»Bingo!«

»Wem gehört das Haus?«, fragte Thal.

Jonas beugte sich zu einem Klingelbrett neben einer grünen Gartentür aus Eisen herunter. »Schweer« las er vor und drückte auf den Klingelknopf.

»Ja, bitte?«, tönte es blechern aus dem Lautsprecher der Gegensprechanlage. Quandt stellte sich vor.

»Gehen Sie um die Hecke herum«, sagte eine Männerstimme. »Der Türöffner ist kaputt.«

Tatsächlich erfüllte die Tür keinen Zweck, man erreichte den Hauseingang mühelos über die Auffahrt zur Garage des unscheinbaren, grau verputzten zweistöckigen Gebäudes in L-Form.

Ein etwa fünfzig Jahre alter Mann öffnete die Tür und schaute die drei Ermittler an. »Was ist passiert, dass Sie gleich in Mannschaftsstärke auftauchen?«

»Haben Sie nicht mitbekommen, was gestern Nacht auf der Wiese neben Ihrem Haus passiert ist?«, fragte Bettina, bevor sie sich und die Kollegen vorstellte.

Der Mann zuckte die Schultern und bat die drei Ermittler herein. »Nein, ich bin erst heute Vormittag aus Stuttgart gekommen, um kurz nach dem Rechten zu sehen. Jetzt bin ich schon wieder auf dem Sprung.«

»Wir werden Sie nicht lange aufhalten, Herr ...?« Thal lächelte den Mann freundlich an, der einen Kopf kleiner war als er selbst.

»Schweer. Arno Schweer«, antwortete der Hausherr und führte die Besucher ins Wohnzimmer. Die Luft war mit abgestandenem Tabakgeruch gesättigt, dessen Ursache sofort klar wurde, als er eine Pfeife vom Tisch nahm und mit einem langen Streichholz entzündete. Thal hatte Mühe ein Husten zu unterdrücken. Er überlegte, ob er ungefragt eines der Fenster öffnen sollte, durch die der Blick auf den See und das Schweizer Ufer fiel.

»Schön, nicht wahr?« Schweer deutete nach draußen. »Der Untersee ist der schönste Teil des Bodensees, finden Sie nicht? Wir haben uns sofort in diese Landschaft verliebt, als wir das erste Mal in diesem Raum standen.«

»Wen meinen Sie mit ›wir‹?«, fragte Bettina.

»Meine Frau und mich.«

Thal schaffte es nicht länger, das Kratzen im Hals zu ignorieren, und räusperte sich.

Schweer öffnete die Tür in den Garten. »Lassen Sie uns an die frische Luft gehen.«

Von der Terrasse führten Stufen zu einem kleinen, von Spundwänden eingefassten Hafenbecken, in dem ein Motorboot sanft schaukelte. Eine Segeljolle lag auf dem Grasstreifen daneben. Eine fette Katze mit einem goldgesprenkelten Fell jagte ein Entenpärchen zurück ins Wasser, das sich auf der Wiese sonnen wollte.

»Maria und ich versuchen, so viel Zeit wie möglich hier zu verbringen«, sagte Schweer und hängte sich die Pfeife in den Mund.

»Das heißt, dass dieses Haus nicht Ihr ständiger Wohnsitz ist?«

Schweer schaute Thal an, als hätte er eine unanständige Frage gestellt. »Nein, wir wohnen in Stuttgart. Ich arbeite dort beim Bankhaus ›Krüger und Voss‹. Genau genommen leite ich dieses Institut.« Bei den letzten Worten wippte der Mann auf die Zehenspitzen.

»Und gestern waren Sie nicht hier?«, fragte Bettina.

»Das sagte ich bereits.« Schweer hob die linke Augenbraue ein paar Zentimeter an.

Der Herr Bankdirektor ist genervt, dachte Thal. »Wo haben Sie sich gestern Abend aufgehalten? Sagen wir zwischen achtzehn und zweiundzwanzig Uhr?«

»In der Bank«, kam es wie aus der Pistole geschossen.

»Wofür es sicher Zeugen gibt«, sagte Bettina.

Schweer zog zwei Mal an seiner Pfeife. »Für die ersten Stunden sicherlich, danach ... Als Direktor eines Bankhauses ist man oft derjenige, der im Büro das Licht löscht.«

Thal hielt die Tüte mit dem Smartphone in die Höhe. »Kennen Sie dieses Handy?«

Schweer streckte die Hand aus, aber Thal zog die Tüte zurück. »Nein, nie gesehen.«

»Da sind Sie sich sicher?«, fragte Quandt.

Schweer kniff die Augen zusammen. »Natürlich.«

Thal nickte und steckte das Handy ein. »Der Kollege Quandt wird Ihre persönlichen Daten aufnehmen. Möglicherweise haben wir noch die eine oder andere Frage, es ist wichtig, dass wir Sie erreichen können.«

»Vielleicht erfahre ich endlich, worum es überhaupt geht.« Schweers Unsicherheit wich der in den Jahrzehnten einer Bankkarriere gewachsenen Souveränität.

»Auch das wird Ihnen der Kollege Quandt erläutern«, sagte Thal und wandte sich grußlos zum Gehen.

Der enge Weg vor dem Haus lag verlassen in der Sonne. Die Kollegen waren abgezogen, nur Grendel war noch damit beschäftigt, Spuren auf der Mülltonne zu sichern. »Und?«, fragte er.

»Der ganze Aufwand war für die Katz«, sagte Thal.

Acht

»Wir müssen unbedingt eine Panik verhindern«, sagte Schober.

Bettina sah, dass Thal tief einatmete und die Augen schloss. Es fiel ihm sichtlich schwer, nicht aus der Haut zu fahren. Alle Ermittler des Kommissariats 1 einschließlich Hartmut Grendel hatten sich im Besprechungsraum eingefunden, um sich gegenseitig auf den Stand der Ermittlungen zu bringen. Schobers Angst vor der öffentlichen Meinung in der Stadt störte da nur. Aber der Kriminaldirektor setzt noch eins drauf: »Diese Bürgerinitiative ist eine nicht zu unterschätzende Gefahr.«

»Weil sie einflussreiche Mitglieder hat?«, fragte Thal. Bettina senkte den Blick und unterdrückte ein Grinsen.

Grendel hatte von dem Hin und Her genug und kam zur Sache.

»Wir haben uns den Weidenkorb nach allen Regeln der Spurensicherungskunst vorgenommen – ohne Ergebnis. Es gibt keinerlei Fremdspuren, keine Fingerabdrücke, kein DNA-Material, nicht mal eine winzige Faserspur. Wer auch immer das Baby hineingelegt und den Korb ins Wasser gesetzt hat, muss dabei sorgfältig vorgegangen sein.«

Bettina hatte nichts anderes erwartet. Auch bei den ersten beiden Entführungsfällen hatte der Täter nicht ein Fitzelchen hinterlassen, das sie auf seine Spur hätte bringen können.

»Habt ihr wenigstens herausgefunden, was das für ein Behälter ist? Mir kommt der selbst gebastelt vor.« Thal hatte sich wieder im Griff, würdigte Schober allerdings keines Blickes.

»Nein, das sieht nur so aus«, sagte Grendel und bückte sich, um den Korb auf den Tisch zu heben. »Es handelt sich um einen Behälter zur Aufbewahrung von Feuerholz. Die beiden Henkel wurden abgesägt.«

»Habt ihr eine Erklärung, warum?« Jonas schob zwei leere Krating-Daeng-Flaschen auf dem Tisch hin und her.

»Ich vermute, dass der Korb mit den Henkeln im Wasser instabil gewesen wäre.« Grendel machte sich eine Notiz und brummte nur für seine direkten Tischnachbarn hörbar: »Wir sollten das überprüfen.«

Bettina mochte den Spurensicherer von Fall zu Fall mehr. Er war ein absoluter Fachmann, auf dessen Urteil man sich verlassen konnte. Hin und wieder nervte er mit seinen Frage- und Antwortspielchen, aber in diesem Fall blieb er sachlich und präzise. Wenn man ihm noch angewöhnen könnte, nicht ständig denselben abgewetzten Pullover zur dunkelblauen Jeans anzuziehen! Da fehlte eindeutig die Frau im Haus, Grendel war seit zwei Jahren Witwer.

Der Techniker hob den Korb in die Höhe und deutete auf dessen Boden. »Er wurde von außen mit einem Dichtmittel bestrichen, das normalerweise im Bootsbau verwendet wird.«

Für einen Moment war es so still im Raum, als hielten alle den Atem an. Oft transportieren die belanglosesten Sätze die größten Erkenntnisse.

»Das kann doch nur eins bedeuten«, sagte Jonas und schob die Glasfläschchen klirrend zusammen. »Jemand wollte verhindern, dass der Korb sinkt.«

»Genau«, rief Stephanie aufgeregt. »Entweder lebte das Baby noch, als es in den Korb gelegt wurde und der Täter wollte, dass es genau wie die beiden anderen lebend zu den Eltern zurückkam ...«

»Unwahrscheinlich«, sagte Grendel.

Alle Blicke waren auf ihn gerichtet. Ein leichtes Zucken der Mundwinkel deutete an, dass ihm die Aufmerksamkeit gefiel.

»Die Strömungsverhältnisse im Untersee südlich der Insel Reichenau sind kompliziert. Am Schweizer Ufer und unmittelbar vor der Halbinsel Höri gibt es eine spürbare Oberflächenströmung. Die bricht aber ab, je weiter man sich vom Ufer entfernt, denn der See nimmt deutlich an Tiefe zu. Die Strömung verlagert sich auf den Seegrund, an der Wasseroberfläche ist kaum etwas zu spüren.«

»Und was bedeutet das bitte konkret?«, fragte Bettina, die fürchtete, Grendel könnte doch eines seiner bei den Ermittlern unbeliebten Frage- und Antwortspielchen beginnen.

»Wer auch immer den Korb ins Wasser setzte, konnte sich nicht sicher sein, wohin er treibt. Es kann Tage dauern, bis so ein Teil irgendwo an Land gespült wird. Dass wir es so schnell gefunden haben, lag an dem starken Südwestwind. Das spricht übrigens dafür, dass der Korb auf der Höri, möglicherweise in Hemmenhofen, ins Wasser gesetzt wurde.«

»Wenigstens nicht in der Schweiz«, warf Schober ein.

»Auf jeden Fall wollte der Täter, dass die kleine Arche mit dem Baby gefunden wird.« Thal ignorierte die Bemerkung des Kriminaldirektors. »Sonst hätte er den Korb nicht abgedichtet.«

Bettina wusste nicht, wie sie diese Erkenntnis einordnen sollte, Grendel ließ ihr aber auch keine Zeit zum Nachdenken. Er hob die Spurentüte mit dem weißen Hemd in die Höhe, in das Lina Waldvogel gekleidet war.

»Die Tote ...« Er stockte, atmete einmal tief durch und begann den Satz von Neuem. »Das Mädchen trug dieses Taufkleid aus reiner Baumwolle mit handgesticktem Smokteil. Wir haben es den Eltern gezeigt, sie kennen es nicht.«

Wieder trat atemlose Stille ein. Grendel trank einen Schluck Wasser, ehe er fortfuhr. »Das gute Stück wird bei diversen Großhändlern angeboten. Online kann man es für rund fünfzig Euro kaufen. Wir haben auf der Vorderseite des Kleidchens Flecken gefunden, die Analyse läuft.«

»Sollten wir in diesem verfluchten Fall wenigstens einmal Glück haben und eine brauchbare Spur finden?« Schober merkte selbst, wie unpassend sein Satz war. Er verschränkte die Arme und schaute auf die Tischplatte.

»Was ist mit dem Handy?«, fragte Jonas.

Grendel nickte im zu. »Auf dem Telefon haben wir eine Fingerspur gefunden, die wird gerade ausgewertet. Morgen sollten wir mehr wissen.«

Thal stand auf und öffnete das Fenster, wofür Bettina ihm dankbar war. Sie brauchten frische Luft, um klar denken zu können.

Thal lehnte sich an die Fensterbank und strich sich durch die für einen Mann seines Alters zu langen Haare – wenigstens sah Bettina das so.

»Die Obduktion hat nichts gebracht, die Todesursache ist bis jetzt ungeklärt. Die einzige Chance liegt in der toxikologischen Untersuchung, wollen wir hoffen, dass sie ein Ergebnis liefert.«

Was für ein Fall, dachte Bettina. Wann hatten sie je darauf gehofft, dass ein Kind vergiftet worden war. Aber Alexander hatte recht, ohne einen Hinweis, wie die Kleine gestorben war, tappten sie noch mehr im Dunkeln als ohnehin. Als hätte Stephanie ihre Gedanken gelesen, fasste sie das Dilemma zusammen. »Im Grunde genommen haben wir nichts, oder? Die einzige Spur befindet sich auf dem Handy. Wir müssen den Anrufer ausfindig machen.«

Thal drückte sich von der Fensterbank ab und stützte sich auf die Lehne eines Stuhls. »Ganz so pessimistisch bin ich nicht. Wir haben den Korb. Wer hat ihn wo gekauft? Dazu das Dichtmittel, vielleicht bringt uns das weiter. Oder das Taufkleid!«

»Ach, komm, Alexander!« Quandt warf die kleinen Glasflaschen mit lautem Klirren in einen Mülleimer, als sei er es überdrüssig, mit ihnen zu spielen. »Du weißt selbst, wie wenig das ist. Die beste Spur ist tatsächlich das Handy. Vielleicht hat der Anrufer etwas gesehen.«

»Oder es war der Täter selbst.« Bettina erschrak über ihren eigenen Gedanken.

»Wie kommst du darauf?«, fragte Thal.

»Er wollte, dass wir das Mädchen finden, da sind wir uns einig. Die Wiese, auf der wir es gefunden haben, liegt an einem wenig benutzten Weg. Außer den Anwohnern und dem einen oder anderen Spaziergänger kommt dort niemand vorbei. Es hätte Tage dauern können, bis jemandem der Weidenkorb auffällt.«

Niemand sagte etwas zu dieser Überlegung. Thal drehte sich um und schloss das Fenster. »Es ist genug für heute, lass uns morgen ausgeruht weitermachen.«

»Morgen ist Donnerstag«, sagte Stephanie ausdruckslos. »Wenn der Täter seinem Muster treu bleibt, wird morgen wieder ein Baby verschwinden.«

Neun

»Es tut gut, deine Stimme zu hören.«

Thal lehnte sich in dem breiten Ledersessel am Fenster zurück. Er presste den Hörer ans Ohr und schaute hinaus auf die von einer schwachen Laterne unzureichend beleuchtete Gasse.

»Ich habe es im Radio gehört«, sagte Madlaina. Thal wunderte sich, denn normalerweise schaltete sie nur reine Musiksender ohne Wortbeiträge oder Nachrichten an. »Stündliche Nachrichten, was für ein Information Overkill«, hatte sie vor Kurzem gesagt und war in den breiigen amerikanischen Slang verfallen, den sie sich in den Jahren als Profilerin beim FBI angewöhnt hatte. Er schloss die Augen und stellte sich vor, wie sie auf dem Hotelbett lag, die Decke bis zum Kinn nach oben gezogen, die pechschwarzen Haare wie ein glänzender Kranz auf dem Kopfkissen ausgebreitet. Vermutlich hatte sie die Augen geschlossen, wie sie es immer machte, wenn sie sich auf ein Telefonat konzentrierte.

»Du hast die Kleine nicht gesehen«, sagte er und bedauerte seinen anklagenden Tonfall.

»Wie geht es den Eltern?«

Thal musste zugeben, dass er es nicht wusste. Als sie die Todesnachricht erhalten hatten, war zumindest die Mutter zusammengebrochen. Er hoffte, dass sie die Unterstützung eines Psychologen oder Seelsorgers hatten.

»Ihr dürft sie nicht unter Druck setzen«, hakte Madlaina nach. »Sonst werden sie euch gar nichts sagen.«

Thal verstand nicht, was Madlaina meinte.

»Du glaubst doch nicht etwa ...« Er traute sich nicht, den Satz auszusprechen.

»Die Eltern sind bei einem ungeklärten Kindstod immer die ersten Verdächtigen, hast du das schon vergessen?«

»Aber wir haben eine Serie. Da können wir sie ausschließen.«

»Bist du dir da sicher?«

Thal hörte, dass Madlaina etwas trank. Er antwortete nicht, also fuhr sie fort.

»Dieser dritte Fall unterscheidet sich dramatisch von den beiden ersten Entführungen.«

Thal begriff, worauf sie hinauswollte. »Das haben wir auch schon besprochen.«

»Sei nicht so gereizt«, entgegnete Madlaina. Sie klang sanft, fast zärtlich, trotz der Kritik. »Es geht darum, dass ihr die Augen in alle Richtungen offenhaltet. Ich weiß, dass man geneigt ist, die Eltern angesichts ihres deutlich sichtbaren Leids von allen Verdachtsmomenten freizusprechen. Leider erweist sich das später oft als Fehler.«

Thal atmete tief durch. Madlaina war eine glänzende Analytikerin, die ihnen schon bei einigen Fällen geholfen hatte. Als sie zu ihm nach Konstanz gezogen war, hatte sie ihre Stelle bei der St. Galler Kripo gekündigt. Das war ihr nicht schwergefallen, sie hing nicht an dieser Arbeit, trauerte vielmehr ihrer Stelle beim FBI nach, die sie aufgegeben hatte, um ihre demenzkranke, inzwischen verstorbene Mutter zu pflegen. Außerdem begann der Aufstieg der ›Olsenbande‹ zu einer der populärsten Rockbands in Deutschland. Wann immer es ihre Musikerinnen-Karriere erlaubte, zog Thal sie als externe Beraterin zu den Ermittlungen des Teams hinzu.

»Wie war das Konzert?«, fragte er, um das Gespräch auf sein eigentliches Anliegen zu bringen.

»So lala.« Madlaina lachte. »So langsam gehen wir auf dem Zahnfleisch, aber morgen geben wir noch mal alles. Versprochen!« Wieder trank sie einen Schluck und Thal schwieg.

»Du kommst doch morgen nach St. Gallen?«, fragte sie.

»Ich werde es zumindest versuchen, aber du weißt, wie das am Beginn einer Mordermittlung ist.«

Madlaina seufzte schweigend. Was hätte sie auch sagen sollen.

»Da ist noch etwas«, sagte Thal. »Unser Urlaub ...«

»Ist bis auf Weiteres gestrichen«, sagte Madlaina. »Glaubst du, dass ich etwas anderes erwartet habe, als ich von dem toten Kind erfahren habe?«

Thal hörte neben Verständnis eine Spur Enttäuschung.

»Wir brauchen dich bei den Ermittlungen.« Er presste den Hörer dicht ans Ohr, hörte ihr Atmen. »Ich brauche dich. Dieser Fall macht mir Angst.«

Zehn

Donnerstag

Alles war gut! Sie lehnte sich in den weichen Autositz zurück und schloss für eine Sekunde die Augen. Wie immer hatte sie in einer kaum befahrenen Seitenstraße und vor einem Brachgrundstück geparkt, um möglichst wenigen neugierigen Blicken ausgesetzt zu sein. Langsam hob sie die Hände. Sie hatten sich beruhigt, das Zittern war kaum noch zu sehen. Nur ihr Atem ging zu schnell. Es gab keinen Grund, nervös zu sein. Alles lief, wie sie es geplant hatte. Erst gestern war ihr klar geworden, was für ein Risiko sie eingegangen war, als sie die Kleine in den Weidenkorb legte. Sie hatte zwar gehofft, dass der Wind stark genug war, um das wacklige Behältnis sicher an das Ufer der Reichenau zu spülen. Es hätte aber auch anders kommen können. Wenn der Korb in ein Ried geraten wäre zum Beispiel, wo er für lange Zeit, vielleicht sogar für immer vor den Blicken der Passanten verborgen geblieben wäre … nicht auszudenken, was das bedeutet hätte. Was hätten die Menschen in diesem Fall über sie gedacht? Sie hätten sie zum Monster gemacht, das Kinder verschwinden lässt. Das Leid der Eltern wäre unermesslich gewesen. Es gab nichts Schlimmeres, als keinen Platz zu haben, an dem man um das verstorbene Kind trauern konnte. Die Eltern hätten sich ihr Leben lang gefragt, ob ihre Tochter noch lebte? Ob es ihr gut ging oder ob sie litt? Die Angst, das Kind könnte sich in den Händen eines Sadisten befinden, würde sich in die Träume schleichen und den Schlaf vergiften, bis sie sich nach der Erlösung durch den Tod sehnten.

Nein! Sie musste beim nächsten Mal vorsichtiger sein. Musste besser planen, sich nicht von der Kraft der Symbole leiten lassen. Sie würde wieder alles machen wie einst Jochebed, aber sie musste Zeit und Ort sorgfältiger wählen.

Was faszinierte sie nur so an dieser alten Legende? Sie war nicht religiös, warum sah sie in der Geschichte von Moses ein Vorbild? Sie hatte keine Erklärung, aber es spielte auch keine Rolle. Es zählte nur, dass sie ihre Aufgabe erkannte und angenommen hatte.

Sie schaute auf ihre Hände. Das Zittern war verschwunden.

Wie oft würde sie ihren Auftrag noch erfüllen können? Sie wusste es nicht.

Für den Augenblick war alles gut und friedlich. Fast, jedenfalls. Als sie, ganz gegen ihre Gewohnheit, am Morgen Zeitung gelesen hatte, bestätigte sich eine Vermutung, die sie von Anfang an gehabt hatte. Mit jedem Kind stieg die Panik in der Stadt. Sie hatte das nicht nur vorausgesehen, sondern auch Verständnis dafür. Welche Mutter würde nicht alles tun, um ihr Kind zu schützen? Es war logisch, dass der Verfasser des Artikels Müttern mit Kindern riet, heute das Haus nicht zu verlassen. Er hatte eins und eins zusammengezählt. An einem Donnerstag verschwanden die Kinder, an einem Dienstag tauchten sie wieder auf. Er hatte keine Ahnung, welcher Logik dieser Ablauf folgte, aber das spielte keine Rolle. Heute war Donnerstag und das hieß: Heute wird in dieser Stadt ein Kind verschwinden, um am nächsten Dienstag wieder zu erscheinen. Tod oder lebendig. Eine Gänsehaut breitete sich auf ihren Armen aus. Es war nicht ihre Entscheidung, sie war nur die Vollstreckerin eines Urteils, das längst gefällt war.

Sie schaute auf die Uhr. Es war Zeit, sie durfte nicht länger warten. Sie öffnete die Autotür und stieg aus.

Wenn die Mütter ihre Kinder nicht ausführten, musste sie zu den Kleinen gehen. Zum Glück kannte sie sich aus.

Langsam schritt sie die Stufen hinauf. Es waren zwölf.

Die automatischen Türen schwangen auf und entließen einen Schwall warmer Luft mit diesem unverwechselbaren Geruch, der ihr den Atem nahm.

Sie war froh, als sich die Fahrstuhltüren schlossen und das Gefährt mit einem sanften Brummen nach oben glitt.

Die Ziffern über der Tür wechselten im Zwei-Sekunden-Takt. Achtzehn Sekunden Zeit, sich zu verweigern.

Sie atmete ein und versuchte sich in der meditativen Übung, nichts als das Geräusch des Fahrstuhls wahrzunehmen.

Sie schaute nach oben. Noch zehn Sekunden.

Konnte sie einfach aufhören?

Noch acht Sekunden.

War sie ersetzbar?

Noch sechs Sekunden.

Wer würde sich um die Kinder kümmern?

Noch vier Sekunden.

Wer außer ihr konnte sie retten?

Noch zwei Sekunden.

Wer konnte wie sie in die Zukunft schauen?

Die Tür des Fahrstuhls schwang auf. Sie trat in den Flur und ging auf die Glastür zu, in der sie sich wie in einem Spiegel sah. Sie kontrollierte ihr Aussehen und schloss einen Knopf.

Nach einem tiefen Atemzug stieß sie die Tür auf. Sie senkte den Kopf und beschleunigte ihre Schritte.

Sie hatte eine Mission. Sie würde sie erfüllen.

Elf

Bettina versuchte, für die Stimmung im Präsidium ein passendes Wort zu finden, aber die Atmosphäre entzog sich jeder Beschreibung. Fast alle Türen standen offen, weil jeder alles mitbekommen wollte, sobald es Neues gab. Wie immer liefen Polizisten über die Flure, trugen Akten von einem Raum zum anderen, brachten Beschuldigte zu ihrem Verhör oder waren unterwegs, um sich einen Kaffee zu holen. Ein Außenstehender hätte nichts Ungewöhnliches bemerkt, aber Bettina spürte, dass nichts so war wie sonst. Es war Donnerstag. Die Angst verlangsamte den Pulsschlag des ganzen Polizeiapparats.

Bettina hatte am Morgen den Bus von Staad in die Stadt genommen. Sekunden, nachdem sie sich auf einen Platz im hinteren Teil des Gelenkbusses gesetzt hatte, war es ihr aufgefallen. Alle Fahrgäste waren Männer. Keine Frauen auf dem Weg zur Arbeit. Keine Mütter mit Kinderwagen oder Traggestell auf dem Weg zu einem entspannten Frühstück mit Freundinnen im Lieblingscafé.

Wer ein Kind hatte, blieb daheim. Selbst wenn das Kind älter war als die bisherigen Entführungsopfer, ließ niemand seinen Sprössling allein. Egal ob Junge oder Mädchen – wer konnte sagen, ob dieser Verrückte es sich heute nicht anders überlegte und einen Jungen im schulpflichtigen Alter entführte?

Die Atmosphäre war gespenstisch. Entwarnung würde es nicht geben. Allenfalls konnte man auf die Nachricht warten, dass wieder ein Kind verschwunden war.

Es war Donnerstag.

Bettina klopfte an Thals Bürotür, dessen »Herein« klang, als wollte er sich Mut zusprechen. Er stand am Sideboard, eine Tasse frisch gebrühten Espressos in der Hand und schaute auf das Selbstporträt seiner verstorbenen Frau Leah. Man konnte den Eindruck haben, als hielten der alternde Hauptkommissar und die strahlend schöne, in einen leuchtend gelben Pareo gekleidete Frau mit der Frangipaniblüte hinterm Ohr ein Zwiegespräch.

»Und?«, fragte Bettina.

Thal schien einen Augenblick zu brauchen, ehe er die Frage verstand.

»Nichts. Bis jetzt.«

»Immerhin scheinen die Menschen vorsichtig zu sein, ich bin nicht einem Kind begegnet.«

»Was für eine Welt, in der das eine gute Nachricht ist.« Thal stellte die leere Tasse aufs Sideboard. Er hatte seit Jahren eine Abmachung mit der Putzfrau, die am Abend sein Geschirr spülen würde. Bettina wusste bis heute nicht, ob er sie dafür bezahlte oder mit seinem Charme bezirzt hatte.

»Was können wir tun?«, frage Bettina, die nichts mehr fürchtete als die Antwort ›nichts‹. Die Untätigkeit angesichts der Bedrohung war kaum auszuhalten. Thal wusste das und ersparte ihr die Perspektivlosigkeit.

»Grendel arbeitet an den Fundstücken und Jonas unterstützt ihn bei der Suche in den Datenbanken. Vielleicht bringt uns der Weidenkorb auf die Spur seines Käufers. Stephanie habe ich zum Kriseninterventionsteam geschickt.«

Bettina lehnte sich an die Kante des Sideboards. »Warum das?«

»Ich habe gestern Abend darüber nachgedacht, ob wir Svenja und Timo Waldvogel nicht deutlich mehr helfen müssen. Und außerdem müssen die Kollegen vorbereitet sein ...«

Er brauchte den Satz nicht zu beenden. Er hatte recht, sie mussten professioneller mit den Eltern umgehen, sollte es noch ein totes Mädchen geben. Eine Improvisation wie beim Fall Lina Waldvogel durften sie sich nicht noch einmal leisten.

»Ich habe Madlaina gebeten, uns zu helfen.«

Bettina nickte. Das war die erste gute Nachricht des Tages. Sie mochte Thals Schweizer Freundin sehr, auch wenn sie eine Weile gebraucht hatte, sich an die walkürenhafte Frau zu gewöhnen. Madlaina war eine gute Polizistin und ihr analytisches Gespür konnten sie gebrauchen.

Es klopfte an der Tür, und ehe Thal etwas sagen konnte, steckte Grendel den Kopf herein.

»Du hast hoffentlich endlich etwas gefunden«, sagte Thal. Bettina hätte ihn am liebsten zurechtgewiesen wegen des unüberhörbaren Tadels. Grendel tat, was er konnte, aber wenn die Spurenlage nichts hergab, konnte er auch nicht zaubern.

Der Spurensicherer schien die Kritik nicht gehört zu haben. Er zog einen Stuhl vom Besprechungstisch und setzte sich entspannt hin. »Die Verbindungsdaten des Smartphones aus der Mülltonne sind merkwürdig. Das Prepaid-Handy wurde nur benutzt, um eine einzige Nummer anzurufen. Das allerdings manchmal mehrmals am Tag.«

»Und was ist mit der Fingerspur?« Bettina hielt die Luft an.

»Wir haben sie durch die Datenbanken gejagt. Kein Treffer.«

»Deswegen hättest du dich nicht extra herbemühen müssen«, sagte Thal.

»Alexander«, flüsterte Bettina, aber Grendel hatte es gehört.

»Schon gut, er hat ja recht. Zum Glück ist mir aufgefallen, dass wir beinahe einen unverzeihlichen Anfängerfehler gemacht hätten.«

Thal beugte sich nach vorne und starrte dem Spurensicherer in die Augen. Grendel tat ihm aber nicht den Gefallen, schnell zur Sache zu kommen, sondern holte aus. »Wir haben vergessen, von einem Zeugen einen Fingerabdruck zu nehmen. Keine Ahnung, wie uns das passieren konnte, wahrscheinlich war der Schock ...«

»Hartmut!« Thal schlug mit der Hand auf den Tisch.

»Wie dem auch sei«, fuhr Grendel unbeirrt fort. »Ich habe heute zwei Stuttgarter Kollegen zu Schweer geschickt und das nachgeholt.«

Bettina hielt die Luft an.

»Und siehe da«, sagte Grendel und schnippte mit den Fingern, »der Abdruck auf dem Handy, das wir im Mülleimer vor Schweers Haus gefunden haben, stammt von ihm selbst.«

»Er hat uns also angelogen, als er sagte, dass er das Smartphone nie gesehen hat.« Thals Miene hellte sich ein wenig auf. Das Jagdfieber war zurück.

»Genau so ist es«, sagte Grendel breit grinsend.

»Dann nichts wie auf nach Stuttgart.« Bettina wollte aufspringen, aber der Spurensicherer legte ihr die Hand auf den Arm.

»Nicht nötig. Schweer ist auf dem Weg auf die Reichenau. Hat er jedenfalls den Kollegen gesagt.«

Zwölf

»Sie schon wieder?«

Ohne ein weiteres Wort der Begrüßung drehte Arno Schweer sich um und ging ins Haus. Thal hielt Bettina die Tür auf und folgte den beiden ins Wohnzimmer. Der Tabakrauch hing immer noch im Raum, aber die Luft war erträglicher als bei ihrem ersten Besuch.

»Ich nehme an, es geht um die Babyleiche?«

Dem Bankdirektor mangelt es an Empathie, dachte Thal.

Bettina deutete auf einen Sessel. »Dürfen wir uns setzen?«

Der Hausherr zuckte mit den Schultern und nahm auf dem Sofa Platz.

»Wir müssen Sie das noch einmal fragen, Herr Schweer: Kennen Sie dieses Smartphone?« Bettina hielt einen Spurenbeutel in die Höhe.

»Ich bleibe bei meiner Antwort: Nein!« Er legte beide Hände auf die Oberschenkel, als wollte er sich in die Höhe stemmen. »War's das?«

»Keineswegs.« Thal schlug die Beine übereinander und fixierte Schweer mit leicht zusammengekniffenen Augen. Er wollte keine Regung des Zeugen übersehen. »Mit diesem Handy rief vorgestern Abend ein Mann mittleren Alters in der Notrufzentrale an. Ich bin mir fast sicher, dass ein Abgleich Ihrer Stimme mit der des Anrufers ...«

»Was fällt Ihnen ein?« Schweer sprang leicht und ohne erkennbare Anstrengung von dem niedrigen Sofa auf. »Sie kommen ungebeten in mein Haus und belästigen mich mit an den Haaren herbeigezogenen Anschuldigungen.« Er hob die Hand, aber bevor er die beiden Ermittler des Hauses verweisen konnte, sprach Thal weiter. »Auf dem Handy befindet sich Ihr Fingerabdruck. Warum haben Sie uns bei der ersten Befragung belogen? Sie kennen das Handy sehr wohl. Sie haben es sogar in der Hand gehabt!«

Schweer ließ sich zurück auf das Sofa fallen. Mit fahrigen Bewegungen nahm er die Pfeife und klopfte sie auf einem Aschenbecher aus. »Das geht Sie nichts an.«

Bettina legte den Spurenbeutel auf den Tisch und beugte sich vor. »Oh, doch, Herr Schweer, das geht uns sehr wohl etwas an. Irgendjemand hat von diesem Handy die Polizei angerufen und den Fund eines toten Babys gemeldet. Das Kind lag ausgerechnet auf einem Brachgrundstück direkt neben Ihrem Ferienhaus. Sie haben das Handy nachweislich in der Hand gehalten. Können Sie nicht verstehen, dass wir zu dem Schluss kommen müssen, dass Sie der Anrufer sind?«

»Und möglicherweise ist der Anrufer der Täter, den die Reue überkam.«

»Jetzt sind Sie völlig übergeschnappt.« Schweer warf die Pfeife zurück in den Aschenbecher. »Sie glauben doch nicht im Ernst, dass ich einen Säugling getötet, die Leiche direkt neben meinem Haus auf eine Wiese gelegt und anschließend die Polizei angerufen habe?«

»Was wir glauben, ist ohne Bedeutung.« Bettina tippt auf den Spurenbeutel mit dem Smartphone. »Wir haben den Beweis, dass Sie dieses Handy in der Hand hatten. Wir haben es in Ihrer Mülltonne gefunden und ich bin mir sicher, dass ein Sprachvergleich Sie als Anrufer identifizieren wird.« Sie nahm den Beutel vom Tisch und steckte ihn in die Handtasche, der man ansah, dass sie nicht vom Wühltisch im Warenhaus stammte. »Wir können das Gespräch gerne im Beisein unserer Techniker im Präsidium fortführen.«

Thal hatte selten erlebt, dass ein Zeuge so schnell zusammenbrach wie Schweer. Es begann mit einem leichten Zittern der Unterlippe, dem ein nervöses Wippen mit beiden Beinen folgte. Er hob die Arme. »Okay. Was wollen Sie wissen?«

»Fangen wir mit dem Handy an«, sagte Bettina und warf Thal einen fragenden Blick zu. Als er keine Anstalten machte, die Befragung zu übernehmen, fuhr sie fort. »Warum haben Sie sich ein Prepaid-Handy zugelegt, von dem niemand etwas wissen soll?«

»Das ist meine Privatsache.« Schweer hatte wieder etwas Mut gefasst. Oder schwieg er aus Verzweiflung?

»Es geht um eine Affäre«, stellte Thal lapidar fest.

»Wie gesagt ...« Schweer schluckte, sein Adamsapfel hüpfte aufgeregt auf und nieder. »Ich werde mich zu dem Handy nicht äußern.«

»Warum haben Sie es weggeworfen, Herr Schweer?« Bettina ließ nicht locker.

Schweer schüttelte den Kopf. »Kein Kommentar.«

»Und vor allem: Warum haben Sie das Telefon in Ihrer eigenen Mülltonne entsorgt?« Bettina grinste den Bankdirektor an.

Schwer kniff die Lippen zusammen.

»Haben Sie die Notrufzentrale angerufen und über den Leichenfund informiert?«

Schweer senkte den Kopf und faltete die Hände, als wollte er ein Gebet sprechen. »Ja, das war ich.«

»Was hatten Sie an diesem Abend auf dem brachliegenden Nachbargrundstück zu tun?«

»Gar nichts. Ich wollte ein bisschen Luft schnappen, einen kleinen Spaziergang machen. Der Weidenkorb lag leicht geneigt am Ufer. Ich kann Ihnen nicht sagen, was mich daran störte, aber ich hatte das Gefühl, dass irgendetwas nicht stimmte.«

»Was taten Sie dann?« Bettinas Stimme war schneidend.

»Ich stieg über den Drahtzaun und ging ans Ufer. Ich sah das Baby schon von Weitem.« Er hielt sich die Hände vors Gesicht, als könnte er damit die schrecklichen Erinnerungen vertreiben.

»Lebte das Kind noch?«

Schweer ließ die Hände in seinen Schoß fallen und starrte ins Leere. »Nein.«

»Wie konnten Sie sich sicher sein, dass Lina Waldvogel tot war? Warum haben Sie keinen Arzt geholt?«

»Sie war tot. Mehr gibt es da nicht zu sagen.« Schweer erhob sich langsam vom Sofa und ging zum Biedermeiersekretär neben der Tür. »Wenn Sie noch etwas von mir wissen wollen, rufen Sie meinen Anwalt an.« Er nahm eine Visitenkarte aus einer der Schubladen und reichte sie Thal. »Und jetzt entschuldigen Sie mich bitte. Ich habe zu tun!«

»Was für ein aalglatter Typ.« Bettina schlug wütend die Autotür zu.

»Findest du?« Thal lehnte sich im Sitz zurück und bemühte sich, eine entspannte Haltung zu finden, um seine schmerzende Nackenmuskulatur zu beruhigen. »Ich hatte eher das Gefühl, einem verängstigten Mann gegenüber zu sitzen.«

»Er hat eine Geliebte, oder?« Bettina startete den Motor.

»Vermutlich«, antwortete Thal. »Ich denke, dass er und diese Frau ein Prepaid-Handy haben, das ausschließlich dazu dient, sich zu verabreden.«

»Das erklärt, dass nur eine Nummer angerufen wurde.«

»Genau. Ich gehe davon aus, dass er mit seiner Geliebten einen nächtlichen Spaziergang machte, als er Lina fand. In Panik entsorgte er das Handy in der Mülltonne.«

Bettina steuerte den Wagen auf die Hauptstraße. »Ich werde euch Männer nie verstehen. Aus Angst davor, dass seine Affäre auffliegt, geht Schweer das Risiko ein, des Mordes an einem Säugling verdächtigt zu werden.« Sie schüttelte den Kopf.

»Mit dem Herrn Bankdirektor kommen wir nicht weiter«, sagte Thal. »Du glaubst doch auch nicht, dass er unser Täter ist, oder?«

»Nein, auf keinen Fall.« Bettina seufzte.

Thals Handy vibrierte in seiner Jackentasche.

»Hallo Stephanie, was gibt's?«

Bettina schaute ihn mit weit geöffneten Augen an.

Thal nickte.

Dreizehn

Bettina hasste diesen Geruch. Immerhin sah der Flur fröhlicher aus als auf anderen Stationen. Man gab sich sichtlich Mühe, den Müttern die Qual zu erleichtern, ihre Neugeborenen im Krankenhaus besuchen zu müssen.

Thal stürmte in das Schwesternzimmer, schaute sich kurz um und zog seinen Dienstausweis aus der Tasche. »Kriminalpolizei«, sagte er ohne jede weitere Erklärung. Ein hagerer Mann Mitte vierzig, den der weiße Kittel und das aus der Seitentasche baumelnde Stethoskop als Arzt auswies, streckte ihm die Hand entgegen.

»Jäkel. Dr. Dennis Jäkel.«

»Sie sind der Chefarzt?«, fragte Thal.

Der Mann nickte und bot Thal einen Stuhl an. Bettina registrierte seinen verstohlenen Blick zur Seite, er musterte sie von Kopf bis Fuß. Anscheinend gefiel ihm, was er sah, denn ein Lächeln schlich sich in sein Gesicht.

»Ich würde mir lieber sofort den Raum anschauen, aus dem das Baby verschwunden ist.«

»Natürlich.« Jäkel drückte sich an Thal und Bettina vorbei. Ein leichter Schweißgeruch stieg ihr in die Nase, sie wandte den Kopf zur Seite, um die aufkommende Übelkeit im Zaum zu halten.

Der Chefarzt stürmte über den Flur und betrat ohne anzuklopfen das Zimmer Nummer 3017. Der Raum war klein für ein Krankenzimmer, an der rechten Wand eine Babywiege mit Gitterstäben, daneben ein Infusionsständer. An der Längsseite stand ein Bett für einen Erwachsenen, Bettina vermutete, dass hier ein Elternteil übernachten konnte. Ein Wickeltisch und ein Kleiderschrank komplettierten die

Einrichtung. Eine Milchglastür führte in einen winzigen Waschraum mit Toilette. Die Wände waren in einem hellen Rot gestrichen, das an ein Landhaus in der Toskana erinnerte.

»Das ist das Zimmer von Mia Zacharias. Die Kleine ist vier Wochen alt.«

»Warum ist sie bei Ihnen?«, fragte Bettina.

»Sie hat einen eigenartigen Husten, vermutlich nichts Schlimmes, aber wir müssen abklären, ob es sich nicht um Pseudokrupp handeln könnte.«

»Und die Mutter?«, fragte Thal.

»Anna Zacharias hat ebenfalls hier übernachtet.« Jäkel deutete auf das Bett. »Vor zwei Stunden ging sie in die Cafeteria, um zu frühstücken. Während ihrer Abwesenheit schaltet sie das Babyfon ein, so bekommt sie mit, wenn die Kleine aufwacht. Als sie zurückkam, war Mia verschwunden.«

»Und das Babyfon?«, fragte Thal.

Jäkel zuckte mit den Schultern. »Nichts. Kein Geräusch, kein Schreien, gar nichts.«

»Wo ist die Mutter jetzt?«, fragte Bettina und nahm ein Buch vom Nachttisch. Anna Zacharias las historische Liebesschinken.

»Sie hat einen Schock, wir haben sie zur Sicherheit auf die kardiologische Intensivstation gebracht.«

»Ist der Vater informiert?«

Jäkel riss die Augen auf. Daran hatte niemand gedacht.

»Kein Problem«, sagte Thal und legte dem Doktor beruhigend die Hand auf den Arm. »Darum kümmern wir uns.«

»Hat irgendjemand etwas beobachtet? Man kann doch nicht einfach hier hereinspazieren und ein Kind stehlen, oder?«

»Nein, natürlich nicht.«

»Wie konnte es dann passieren?«

Jäkel rang um Fassung und setzte sich aufs Bett. »Es war während der Visite. Dann sind alle Schwestern und Pfleger beschäftigt, die meisten begleiten mich und die Kollegen. Wenn wir in einem Zimmer sind ...«

»... ist der Rest der Station mehr oder weniger unbeaufsichtigt«, vollendete Thal den Satz.

Jäkel nickte. »Wenn sich jemand mit den Abläufen auf der Station auskennt, hat er gute Chancen, unerkannt mit einem Baby im Arm zu verschwinden.«

»Sie meinen, es war jemand aus Ihrem Team?«

Jäkel senkte den Blick und starrte auf seine Schuhe. Bettina spürte, dass er mit sich rang. »Sie müssen uns alles sagen, Herr Doktor. Die kleinste Kleinigkeit kann wichtig sein, jedes Detail bringt uns möglicherweise auf die Spur des Entführers.«

Jäkel nickte bedächtig. »Seit drei Tagen vermissen wir Schwester Cornelia.«

»Was heißt das, Sie vermissen sie?«

»Cornelia Grewe ist nicht aus dem Urlaub zurückgekommen.«

»Vielleicht ist sie krank«, wandte Bettina ein und hoffte auf die Antwort, die sie bekam.

»Nein, das glaube ich nicht. Sie ist eine gewissenhafte Kinderkrankenschwester. Wenn sie krank wäre, hätte sie sich abgemeldet. Außerdem haben wir mehrfach versucht, sie telefonisch zu erreichen. Eine Kollegin ist zwei Mal bei ihr zu Hause gewesen, aber sie hat die Tür nicht geöffnet.«

Bettina spürte eine Hitzewelle über den Rücken in ihren Kopf steigen. Sicher färbte sich ihr Hals bereits rot, aber das war ihr egal. Endlich hatten sie einen Namen. Cornelia

Grewe. Möglicherweise gab es für ihr Verschwinden eine einfache und plausible Erklärung, aber im Moment tat es gut, einen Ermittlungsansatz zu haben.

Thal öffnete die Zimmertür und trat auf den Flur. Er deutete mit der Hand nach oben. »Zeichnet diese Überwachungskamera auf?«

»Ich glaube schon«, sagte Jäkel. Da müssen Sie den Sicherheitsdienst der Klinik fragen.

Bettina zog einen Notizblock aus der Tasche, um sich die Namen zu notieren. Thal nahm sein Handy. »Es gibt Arbeit, Hartmut.«

Vierzehn

»Diese Krankenschwester ist also die einzige Spur, die Sie in dem Fall haben?«

»Es ist vor allem die erste.« Thal hatte die Debatten mit dem Kriminaldirektor langsam satt. Endlich konnten sie nicht nur tatenlos zusehen und abwarten, was mit dem entführten Kind geschah, und was tat er? Er wollte darüber diskutieren, ob Gefahr im Verzug war und sie Cornelia Grewes Wohnung ohne richterliche Anordnung betreten durften.

»Wenn wir nicht schnell handeln, sind am Ende alle Spuren verwischt«, mischte sich Bettina ein. Der Imam drehte ruckartig den Kopf, als nähme er ihre Anwesenheit erst jetzt wahr.

»Sie unterstellen damit, dass diese Grewe etwas mit der Kindesentführung zu tun hat, aber ...«

»Herr Kriminaldirektor!« Thal sprach zu laut und zu harsch, aber sie hatten keine Zeit. »Wir haben eine Streife zur Wohnung der Krankenschwester geschickt. Sie haben dort niemanden angetroffen. Stellen Sie sich vor, das Baby ...«

»Geschenkt, Thal!« Der Imam wischte den Einwand mit einer herrischen Handbewegung zur Seite. »Gehen Sie rein, aber benehmen Sie sich nicht wie der Elefant im Porzellanladen. Wenn irgendetwas schiefgeht ...«

Thal nickte schweigend. Man konnte über den Direktor sagen, was man wollte, er verhielt sich niemals illoyal. Man brauchte oft Geduld, um ihn zum Handeln zu bewegen, am Ende stellte er sich aber immer vor seine Leute – mochte es auch noch so unangenehm werden.

Bettina nahm ihre dunkelgrüne Kostümjacke vom Stuhl und schlüpfte hinein. »Gehen wir?«

»Moment!« Hartmut Grendel stürmte in den Besprechungsraum, in der Hand ein aufgeklapptes Notebook. »Bevor ihr euch diese Krankenschwester vornehmt, solltet ihr euch das ansehen.«

Die Ermittler drängten sich vor dem Tisch, jeder wollte einen freien Blick auf den kleinen Monitor haben.

»Damit ihr euch nicht stundenlang durch die Überwachungsvideos quälen müsst, habe ich die wichtigsten Sequenzen zusammengeschnitten.«

Thal konnte sich ein Grinsen nicht verkneifen. Der Techniker war berüchtigt für seine Verachtung jeglicher Hierarchien. Es kam also nicht von ungefähr, dass er wegen der Anwesenheit des Kriminaldirektors nicht in Höflichkeitsfloskeln verfiel. Mit einem energischen Hieb auf die Enter-Taste startete Grendel das Video. Es erschien ein gepixeltes Bild des Krankenhausflurs. Eine Schwester hastete aus dem Besprechungszimmer, der Chefarzt huschte ebenfalls kurz durchs Bild. Am unteren Bildrand erschien eine Frau in der Arbeitskleidung der Schwestern. Sie blieb eine Sekunde stehen, ehe sie die erste Tür rechts öffnete, kurz den Kopf hineinsteckte, um sie sofort wieder zu schließen. Schnell ging sie zur nächsten Tür.

»Zimmer 3017«, kommentierte Grendel, die Zahl war nur mit Mühe zu entziffern.

»Das Zimmer der entführten Mia Zacharias«, flüsterte Bettina.

»Verdammt Mist«, brummte Thal. »Warum sehen wir sie nur von hinten.«

Grendel machte eine beschwichtigende Handbewegung. Auf dem Monitor verschwand die Frau aus dem Bild. Es dauerte exakt elf Sekunden, bis sie das Krankenzimmer wieder verließ. Sie trug ein aufgrund der schlechten Bildqualität nicht zu definierendes Bündel im Arm – vermutlich das Baby.

»Man kann schon wieder nichts erkennen.« Thals Missmut wuchs, denn die Frau beugte sich über das Kind, sodass kein Blick auf ihr Gesicht möglich war.

»Die Grewe ist es nicht«, sagte Bettina und deutete auf ein Foto, das Jäkel ihnen mitgegeben hatte. Es war auf der letzten Weihnachtsfeier aufgenommen worden. Cornelia Grewe saß mit drei Kolleginnen an einem Tisch. Sie lächelte mit eigenartig verzogenem Mund in die Kamera. Vielleicht war sie schon angeheitert gewesen. »Sie ist blond und hat lockige, lange Haare. Die Entführerin hingegen hat einen schwarzen Bubikopf.«

»Nicht so voreilig«, sagte Grendel und stoppte das Video, bevor er es durch gleichmäßiges Drücken auf die Leertaste Bild für Bild vorlaufen ließ.

»Da!« Er schaute strahlend in die Runde.

»Was?«, fragte der Imam. »Ich sehe da nichts.«

»Na, da!« Grendel tippte mit Finger auf ihren Kopf.

Niemand sagte etwas.

»Seht ihr das etwa nicht?«

»Nun sag schon, Hartmut!« Thal beugte sich so weit vor, dass seine Nase fast den Bildschirm berührte.

»Du nimmst uns die Sicht, Alexander«, sagte Bettina.

»Das da.« Grendel umkreiste eine zwei Euro große Fläche mit dem Finger. »Das ist eindeutig eine blonde Haarsträhne, die unter einer Perücke hervorschaut.«

»Echt?« Der Kriminaldirektor schob Thal zur Seite. »Ich kann da nichts erkennen.«

Grendel zog breit grinsend einen Ausdruck hervor, den er die ganze Zeit unter dem Notebook verborgen hatte. »Ich hatte nicht viel Zeit, das Bild aufzubereiten, aber ich denke, das wird euch überzeugen.«

Das bearbeitete Standfoto verdeutlichte, was der Techniker meinte. Die Perücke war leicht verrutscht und eine vorwitzige Haarsträhne hatte sich rechts hinten nach außen geschoben.

»Leider bekommen wir das Gesicht nicht schärfer, aber ...«

»Die Frau hat blonde Haare und trägt Schwesterntracht«, unterbrach ihn Thal.

»Die Statur passt ebenfalls«, ergänzte Bettina, deren Blick zwischen dem Foto der Weihnachtsfeier und dem Videoausschnitt hin und her irrte. »Es könnte Cornelia Grewe sein.«

»Worauf warten wir dann noch!« Thal sprang auf und schlug Grendel auf die Schulter. »Gute Arbeit, Hartmut.«

Der Kriminaldirektor applaudierte.

Fünfzehn

»Mia«, flüsterte sie. Sie wiederholte den Namen mehrmals, als müsste sie sich vergewissern. Schließlich war es eine Premiere, dass sie vom ersten Moment an wusste, wie ihr Schützling hieß. Bei den drei anderen hatte sie den Namen erst später erfahren, diesmal stand er in einer unsicheren, fast kindlichen Handschrift auf dem Armband um Mias Handgelenk.

Sie drückte das winzige Menschenkind an ihre Brust. Mia hatte die Augen geschlossen und bewegte ihre Lippen, als würde sie ihm nächsten Moment etwas sagen.

»Hast du Hunger, meine Kleine?« Sie hielt den Säugling ein paar Zentimeter von sich weg und betrachtete ihn, als könnte sie die Antwort ablesen. Vorsichtig legte sie das Baby zurück in die Wiege und trat an den Herd.

Sie hatte ihre Tochter gestillt, bis sie ein Jahr alt war, die Zubereitung der Säuglingsnahrung hatte sie lernen müssen. Inzwischen kam es ihr vor wie eine Meditation. Die Hände führten jeden Griff automatisch durch, ihre Gedanken konnten dabei auf Wanderschaft gehen. Am Anfang kreisten sie um die Kinder und ihre Eltern. Da hatte sie noch jeden Tag die Zeitung gelesen, was sie sich bei Nummer drei endgültig abgewöhnt hatte. Es brachte nichts, sich mit dem Leid der anderen zu beschäftigen, es vergiftete nur das eigene Tun. Und was nützten ihr die Namen? Sie waren unwichtig. Nummer drei hatte sie Goldkind genannt wegen der Haare, die einen goldenen Schimmer hatten, wenn das Licht am Morgen in die Wiege fiel. Sie konnte nicht ahnen, dass Goldkind der erste Engel werden würde, den sie erlöste. Sie versuchte jedes Mal, in den Gesichtern zu lesen, aber sie blieben stumm. Das Urteil fiel nicht hier und es war nicht ihre Aufgabe. Sie war nur die Vollstreckerin. Nein! Sie hasste dieses Wort, es klang wie der Titel eines Horrorfilms. Sie war die Beschützerin der Kinder. Sie übernahm die Aufgabe, die den Eltern zugestanden hätte, aber sie wusste selbst, dass weder Mutter noch Vater dazu in der Lage war.

Ihre Gedanken schlichen in der Zeit zurück. Sie ließ sie gehen, während sie das Pulver in die Flasche füllte. Manchmal unterband sie jede Rückschau, um der unweigerlich folgenden Melancholie zu entgehen. Heute war es ihr gleichgültig. Vielleicht würde die Erinnerung sie beruhigen, ihren Adrenalinspiegel wieder auf das normale Maß bringen.

Sie musste andere Wege finden, um einen Schützling in ihre Obhut zu nehmen. Die Entführung aus dem Krankenhaus war zu riskant. Kameras überall und Menschen, die mit wachen, weil ängstlichen Augen über die Flure laufen. Sie hoffte, dass sie keinen Fehler gemacht hatte, dass sie den Kopf genug gesenkt und den Gang hinreichend beschleunigt hatte, um nicht identifiziert zu werden. Und wenn doch?

Sie schüttelte die Flasche und schaute zur Seite. Die auf Styroporköpfen thronenden Perücken erinnerten sie an die Gefahr, der sie sich ausgesetzt hatte. Sich und ihren Schützling. Nein, so konnte es nicht weitergehen. Sie hatte noch Zeit vor sich, sie musste das Risiko verkleinern.

Mia hustete und begann eine Art Schnattern. Sie kannte diese Töne, meist waren sie das Vorspiel zu einem unüberhörbaren Schreien. Mit der Flasche, die sie zur Temperaturüberprüfung an die Wange hielt, trat sie an die Wiege.

»Ist ja schon gut!« Sie hob das Mädchen heraus und setzte sich in den nach altem Leder und Wachs riechenden Sessel, der so gar nicht in den Raum passte. Vorsichtig bettete sie das schreiende Bündel in ihren Schoß und hielt dem hungrigen Menschlein den Sauger vor den Mund. Wie immer faszinierte sie der natürliche Reflex. Der Mund öffnete sich und eine Sekunde später saugte Mia gierig die körperwarme Milch aus der Flasche.

So groß war der Wille zu leben. Und doch war manchmal das Böse stärker. So stark wie Windmühlenflügel, gegen die sich ein Kampf nicht lohnte.

Mia hielt die Augen geöffnet, während der Mund sich rhythmisch zusammenzog und die Lippen beim Nuckeln ein schmatzendes Geräusch hervorbrachten.

Sie wusste, dass die Kleine sie nicht fixieren konnte und doch kam ihr das Schielen wie ein Hinweis vor. Nein, dachte sie. Nicht schon wieder. Diesmal musste alles in Ordnung sein.

Sie beugte den Oberkörper und brachte ihren Kopf bis auf ein paar Zentimeter an ihren Schützling heran. Mia unterbrach das Saugen nicht für eine Sekunde, schloss aber die Augen, als wäre ihr die Nähe der fremden Frau unangenehm.

»Deine Eltern sorgen sich um dich, mein Liebling. Sie vergehen vor Angst, dabei haben sie dazu keinen Grund.«

Sie begann ein Lied zu summen, die Melodie war auf einmal da, ohne dass sie wusste, was für ein Stück es war. Erst als sich Mias winzige Hand an ihre schmiegte, fiel es ihr ein. »Sind so kleine Hände ...« Ihre Mutter hatte es geliebt, jeden Tag hatte sie ihr das Lied vorgesungen und ihre Hände in der Luft tanzen lassen.

Sie senkte den Kopf ein bisschen weiter.

»Alles wird gut, mein Schatz! Wirklich alles.«

Sie spürte die Wahrheit dieses Satzes. Sie tat das Richtige, das, was getan werden musste. Was richtig war, war auch gut. Sie zweifelte nicht daran.

»Trink, mein Liebling! Du brauchst noch viel Kraft im Leben, wie kurz oder lang es auch sein mag. Ich bete jeden Tag, dass du ein erfülltes Leben haben kannst.«

Mia hörte auf zu trinken und öffnete die Augen.

Sie glaubte, ein Lächeln im Gesicht der Kleinen zu sehen.

»Ja, mein Sonnenschein! Ich bete, dass ich dich zurückbringe, dich wieder in den Schoß der Mutter legen kann.«

Sie hob den Kopf und legte sich den Säugling vor den Bauch.

»Aber das liegt nicht in meiner Hand.«

Sechzehn

»Kann hier mal jemand ein Fenster öffnen? Man bekommt ja kaum Luft!«

Thal setzte sich auf das Sofa im Wohnzimmer und fächelte sich Luft zu. Er hatte einen roten Kopf wie nach einer körperlichen Anstrengung. Irgendetwas stimmt mit ihm nicht, dachte Bettina. Er war in der letzten Zeit oft erschöpft und reizbar und riss sofort die Fenster auf, kaum hatte er einen Raum betreten. Bettina öffnete ein Fenster und beugte sich heraus. »Hier könnte ich es auch aushalten.«

»Ist ein komisches Wohngebiet«, sagte Quandt und kam aus dem angrenzenden Zimmer. Cornelia Grewe bewohnte eine Zwei-Zimmer-Wohnung in der Chérisy, wie die Konstanzer sagten.

»›Komisch‹ ist ein seltsames Wort für eine ehemalige Kaserne«, sagte Thal. Seine Gesichtsfarbe hatte sich normalisiert.

»Bundeswehr?«, fragte Quandt.

»Nein, die meisten Gebäude sind viel älter. Sie wurden 1936 vom Reichsarbeitsdienst für die Reichswehr gebaut. Nach dem Ende des Dritten Reiches zogen die französischen Besatzungstruppen ein und als diese Garnison 1979 wieder auszog, standen die Gebäude plötzlich leer.«

»Wollte man damals nicht Studentenwohnungen bauen?«, fragte Bettina, die erst vor Kurzem einen Artikel im ›Südkurier‹ gelesen hatte. Es ging um einen Skandal beim Bau eines neuen Studentenheims durch ein Privatunternehmen. An Details konnte sie sich nicht mehr erinnern.

Thal zuckte mit den Schultern. »Ich glaube schon, aber die Finanzierung klappte nicht.«

»Kommt mir alles alternativ vor«, sagte Quandt. Bettina war sich nicht sicher, ob er das anerkennend oder eher spöttisch meinte.

»Wie ein Projekt von Latzhosenträgern?«, fragte Thal lachend.

Quandt wiegte den Kopf hin und her. »Als ich vorhin auf das Gelände fuhr, dachte ich eher an die Hamburger Hafenstraße. Schwarzer Block und so.«

»Ach, komm«, sagte Bettina, »das gibt es nicht im gut bürgerlichen Konstanz.«

»Sag das nicht!« Thal lächelte noch immer. »Die Chérisy ist schon ein eigener Kosmos. Immerhin leben hier über tausend Menschen, es gibt ein Kinderhaus, einen Kulturladen und viele Projekte, die sich eher am Gemeinwohl als am Profit orientieren.« Er stand auf und trat neben Bettina. »Aber was sagt uns das über Cornelia Grewe?«

Quandt ging am Wohnzimmerschrank entlang, in dessen Regal neben zwei Dutzend Büchern ein paar Fotos in kitschigen Rahmen und sonstiger Nippes zur Schau gestellt war. »Die Literatur unserer Krankenschwester lässt nicht auf eine linke Gesinnung schließen. Eher hatte sie eine romantische Ader.« Er zog ein Buch heraus.

»Sieh an, die Dame liest Frida von Stein«, sagte Thal.

»Soll uns das etwas sagen?«, fragte Bettina.

»Erinnerst du dich etwa nicht an die Konstanzer Erfolgsschriftstellerin und Lebenspartnerin des Chefredakteurs Nicolas Palme?«

Bettina zuckte zusammen. Es traf sie noch immer, wenn von Palme die Rede war, schließlich war er der Nachfolger ihres verstorbenen Freundes Tobias, Thals Sohn. »Richtig«, sagte sie. »Von Stein ist ein Künstlername, eigentlich heißt sie ...«

»Frida Sturm«, ergänzte Quandt.

»Du überraschst mich immer wieder«, sagte Bettina. »Ich hätte nie gedacht, dass du dich für Frauenliteratur interessierst.« Sie lachte und war froh, die tristen Gedanken verdrängen zu können.

»Lasst uns zur Sache kommen«, sagte Thal. Die ausgelassene Stimmung, in die sie sich zum ersten Mal seit Übernahme des Falls geflüchtet hatten, löste sich auf.

»Gibt es in dieser Wohnung irgendetwas, was uns weiterhelfen kann?«

»Zwei Zimmer, Küche, Bad«, sagte Quandt. »Ziemlich großzügig geschnitten und zu groß für eine Person, vor allem bei den Mietpreisen in Konstanz. So viel verdient eine Krankenschwester schließlich nicht.«

»Doch nicht etwa noch weniger als wir?« Bettina konnte es sich nicht verkneifen zu spotten. Thals tadelnden Blick ertrug sie mit schuldbewusst gesenktem Kopf.

»Schaut euch genau um«, sagte Thal. »Fällt euch wirklich nichts auf?«

Bettina stieß sich vom Fenster ab und ging in die Mitte des Wohnzimmers.

»Ikea«, sagte sie.

»Alles noch ziemlich neu, sieht fast so aus, als hätte die Grewe einen Großeinkauf gemacht.«

»Das ist mir gleich zu Beginn aufgefallen«, sagte Thal. »Es gibt kein einziges altes Möbelstück.«

»Du meinst den antiken Lieblingssessel, den man seit der Kindheit durch sein Leben schleppt?«, fragte Bettina.

»Habe ich auch nicht«, brummte Quandt.

»Du lebst ja auch in einem Wohnwagen, das zählt nicht. Es muss auch kein sperriger Ohrensessel sein, aber seht ihr hier überhaupt etwas Individuelles?« Thal machte eine ausholende Bewegung. »Alles von der Stange.«

Bettina ging ins Schlafzimmer. Ein Bett, zwei dazu passende Nachtschränkchen, eine Kommode, ein Kleiderschrank. Sie hob die Tagesdecke. Das Bett war nicht bezogen. Der Schrank war nicht einmal zur Hälfte gefüllt. Nirgendwo lag etwas herum. »Es sieht aus, als wäre diese Wohnung seit Längerem unbewohnt«, rief sie über die Schulter.

Im Bad das gleiche Bild. Auf der Ablage über dem Waschbecken stand mutterseelenallein eine fast leere Dose Deodorant. Sonst nichts.

Quandt stellte sich in die Badezimmertür. »So eine sterile Wohnung habe ich noch nie gesehen. Entweder litt die Frau an einer Allergie oder sie hatte ein psychisches Problem.«

»Du meinst einen Tick?«, fragte Thal.

Bettina und Quandt gingen zurück ins Wohnzimmer. Thal stand vor dem Regal und las mit schräg gestelltem Kopf die Titel auf den Buchrücken. »Mir kommt es vor, als hätte sich jemand provisorisch eingerichtet.«

»Oder Cornelia Grewe wollte keine Hinweise hinterlassen. Es gibt ja auch keinen Anhaltspunkt darauf, wo sie sich im Moment aufhalten könnte.«

»Die Kollegen in der Klinik wussten auch nicht, was sie im Urlaub vorhatte«, sagte Bettina. »Sie hatte gesagt, dass sie das spontan entscheiden wollte, was die anderen Schwestern eigenartig fanden. Es passte nicht zu ihr, weil sie sonst alles genau plante.«

Thal richtete sich auf. »Wie dem auch sei, die Wohnung bringt uns nicht weiter.«

»Sollen wir Hartmut und seine Leute ...«

»Zeitverschwendung«, sagte Thal. »Und wenn wir etwas zu wenig haben, dann Zeit.«

Siebzehn

Thal schloss die Augen und atmete den Kaffeeduft ein. Es war erst sein dritter Espresso an diesem Tag. Zu wenig – und so fühlte er sich auch. Langsam trank er den ersten Schluck, spürte den Aromen nach und genoss das leichte Brennen, als die heiße Flüssigkeit seine Speiseröhre hinunterlief. In fünf Minuten würde es ihm besser gehen. So war es immer und so musste es auch diesmal sein. Er brauchte die Energie zurück, die ihm in den letzten Wochen abhandengekommen zu sein schien. Bettina hatte ihn vorhin schon merkwürdig angesehen. Sie kannte ihn zu gut, um nicht zu merken, dass etwas mit ihm nicht stimmte. Er leerte die Tasse mit dem zweiten Schluck und atmete tief ein. Der Druck auf der Brust war verschwunden. Er wusste, dass es nicht am Kaffee lag, das Gefühl kam und ging. Er grübelte seit Tagen darüber, wann es angefangen hatte, fand aber keine Antwort. Er stellte die Tasse auf das Sideboard, setzte sich an den Schreibtisch und schlug die Akte auf. Er musste aufhören, sich mit seiner eigenen Befindlichkeit zu beschäftigen. Es brachte nichts, wenn er ständig in sich hineinhörte. Sie mussten Mia Zacharias finden und gesund zu ihren Eltern zurückbringen. Danach würde er zum Arzt gehen und sich durchchecken lassen.

Er schaute sich Cornelia Grewes Porträt an. Sie sah direkt in die Kamera, ihre blonden Haare schmiegten sich an die Wangen und endeten in einer kecken Welle, die nicht zu dem ernsten Blick passte. Sie sah älter aus als vierunddreißig, aber das konnte täuschen. Sie mochte zu den Menschen gehören, die es vor einer Kamera nicht schaffen, locker zu bleiben. Ihm selbst fiel das auch nicht leicht, das konnte man auf jedem Foto begutachten. Trotzdem glaubte er, eine Spur Traurigkeit in diesem Blick zu erkennen. Es war keine aktuelle Trauer, weil ein geliebter Mensch von ihr gegangen war, eher eine das Leben grundierende Melancholie.

Bettina und er waren direkt von Cornelia Grewes Wohnung zur Klinik gefahren, um den Kolleginnen und Kollegen die entscheidende Videosequenz vorzuspielen. Die ganze Mannschaft hatte sich im Schwesternzimmer versammelt. Es war ein bunteres Bild, als er es erwartet hatte, nur die Diensthabenden trugen die üblichen weißen Kittel, die anderen hatten Freizeitkleidung an. Bettina schloss den Monitor auf dem Schreibtisch an ihr Notebook, damit alle gut sehen konnten. Als der Film lief, saßen alle mit vorgebeugtem Oberkörper auf ihren Stühlen. Einige nickten mit dem Kopf, anderen hatten die Augen schreckhaft aufgerissen. Konnte das wirklich sein? Lief dort ihre Kollegin über den Flur und rannte schließlich mit einem entführten Kind davon? Die Kollegin, die alle als schüchterne junge Frau beschrieben. Single, ohne darunter zu leiden, jedenfalls behauptete sie das. Und warum sollte das nicht stimmen? Ein Drittel der Stationsbelegschaft war derzeit ohne Partner. Über einen unerfüllten Kinderwunsch hatte sie auch nie gesprochen, was also sollte die Motivation sein, einen Säugling zu stehlen?

Thal sah die Fragen in den Gesichtern. Es waren dieselben, die er sich stellte und auf die er keine Antworten hatte. Noch nicht.

Bettina beendete die Grübeleien und stoppte das Video genau in dem Moment, als die Frau direkt unter der Kamera stand. Sie deutete auf die unter der Perücke hervorspringende Haarsträhne. »Erkennen Sie diese Frau?«

Es setzte ein Gemurmel ein, aus dem einige Satzfetzen hervorsprangen. »Könnte sein ...« – »Also, ich weiß nicht ...« – »Cornelia hat doch ...«

Bettina versuchte, die Aussagen zu ordnen. »Achten Sie auf die Statur der Frau, auf ihren Gang. Könnte das Cornelia Grewe sein?«

Der Chefarzt übernahm die Verantwortung. »Es passt alles bis auf die Haare.«

»Sie trägt eine Perücke«, sagte Bettina und deutete auf den Haaransatz.

»Jetzt sehe ich es auch«, sagte der Doktor und atmete geräuschvoll aus. »Also für mich ist die Frau unsere Cornelia.« Er schaute von rechts nach links. »Was meint ihr?«

Zustimmendes Murmeln. Nicht alle waren sich sicher, aber niemand wagte dem Chef zu widersprechen.

Bettina hatte ohne weitere Nachfragen das Notebook zusammengepackt. Eine präzisere Auskunft würden sie nicht bekommen. Die Annahme, dass Cornelia Grewe die Kindesentführerin und -mörderin war, hatte auch sonst einiges für sich. Die Täterin musste über gute Kenntnisse in der Säuglingspflege verfügen. Emma und Nora, die ersten beiden Opfer, waren in einer ausgezeichneten Verfassung, als ihre Eltern sie zurückbekamen. Es gab keinerlei Anzeichen, dass sie nicht ausreichend und richtig ernährt worden waren, der Popo war nicht wund, sie waren perfekt gewickelt. Nichts deutete auf Unerfahrenheit im Umgang mit Säuglingen hin. So zynisch es klang, auch die tote Lina Waldvogel war nicht vernachlässigt worden. Cornelia Grewe war in dieser Hinsicht die perfekte Verdächtige.

Es klopfte. Grendel blieb nach Thals ›Herein!‹ steif an der Tür stehen, als gäbe es ein unsichtbares Hindernis. »Alles klar, Chef?«

Thal winkte ihn energisch heran. »Ich hoffe, du hast doch noch irgendeine Spur entdeckt. Im Moment sind wir auf Spekulationen angewiesen, und du weißt, wie sehr ich das hasse.«

Der Spurensicherer lächelte und setzte sich auf den Besucherstuhl.

»Es ist nicht so einfach, überhaupt etwas zu finden, das weißt du. Der Weidenkorb hat lange im Wasser gelegen, außen sind fast alle Spuren abgewischt. Außerdem war der Täter ...«

»Die Täterin«, sagte Thal.

Grendel schaute ihn erstaunt an. »Seid ihr sicher?«

»Bis zum Beweis des Gegenteils«, sagte Thal, der erst in diesem Moment beschloss, der Hypothese zu folgen, Cornelia Grewe sei so gut wie überführt.

»Okay«, sagte Grendel zu Thals Überraschung, der mit einem Einwand gerechnet hatte. »Die Täterin ist sorgfältig zu Werke gegangen bis auf eine winzige Kleinigkeit. Es war gar nicht so einfach, der Sache auf den Grund zu gehen, aber ...«

»Hartmut, bitte! Sprich nicht in Rätseln.«

»Erinnerst du dich daran, dass wir einen Fleck auf dem Taufkleid gefunden haben.«

Thal brauchte einen Moment, bis er verstand, was der Kollege meinte. Thal selbst bezeichnete das weiße Kleidungsstück, in dem sie Lina gefunden hatten, als ›Totenhemd‹, weil es ihm passender erschien. »Wisst ihr, um was es sich handelt?« Er schaute Grendel an, der die Augen schloss und nickte. Thal atmete tief ein. Bewahrheiteten sich jetzt die Befürchtungen, die er von Anfang an gehabt hatte? Er stieß den Atem aus und flüsterte: »Sperma?«

Grendel riss die Augen auf. »Wie kommst du da drauf? Ich denke, wir haben es mit einer Frau zu tun.«

»Was dann?«

»Der Befund ist eindeutig. Bei dem Fleck auf dem Taufhemd des toten Mädchens handelt es sich um Tränenflüssigkeit.«

Thal brauchte eine Sekunde, bis er die Bedeutung dieses Satzes verstand.

»Mensch Hartmut, das ist großartig!« Er schlug mit der flachen Hand auf die Schreibtischplatte. »Dann haben wir DNA – und die stammt mit ziemlicher Sicherheit von der Täterin.«

»Leider nein«, sagte Grendel.

»Du willst doch nicht etwa sagen, es sind Tränen des Babys?« Thal hätte die Antwort am liebsten aus Grendel herausgeschüttelt, aber der ließ sich wieder Zeit.

»Nein, nicht von Lina. Aber auch nicht von der Täterin. Und DNA können wir daraus nicht isolieren.«

Thal riss die Augen auf und hob die Schultern.

Grendel fasste sich in die Hosentasche und holte ein Plastikfläschchen heraus. Er stellte es vorsichtig auf den Schreibtisch. Thal starrte es verständnislos an.

»Es ist künstliche Tränenflüssigkeit, Alexander.«

»Du meinst, die Täterin hat sich das Zeug in die Augen getropft und dabei ist aus Versehen ...«

»Nein, das meine ich nicht. Dafür gibt es viel zu viele Tropfen auf dem Kleid. Die hat jemand absichtlich dort hinterlassen.«

Grendel sprach ausdruckslos, was den Satz in Thals Ohren noch monströser machte. »Was ist das für eine kranke

Scheiße«, rief er und seine Stimme kippte beinahe ins Falsett.

Grendel nickte stumm.

Thal lehnte sich zurück. »Es wäre ja auch zu schön gewesen. Cornelia Grewes DNA auf dem Taufkleid hätte bedeutet: Großfahndung nach der Frau, die wir mit großer Wahrscheinlichkeit für die Entführerin und Mörderin halten. Und jetzt?«

»Das Übliche«, sagte Grendel und steckte sich die Flasche wieder ein. »So viel wie möglich über Cornelia Grewe herausbekommen. Verwandte und Freunde befragen. Ihren Aufenthaltsort identifizieren.«

»Kurz gesagt: Fragen stellen und bei den Antworten die Lügen von der Wahrheit trennen.«

»Polizeiarbeit eben.«

Achtzehn

Bettina ließ sich in den Sessel fallen. Sie hatte es gerade noch geschafft, rechtzeitig nach Hause zu kommen. Pranom hatte darum gebeten, pünktlich Feierabend zu machen, weil sie sich mit Freunden aus ihrer Heimat treffen wollte, die zu Besuch in Konstanz waren. Es kam selten vor, dass sie am Abend nicht länger bleiben konnte, deshalb hatte Bettina sich beeilt. Es hatte auch fast geklappt, zehn Minuten Verspätung nahm ihr Kindermädchen ihr nicht übel.

Bettina streifte die Schuhe von den Füßen. Auf dem Boden krabbelte ihre Tochter Leah und brabbelte fröhlich vor sich hin. Was für ein privilegiertes Leben sie doch hatte. Natürlich würde ihr irgendwann der Vater fehlen, auch wenn sie Tobias nie bewusst erlebt hatte, sie war ja noch ein Baby, als er bei einem Autounfall starb. Sonst würde es ihr an nichts mangeln, dank Thals Unterstützung, der die Bilder seiner verstorbenen Frau – ihr verdankte die Kleine ihren Vornamen – verkauft hatte und seitdem ein vermögender Mann war. Nicht, dass Bettina ihre Tochter deshalb Leah genannt hätte, das war eine Verneigung vor Thals wunderbarer Gefährtin, die viel zu früh gehen musste. Alexander hatte ihr die Wohnung gekauft, im Grundbuch war Leah eingetragen, wahrscheinlich war sie eine der jüngsten Wohnungseigentümer der Stadt. Er kam für die Kosten des Kindermädchens auf, eigennützig, wie er sagte, denn er wollte Bettina nicht als Kollegin verlieren. Sie lächelte. Es tat gut, derart wertgeschätzt zu werden. Trotzdem fehlte ihr etwas. Sie spürte es nicht jeden Tag, aber heute lastete eine gedrückte Stimmung auf ihr. Manchmal vermisste sie Tobias, obwohl sie sich schon Monate vor seinem Tod getrennt hatten. Oder war es die Sehnsucht nach Nähe? Sie hatte sich nie als Single gesehen, sondern immer als Frau in einer Beziehung. Aber wie sollte sie jemanden finden? Sie arbeitete sechzig Stunden in der Woche, den kläglichen Rest versuchte sie, mit ihrer Tochter zu verbringen. Irgendwie musste sie das schlechte Gewissen, das ständig irgendwo lauerte, wenigstens einigermaßen im Zaum halten.

Sie lehnte sich im Sessel zurück und schloss die Augen. Wie mochte es den Waldvogels gehen, die ihre Tochter verloren hatten, bevor sie richtig auf dieser Welt angekommen war. Oder Anna und Christoph Zacharias, deren Tochter Mia heute entführt worden war. Sie konnte sich die Trauer und die Angst vorstellen. Sie riss die Augen auf und schaute ihre Tochter an, die sich mit glücklichem Blick einen Bauklotz in den Mund steckte. Konnte sie die Gefühle der Eltern wirklich nachvollziehen? Oder blieb ihr Mitgefühl an der Oberfläche?

Sie streckte die Beine aus und drückte die Handflächen gegeneinander. Es nützte nichts, wenn sie der Melancholie nachgab, die sich wie ein ungebetener Gast in die Wohnung geschlichen hatte. Sie hatten einen Fall zu lösen und Mia Zacharias zu befreien, bevor ihr etwas geschehen konnte. Wenn ihr überhaupt etwas zustoßen würde. Wann hatten sie jemals so einen merkwürdigen Fall gehabt? Was trieb die Frau an? Frau? Sie überlegte, ob es daran einen Zweifel geben konnte. Nein! Selbst wenn sich der Verdacht gegen Cornelia Grewe nicht erhärten ließ, Bettina war überzeugt, dass sie es mit einer Frau zu tun hatten. Sie kümmerte sich um die Babys wie eine Mutter, fütterte sie, wischte ihren

Popo ab, legte Windeln an. All das konnten auch die Väter von heute, keine Frage. Aber trotzdem legte sie sich fest.

Was trieb diese Frau an? Sie war kein Monster, aber warum tötete sie das dritte Baby, wo sie die ersten zwei am Leben ließ? Bettina hatte das Gefühl, dass sie die entscheidende Frage gestellt hatte. Und es gab noch etwas, das ungeklärt war. Warum entführte die Frau ausschließlich Mädchen? Konnte das ein Zufall sein? Bettina schüttelte den Kopf.

Leah gab einen ärgerlichen Laut von sich. Hatte sie sich mit dem Bauklotz wehgetan? Bettina ging in die Knie und breitete die Arme aus. Ihre Tochter verzog den Mund und begann zu weinen.

»Ist schon gut«, sagte Bettina. »Hast du Hunger, meine Süße?«

Leah schluchzte.

Bettina wusste, was die Eltern fühlten.

Neunzehn

Thal hatte sich in die erste Reihe vor der Bühne vorgekämpft. Das Konzert war ausverkauft, die Menschen standen dicht gedrängt. Er spürte, wie die Bässe in seinen Eingeweiden rührten. Die Show war fast zu Ende, die Anlage auf höchste Lautstärke gedreht. Madlaina tobte in ihrem typischen Outfit über die Bühne: schwarzes T-Shirt, hautenge, schwarze Lederhose, schwarze Schaftstiefel mit Absätzen, für die man einen Waffenschein brauchte. Thal folgte jeder ihrer Bewegungen. Er war glücklich, mit dieser Frau zusammensein zu dürfen. Sie brauchten keinen Trauschein. Er stieß die Faust in die Höhe und gab sich der berauschenden Musik hin, die seine Gedanken von jeder Last befreite.

Als das letzte Stück endete, tobte das Publikum. Minutenlang klatschten, trampelten und pfiffen sie, bis die Musiker zurück auf die Bühne kamen. Der Bassist begann einen Rhythmus zu zupfen, der Schlagzeuger fiel leise ein. Madlaina rannte auf die Bühne und riss das Mikrofon vom Ständer.

»Bist du da?«

Aus Hunderten Kehlen kam ein donnerndes »Ja!«

Madlaina lachte. »Ich weiß, dass ihr da seid. Aber euch meine ich nicht, sondern einen ganz bestimmten Typen, der mir versprochen hat, heute Abend hier zu sein. Aber bei ihm weiß man das nie so genau.« Ihr raues Lachen hallte von den Wänden wider.

»Also, noch einmal: Bist du da, Thal?«

»Ja«, brüllte er. Sie beugte sich in seine Richtung. »Das wollte ich dir auch geraten haben.«

Die Menge lachte, klatsche und pfiff.

Madlaina drehte sich zu ihren Musikern um. Der Bassist stoppte sein Spiel und der Schlagzeuger formte ein Kreuz aus den Stöcken. Sie stampfte mit den Füßen einen langsamen Takt, wandte sich wieder dem Publikum zu und begann zu singen.

Schon bei den ersten Takten von ›Fast Car‹ kamen Thal die Tränen. Die ›Olsenbande‹ spielte dieses Stück angeblich nur, wenn er im Publikum war. Er hatte keine Ahnung, ob das stimmte, aber es spielte auch keine Rolle. Es war ihre Hymne. Thal riss die Arme hoch, klatschte im Takt und gab sich der Musik hin. Er heulte und sang gleichzeitig. Irgendjemand legte ihm von hinten die Arme um die Schultern, aber er schüttelte sie ab. Dieser Moment gehörte nur Madlaina und ihm.

Zwei Stunden später saßen Madlaina und Thal eng umschlugen in einem Taxi, das sie von St. Gallen nach Konstanz fuhr. Thal hasste es, Auto zu fahren und Madlaina war viel zu aufgedreht. Sie würde die halbe Nacht brauchen, um das Adrenalin aus dem Körper zu entlassen. Sie schmiegte sich an ihn und streichelte seine Wange.

»Was ist mit dir los, Alexander? Du schwitzt ja, ist dir so warm?«

»Ist schon gut«, sagte er, »ich bin halt nicht so gut trainiert wie du?«

Sie setzte sich auf und griff nach der Flasche Champagner. Den Kühler hatten sie in der Bar mitgehen lassen, wo der Rest der Band den Tourabschluss feierte.

»Wie war dein Tag?«

Thal nahm das Glas aus ihrer Hand und trank einen Schluck.

»Eine Achterbahnfahrt.«

Er erzählte ihr von dem Video und dass die Kollegen Cornelia Grewe identifiziert hätten.

»Also habt ihr eine Verdächtige, das ist doch großartig.«

Er nippte am Glas und nickte.

»Und warum sprichst du dann von Achterbahn?«

Eine Minute später kannte Madlaina Grendels Bericht über die Tränenflüssigkeit.

»Heilige Madonna!«, rief sie und Thal lief eine Gänsehaut über den Rücken. Wenn Madlaina zu religiösen Flüchen griff, war sie wirklich geschockt.

»Jetzt weißt du auch, warum wir dich brauchen«, sagte er und leerte das Glas. Ihr Angebot, es erneut zu füllen, lehnte er kopfschüttelnd ab. Sie stellte die Flasche zurück in den Kühler.

»Natürlich helfe ich euch.«

»Du kannst gleich damit anfangen«, sagte Thal. »Die Akten liegen bei mir zu Hause.«

Madlaina schloss die Augen und stöhnte.

Zwanzig

Freitag

»Diese Grewe ist ein Phantom!« Quandt strich sich mit beiden Händen durch die kurzen dunkelblonden Haare, als könnte er sie damit bändigen. »Wir haben mit einer halben Hundertschaft die Nachbarschaft in der Chérisy befragt, aber keiner scheint sie zu kennen, geschweige denn zu wissen, wo sie sich gerade aufhält.«

Unter Zischen öffnete Madlaina eine Literflasche Cola. So wie sie aussah, brauchte sie dringend einen Koffeinschub, Bettina hatte sie noch nie so müde gesehen. Thal hatte sie gleich am Anfang der Besprechung quasi prophylaktisch entschuldigt. Sie hätte die ganze Nacht nicht geschlafen, sondern die Akten studiert. So viel gab es da allerdings nicht zu entdecken. Sie hatten eine einzige Spur und die hieß Cornelia Grewe. Die Frau auf dem Überwachungsvideo war zwar nicht eindeutig zu identifizieren, aber es sprach auch nichts gegen die Krankenschwester als Täterin. Im Gegenteil! Die Entführung von Mia Zacharias war ein Indiz dafür, dass sie die Situation auf der Kinderstation kannte. Sie verschleppte das Baby genau zum richtigen Zeitpunkt. Schwestern und Ärzte waren mit der Visite beschäftigt, ein Tross fast aller Mitarbeiter zog von Zimmer zu Zimmer. Solange sie mit einem ihrer kleinen Patienten beschäftigt waren, blieb der Rest der Station nahezu unbeobachtet. Deshalb bemerkte niemand die Tat, so unwahrscheinlich das im ersten Moment auch geklungen hatte. Selbst wenn eine Mutter oder ein Vater es gesehen hätte, was sollte an einer Krankenschwester, die ein Baby über den Flur trägt, schon bemerkenswert sein. Auf einer Säuglingsstation war das ein alltägliches Bild.

»Wir wissen viel zu wenig von der Frau.« Stephanie nahm ein Glas vom Tablett und deutete fragend auf Madlainas Cola, die ihr lächelnd einschenkte. »Wir haben die Kolleginnen und Kollegen, die mit Cornelia Grewe in derselben Schicht arbeiten, ins Präsidium bestellt. Vielleicht können wir uns danach ein besseres Bild von der Frau machen.«

»Apropos ...«, sagte Bettina und wusste, dass sie Madlaina damit unfair unter Druck setzte, »... du hast die Akten gelesen?«

Die Schweizerin nickte.

»Kannst du schon etwas zum Täterprofil sagen?«

»Bitte, Madlaina hat nur ein paar Stunden Zeit gehabt, sich in den Fall einzuarbeiten. Sie ist Profilerin, keine Zauberin.«

Du weißt, dass das nicht stimmt, dachte Bettina und unterdrückte ein Grinsen. Madlaina winkte ab.

»Ist schon gut, Alexander.« Sie trank einen Schluck Cola und massierte mit Zeige- und Mittelfinger die Nasenwurzel.

»Beginnen wir bei den Opfern. Es sind immer Säuglinge und ausschließlich Mädchen. Bei inzwischen vier verschwundenen Kindern glaube ich nicht, dass das ein Zufall ist.«

Quandt sprang auf und ging zum Whiteboard. Mit einem roten Stift notierte er: Opfer – Säuglinge, weiblich.

»Der Ablauf aller Taten folgte dem gleichen Schema. Die Kinder verschwinden an einem Donnerstag und werden am darauffolgenden Dienstag gefunden. Auch das dürfte kein Zufall sein. Vielleicht ist es eine Botschaft an uns? Es könnte aber auch genauso gut einen anderen Grund geben. Vielleicht folgt sie einem Zwang.«

Quandt schrieb: Ablauf der Taten: Botschaft oder Zwang?

Madlaina richtete den Blick starr auf die Tafel, als fände sie dort selbst eine Lösung.

»Nach allem, was wir wissen, behandelt sie die Kinder gut.«

»Sieht man davon ab, dass sie eines getötet hat«, warf Bettina ein. Sie zog den Kopf zwischen die Schultern, weil sie Thals Tadel wegen dieser zynischen Feststellung erwartete, aber es kam nichts. Madlaina ging sachlich darauf ein.

»Stimmt. Aber sie scheint keine Befriedigung in dem Mord zu finden. Sie kleidet das Mädchen in ein Taufkleid, was sagt uns das?«

Madlaina schaute Bettina an, aber Quandt antwortete. »Das weiße Taufkleid ist ein Symbol der Reinheit und der Unschuld.«

»Genau.« Madlaina nahm einen Kugelschreiber vom Tisch und klopfte sich damit gegen die Lippen. »Und dann beträufelt sie das Kind auch noch mit Tränenflüssigkeit.«

Diesmal war Bettina schnell genug. »Als Zeichen ihrer Trauer?«

»Richtig. Wahrscheinlich hat sie sogar geweint. Aber sie weiß, dass sie uns mit ihren Tränen DNA liefern würde, also greift sie zu den synthetischen.«

»Du meinst, sie kennst sich mit so etwas aus?«, fragte Thal. »Das würde perfekt zur Krankenschwester Cornelia Grewe passen.«

»Genau!« Madlaina klang noch aufgedrehter. Sie war Fallanalytikerin mit Leib und Seele, Bettina sah, wie vor dem inneren Auge von Thals Lebensgefährtin ein Bild der Täterin entstand.

»Die entscheidende Frage haben wir aber noch nicht gestellt«, fuhr Madlaina fort. Sie stand langsam auf und begann mit ihrem Marsch durch den Besprechungsraum. Niemand im Raum wunderte sich darüber. Madlaina konnte im Sitzen nicht denken. Sie musste sich aufrichten, um ihre Kreativität freizusetzen.

»Warum lässt sie die ersten zwei Babys am Leben und tötet das dritte? Was unterscheidet Lina Waldvogel von den anderen Säuglingen? Es muss da etwas geben!«

Quandt war Madlaina bei ihrer Wanderung gefolgt und drehte sich jetzt zum Whiteboard. Während er schrieb, stellte er mit leiser Stimme eine Erkenntnis in den Raum, durch die schlagartig die Temperatur um einige Grad zu sinken schien. »Wenn wir wissen, warum Lina Waldvogel sterben musste, können wir auch sagen, was die Täterin mit Mia Zacharias vor hat.«

Ein paar Sekunden lang sagte niemand etwas. Bettina hielt sogar den Atem an, als dürfte sie die Konzentration der anderen nicht einmal damit stören. Madlaina stellte sich neben Quandt und betrachtete die Notizen.

»Das Tatmotiv liegt im Moment tatsächlich noch im Dunkeln. Das ist das größte Manko dieser Ermittlung. Ihr wisst es selbst, wenn man nicht weiß, warum jemand mordet, ist es nahezu ausgeschlossen, ihm nahe zu kommen.«

»Warum und wie«, sagte Thal und legte damit den Finger in eine weitere Wunde. »Wir wissen ja noch nicht einmal, wie sie Lina getötet hat.«

Er zog sein Smartphone aus der Tasche und wählte.

»Hallo, Doktor. Ich ...«

Thal hörte schweigend zu. Es dauerte nur Sekunden, bis er das Telefon sinken ließ. »Restle ist auf dem Weg nach Konstanz.«

Einundzwanzig

Restle war sichtlich außer Atem. Thal fragte sich, ob der Rechtsmediziner die Treppen im Laufschritt genommen hatte oder ob ihn die ungewohnte Situation kurzatmig machte. Normalerweise ließ sich der Doktor nicht dazu herab, persönlich am Tatort zu erscheinen, schon gar nicht beehrte er die Ermittler nach der Obduktion mit seinem Besuch. Thal hatte ihn in sein Büro gebeten, nur Bettina nahm an dem Gespräch teil. Zwar hatten die übrigen Mitglieder seines Teams protestiert, weil niemand diesen seltenen Auftritt verpassen wollte, aber Thal hatte abgelehnt. Die Zeit war in der Tat knapp und die Vernehmungen von Cornelia Grewes Kollegen waren vordringlich. Vor allem wollte er Restle nicht der Sensationslust eines großen Publikums aussetzen. Dass der Leichenschnippler etwas Besonderes mitzuteilen hatte, stand außer Frage.

Nach einem Geplänkel über die ständig verstopften Straßen zwischen Konstanz und Freiburg und Restles Lob für den Espresso, kam Thal zur Sache. »Welche spektakuläre Neuigkeit treibt Sie an den See?«

Restle öffnete seine Aktentasche und holte eine dünne Mappe heraus. »Der Befund der toxikologischen Untersuchung.«

Thal schlug die Mappe auf und überflog den Text. Er verstand nur Bahnhof.

»Geht das auch in einem Deutsch, dass wir Normalsterblichen verstehen?«

Thal übersah Bettinas missbilligenden Blick, sie fand seine Frotzeleien unpassend. Für ihn gehörten sie zum Um gang mit der Rechtsmedizin, dieser Teil der Ermittlungsarbeit war belastend genug.

Restle lächelte ihn an. »Aber gerne, Herr Hauptkommissar. Sie haben bei der Obduktion mit eigenen Augen gesehen, dass wir im Magen der toten Lina Waldvogel Nahrungsreste gefunden haben. Die Analyse ergab, dass es sich um Säuglingsnahrung handelte, konkret um Anfangsmilch der Marke Aptamil.« Restle lehnte sich zurück, als wartete er auf eine Reaktion. Thal zuckte mit den Schultern, diese Erkenntnis würde sie kaum weiterbringen.

»Weiter konnten wir feststellen, dass dieser Milchnahrung Natrium-Pentobarbital beigegeben war.«

»Das hört sich nach einem Schlafmittel an«, warf Bettina ein.

Restle schaute sie mit leicht schräg gestelltem Kopf und breitem Grinsen an. »Sie sollten sich ein Beispiel an Ihrer Kollegin nehmen, Thal. Sie verfügt wenigstens über ein medizinisches Basiswissen. Früher wurde Pentobarbital tatsächlich in der Humanmedizin als Schlafmittel verordnet, heute kommt es in erster Linie in der Tiermedizin zum Einsatz, um Tiere einzuschläfern. Darüber hinaus ...«

Restle beugte sich vor und schaute kurz von Thal zu Bettina. »Darüber hinaus wird das Mittel von den Schweizer Sterbehilfeorganisationen den Klienten als sanftes Sterbemittel an die Hand gegeben.«

Thal brauchte einen Moment, bis er die Tragweite dieses Satzes verstand.

»Sie meinen, dass dieses Zeug heutzutage nicht mehr als Medikament, sondern als Mittel zur Selbsttötung verwendet wird?«

»So ist es.« Restle schob seinen Stuhl zurück und legte die Beine übereinander.

»Wie wirkt das Gift? Ich erinnere mich an ein Interview eines Vertreters von Exodos, in dem er von einem sanften, schmerzfreien Tod sprach.«

»Ich habe geahnt, dass sie das fragen, Frau Berg, und mich bei Exodos erkundigt.«

Das Thema war nicht dazu angetan und doch hatte Thal das Gefühl, Restle flirtete mit Bettina, die bereitwillig mitspielte.

»Und was haben Sie bei Ihren Recherchen herausgefunden?«, fragte Thal.

Restles Lächeln erstarb. »Der Sterbewillige erhält von Exodos ein von einem Arzt ausgestelltes Rezept über fünfzehn Gramm Pentobarbital. Das Pulver wird in Wasser aufgelöst und vom sterbewilligen Patienten nach Einnahme eines Medikaments gegen Übelkeit selbstständig getrunken. Nach ein paar Minuten fällt die betroffene Person in einen komatösen Tiefschlaf, in dessen Verlauf der Herzschlag und die Atmung aussetzen.«

»Und das ist ein sanfter Tod?«, fragte Bettina.

»Angeblich ja. Zumindest sind mir keine Berichte bekannt, die von Leid und Schmerz nach der Einnahme des Medikaments berichten.«

»Und die Methode ist sicher?«, fragte Thal. »Es gibt doch immer wieder gescheiterte Selbsttötungsversuche, nach denen die Betroffenen zu Pflegefällen werden.«

»Bei einer Dosis von fünfzehn Gramm ist die Überlebenschance gleich Null.«

»Das gilt für einen Erwachsenen«, warf Bettina ein.

Restle nickte ihr zu und setzte wieder ein charmantes Lächeln auf. »Bei einem Kind reicht eine wesentlich kleinere Dosis, ich gehe davon aus, dass für einen Säugling wie in unserem Fall die letale Dosis bei einem einzigen Gramm liegt.«

»Moment, Moment ...« Thal hob beide Hände. »Sie haben anfangs gesagt, dass dieses Teufelszeug nicht mehr als Medikament benutzt wird, wie kann man es sich dann besorgen?«

»Über die Sterbehilfeorganisationen«, flüsterte Bettina.

»Zum Beispiel. Es gibt sicher noch andere und vor allem illegale Wege, aber ...«

Bettina ließ Restle nicht aussprechen. »Mal angenommen, Cornelia Grewe ist unsere Täterin und sie hat sich das Mittel bei Exodos besorgt ...«

Diesmal war es Restle, der ihr ins Wort fiel. »Dann hat sie von den fünfzehn Gramm nur einen kleinen Teil gebraucht, um Lina Waldvogel zu töten.«

Thal hielt eine Sekunde die Luft an. »Das heißt, der Rest reicht für vierzehn weitere Kindstötungen.«

»Vielleicht hat sie sicherheitshalber eine höhere Dosis verabreicht«, sagte Restle. »Ich würde das jedenfalls tun ...« Er brach mitten im Satz ab, vermutlich war er sich der Monstrosität seiner Aussage bewusst geworden.

Thal zog an seiner Stelle die entscheidende Schlussfolgerung. »Auf jeden Fall hat sie genug Gift, um mehrere Kinder zu töten.«

»Davon müssen wir leider ausgehen«, stimmte Restle zu.

Es setzte ein bedrückendes Schweigen ein. Sie wussten auch vorher schon, dass sich die kleine Mia Zacharias in Lebensgefahr befand. Es war eine von vielen logischen Schlussfolgerungen, auf denen Polizeiarbeit basierte. Jetzt mussten sie mit großer Wahrscheinlichkeit davon ausgehen, dass die Täterin auch über die Mittel verfügte, Mia Zacharias auf die gleiche Weise zu töten wie Lina Waldvogel. Die Uhr tickte vernehmlicher.

Thal stand auf und räumte die Tassen vom Tisch. »Cornelia Grewe ...«

»Wir wissen nicht, ob sie die Täterin ist, Alexander.«

Bettinas Einwand war richtig, aber Thal musste dem Grauen einen Namen geben, sonst blieb es eine zu abstrakte Bedrohung.

»Lass uns bei der Annahme bleiben«, sagte er. »Cornelia Grewe hat bisher vier Säuglinge entführt. Zwei ließ sie unversehrt frei, ein Kind hat sie noch in ihrer Gewalt und eines tötete sie. Dieses Kind, Lina Waldvogel, muss sich von den ersten beiden unterscheiden. Es muss über eine Besonderheit verfügen, vielleicht eine Äußerlichkeit, die wir bisher übersehen haben.«

Thal drehte sich abrupt um und fixierte Restle, der sofort begriff.

»Wir sollen uns die Kinder noch einmal genau ansehen?«

»Wenn wir den Grund kennen, warum Lina Waldvogel sterben musste, wissen wir auch, ob Mia Zacharias in Lebensgefahr ist.«

»Das ist eine gewagte Hypothese«, sagte Restle. »Möglicherweise handelt die Frau irrational. Ihr Vorgehen, das sklavische Einhalten eines Zeitplans zum Beispiel, erscheint mir manisch.«

Der Rechtsmediziner hatte die Schwachstelle in Thals Theorie wie mit dem Skalpell freigelegt. Sie gingen davon aus, dass alles einer Logik folgte. Was aber, wenn die Frau wahnsinnig war? Dann sank ihre Chance, sie rechtzeitig zu fassen, auf ein Minimum. Thal verdrängte diesen Gedanken.

»Solange wir keinen besseren Ermittlungsansatz haben, müssen wir davon ausgehen.«

»Es wird für die Eltern nicht leicht sein, wenn wir dort auftauchen und ihre Kinder eingehend untersuchen wollen«, sagte Bettina.

Thal nickte. »Wir müssen ihnen erklären, dass sie damit mithelfen, die kleine Mia zu retten, das müsste sie überzeugen.«

Er war sich da zwar nicht sicher, aber auch das ging niemanden etwas an. »Auf jeden Fall haben wir keine Zeit. Am besten beginnen Sie gleich mit der Arbeit, Doktor.«

Restle stöhnte auf. »Da geht es dahin, mein freies Wochenende.«

Er zog sein Smartphone aus der Tasche. »Ich werde die Kollegin Lee ebenfalls an den See beordern. Vielleicht kann ich wenigstens einen Tag raus aufs Wasser.«

Zweiundzwanzig

Sie hasste die Freitage. Genau wie die Montage. Mittwoch war okay, aber die anderen beiden Tage brachten sie an den Rand der Depression. Routine war das Einzige, was half. Wenn nur die anderen nicht wären, die sie ständig aus der Meditation der gleichen Handgriffe und Abläufe herausrissen. Immer wenn sie es geschafft hatte, einen Kokon zwischen sich und der Welt zu spannen, zerriss irgendjemand die dünne Schutzschicht. Sie taten es nicht absichtlich, sie hatten keine Ahnung, wie sehr sie sich zwingen musste, nicht aufzuspringen und wegzurennen. Sie tat es nur wegen der Kleinen. Gäbe es Mia nicht, säße sie jetzt nicht hier.

Gerade jetzt turtelten zwei am Nachbartisch miteinander. Es gelang ihr nicht, dieses Plauder-Geplätscher zu ignorieren, in dem es um den Sommer und die Pläne für eine Reise ging.

Sie schaute durch das niedrige Fenster nach draußen. Tatsächlich. Der Sommer hatte begonnen, ohne dass sie es bewusst wahrgenommen hatte. Vielleicht lag es auch daran, dass der Frühling in diesem Jahr ausgefallen war. Oder war es nur ihre subjektive Wahrnehmung, dass der Winter direkt in den Sommer überging? War sie zu sehr mit sich selbst und den Kleinen beschäftigt gewesen? Möglich, aber es spielte keine Rolle. Sie fühlte einen Stich beim Gedanken an die Jahreszeit, die sie stets am meisten geliebt hatte. Sie war ein Sommerkind. Ihr fiel ein Schlager ein, den sie kürzlich gehört hatte. Es war ein banales Lied, aber der Titel hatte sie berührt: ›Wie viele Sommer noch?‹

Der Mann verließ den Nachbartisch, das Geplapper hatte ein Ende.

Würde Mia noch einen Sommer haben?

Es war ihr nicht leicht gefallen, die Kleine zurückzulassen. So wie bei den anderen hatte sie Angst, dass dem Kind etwas passieren könnte. Die Sorge war übertrieben, denn sie hatte Vorsorge getroffen. Sie hatte nichts außer Acht gelassen, alles war so eingerichtet, dass es Mia gut gehen musste. Bis auf das Essen. Sie würde nicht rechtzeitig zurück sein, um ihr die Flasche zu geben. Die Kleine würde Hunger haben und schreien. Es tat ihr in der Seele weh, aber ein Problem war es zum Glück nicht.

Sie schloss für zwei Sekunden die Augen und rieb die eiskalten Handflächen aneinander. Sie würde sich beeilen, durfte dabei aber keinen Fehler machen. So routiniert sie in diesen Dingen war, sollte sie sich in Mias Fall auf jedes Detail konzentrieren.

Jetzt kam die Frau vom Nachbartisch zu ihr. Was ihre Pläne wären, fragte sie. Sie spürte ein warmes Gefühl aus dem Bauch nach oben steigen. Sie könnte es ihr sagen. Könnte sie einweihen in ihre Aufgabe. Nichts wünschte sie sich sehnlicher als eine Komplizin. Nicht mehr schweigen zu müssen. Das Wissen wie die Zweifel zu teilen. Sie schaute die Frau an. Ach was, Frau! Es war ein Kind noch. Höchstens zwanzig, der Wirklichkeit nicht gewachsen. Sie lächelte sie an. Die Wärme zog sich zurück. Sie deutete auf die Arbeit. Die junge Frau nickte und sagte, dass es freitags am schlimmsten wäre. Wie recht sie hatte, aber sie unterdrückte den Impuls, ihr das zu sagen.

Sie war fast fertig. Die Vorbereitungen waren bald getroffen, der Prozess konnte beginnen. Danach konnte niemand mehr eingreifen. Das Urteil würde unweigerlich am Montag feststehen. Bis dahin würde sie für ihren Schützling da sein. Keine Sekunde würde sie die Kleine aus den Augen lassen. Würde sie wiegen, wenn sie schrie, füttern, wenn sie Hunger hatte, windeln, wenn sie nass war. Sie würde die beste Mutter sein, die es für Mia geben konnte.

Alles was danach kam, stand nicht in ihrer Macht. Sie stand auf und schaute sich um. Niemand beobachtete sie. Mit einem Handgriff brachte sie die Sache in Gang. Niemand konnte es mehr stoppen. Es war ihr wieder gelungen. Sie legte die Hände auf die kalte Steinplatte des Tisches. Sie war nicht stolz, aber zufrieden.

Der Prozess hatte begonnen.

Dreiundzwanzig

»Sie war ...« Dennis Jäkel machte eine Pause. Augenscheinlich fiel es ihm schwer, das passende Adjektiv zu finden. Schließlich holte er tief Luft. »Cornelia Grewe war nett.«

Bettina unterdrückte ein Aufstöhnen. Seit zwei Stunden befragten sie Cornelia Grewes Kolleginnen und Kollegen; das einzige Attribut, das sie der Hauptverdächtigen in diesem Fall bisher zuschreiben konnten, war ›nett‹. Niemand sagte etwas Schlechtes über sie.

»Was soll das heißen?«, hakte Quandt nach, dem es genauso auf die Nerven zu gehen schien, wie wenig die Befragten über ihre Kollegin wussten. Da arbeiteten diese Leute seit Jahren mit der Frau zusammen und waren nicht in der Lage, ein scharfes Bild zu zeichnen.

Jäkel zuckte mit den Schultern. »Wie ich es sage. Man konnte sich mit ihr gut unterhalten, sie war fleißig, ohne es zu übertreiben, verhielt sich solidarisch. Was soll ich sonst noch sagen?«

Was für eine Frage, dachte Bettina. »Zum Beispiel, ob sie mit jemandem befreundet war, der uns detaillierte Auskunft geben kann?«

Der Chefarzt schaute sie an. Er war irritiert über die forsche Art, mit der Bettina ihn angegangen war, möglicherweise sogar verärgert. Sie musste vorsichtiger sein. Es brachte nichts, wenn sich ein Zeuge in sein Schneckenhaus zurückzog. Eine der wichtigsten Ratschläge für eine Zeugenvernehmung lautete: »Nimm deinen Gesprächspartner ernst und gib ihm das Gefühl, dass er etwas zu der Ermittlung beiträgt.«

Bettina versuchte, sich zu entspannen, und nickte Jonas zu. Besser, er übernahm die Befragung.

»Gibt es jemanden, zu dem Cornelia Grewe eine besondere Beziehung hatte?«

Jäkel schüttelte den Kopf. »Nicht, dass ich wüsste. Auf der Station kommt sie mit allen gleich gut aus.«

Nicht schon wieder, dachte Bettina. Sie konnte das Loblied auf ihre Hauptverdächtige nicht mehr hören.

»Hat sie sich mit niemandem privat getroffen?« Quandt beugte sich nach hinten und nahm eine Flasche Krating Daeng aus dem Schrank.

»Sie sollten das lassen.« Jäkel lehnte sich zurück und verschränkte die Arme.

»Was meinen Sie?« Jonas schüttete den Inhalt der Flasche in ein Wasserglas. Vor Fremden trank er nicht aus der Flasche.

»Dieses Taurinzeug zu trinken. Aminoethansulfonsäure hat keinerlei positive Effekte ...«

»Amino ... was?« Quandt stürzte das Getränk herunter.

»Aminoethansulfonsäure, besser bekannt als Taurin, wovon in diesem thailändischen Zeug garantiert mehr ist, als bei uns zugelassen. In Kombination mit den anderen Inhaltsstoffen kann es zu Kreislaufschäden führen.«

»Sagt wer ...?«

Bettina reichte es. Sie quatschten hier über Quandts Aufputschmittel, während Cornelia Grewe die kleine Mia in ihrer Gewalt hatte. »Schluss damit! Was können Sie uns noch über ihre Mitarbeiterin Grewe erzählen? Gab es Männergeschichten?«

Jäkel grinste anzüglich. »Auf der Station scheint sie gegen Flirtversuche immun. Sie verabredet sich nie mit jemandem. Dabei hat sie durchaus Chancen bei den Männern. Sie ist zwar keine Schönheit, aber auch nicht hässlich.«

Bettina schaute sich das Foto von Cornelia Grewe an, das sie auf den Tisch gestellt hatte, um sie optisch in den Raum zu holen. Jäkel hatte recht, eine gewisse Attraktivität ließ sich nicht verleugnen. Der Chefarzt hatte sich endlich warmgeredet und fuhr fort.

»Sie ließ niemanden an sich ran. Es gab sogar Gerüchte, dass sie lesbisch wäre.«

Bettina richtete sich ein paar Zentimeter auf.

Jäkel zog die Luft geräuschvoll ein. »Ich will aber nichts gesagt haben. Das sind nur Klatschgeschichten und wahrscheinlich ist da nichts dran.«

Bettina beendete das Gespräch, bevor Jonas Quandt explodierte. Beim Thema Homosexualität kannte er kein Pardon, wer sich über Schwule oder Lesben abfällig äußerte, bekam es zumindest verbal mit ihm zu tun – und das war kein Spaß.

Kaum hatte Jäkel den Raum verlassen, klopfte ein uniformierter Beamter an der Tür und schob einen etwa vierzig Jahre alten Mann mit schulterlangen Haaren herein. Es sah aus wie ein in die Jahre gekommener Hippie, der sich zu selten ins Sonnenlicht wagte.

»Torsten Grewe«, sagte der uniformierte Kollege und schloss die Tür.

»Cornelia Grewes Bruder?«, fragte Bettina und bot dem Mann einen Stuhl an.

»Genau! Einer ihrer Kollegen ...«

»Danke, dass Sie so schnell kommen konnten«, kürzte Quandt das Vorstellungsprozedere ab.

Grewe nahm Platz und schaute sich im Zimmer um. Er war noch nie auf einer Polizeistation, vermutete Bettina. Seine Neugier wirkte echt und unverstellt.

Jonas goss ein Glas Wasser ein und schob es dem Gast zu, ohne zu fragen. Grewe trank gierig.

»Wir sind auf der Suche nach Ihrer Schwester.«

»Was wollen Sie von Cornelia?« Grewe zog geräuschvoll die Nase hoch. Bei Bettina schrillten alle Alarmglocken. Der Mann war auf der Hut, sie durften jetzt keinen Fehler machen. Sicher war er der typische große Bruder, der sich im Zweifel schützend vor die kleine Schwester stellte.

»Wir müssen wegen einer Ermittlung mit ihr sprechen. Als Zeugin.«

Bettina hoffte, dass sie überzeugend genug war. Grewe kniff die Augen leicht zusammen und fixierte sie. »Das wird schwierig.«

»Sie wissen also auch nicht, wo sie sich aufhält«, sagte Quandt und konnte die Enttäuschung in seiner Stimme nicht verbergen.

»Oh, doch. Selbstverständlich.« Grewes Blick huschte von Jonas zu Bettina. In seine Augen schlich sich etwas wie spitzbübische Freude darüber, dass er die beiden Polizisten überraschen konnte.

»Und wo ist sie, wenn ich fragen darf?« Bettina wollte diesen Strohhalm nicht schon wieder aus der Hand geben.

Grewe griff in die Innentasche seines Jacketts und wühlte umständlich darin herum. »Meine kleine Schwester hat sich in ihrem Leben bisher nicht viel getraut, müssen Sie wissen. Sie war ein viel zu graues Mäuschen, obwohl ihr die Welt offenstand. Wie oft habe ich ihr gesagt, dass sie als Krankenschwester überall auf der Welt willkommen ist?«

Bettina hielt die Luft an. Am liebsten hätte sie Grewe unterbrochen, damit er endlich zum Punkt kam, aber sie fürchtete, dass es dann noch länger dauern könnte. Wenigstens schien er endlich gefunden zu haben, was er suchte. Er hielt eine Handvoll Postkarten hoch, von denen er eine auf den Tisch legte. Bettina hielt den Kopf schief, um das Fotomotiv zu erkennen. Grewe drehte es, damit sie es leichter hatte. »Die Oper in Sydney«, sagte sie.

»Genau. Sieht toll aus, oder?«

Bettina nickte. »Soll das heißen ...« Sie griff nach der Postkarte mit der Nachtaufnahme des berühmten Gebäudes und drehte sie um. Die Schrift war sauber und ordentlich, sie hatte keine Mühe, den Text zu entziffern.

›Bruderherz! Du hattest recht. Ich habe endlich gefunden, wonach ich schon immer gesucht habe. Ich werde hier bleiben, vielleicht für immer, auf jeden Fall für ein paar Jahre. Danke für alles! In Liebe dein Schwesterlein.‹

Jonas nahm ihr die Karte aus der Hand, überflog den Text und hielt sie sich dicht vor das Gesicht. »Abgestempelt vor zehn Tagen.«

Torsten Grewe legte vier weitere Karten auf den Tisch. »Ich habe mich so gefreut, dass Conny sich endlich aufgemacht hat. Sie konnte doch nicht länger in diesem Kaff versauern. Als sie mir vor vier Wochen erzählte, dass sie nach Australien in die Ferien fliegt, habe ich es erst nicht geglaubt. Aber dann ... Sie ist echt rumgekommen da unten. Perth, Adelaide, Melbourne ...« Er tippte bei jedem Städtenamen auf eine Karte.

Bettina lehnte sich zurück und schloss die Augen. Ihre Hauptverdächtige war aus dem Schneider. Als die Kinder entführt wurden, tourte sie fröhlich durch Australien. Bettina hörte wie durch Watte, dass Quandt den Zeugen verabschiedete und zur Tür brachte. Als sie die Augen öffnete, beobachtete Jonas sie mit in die Hände gestütztem Kopf. »Alles auf Anfang.«

Vierundzwanzig

»Und wie geht's Madlaina?«

Steiniger betrachtete das perfekt gebratene Stück Rindfleisch auf seiner Gabel und schob es sich in den Mund. Während er zu kauen begann, schloss er die Augen. Thal hatte für das Treffen mit seinem Freund Beat Steininger, Leutnant bei der Kantonspolizei St. Gallen, ein besonderes Restaurant vorgeschlagen. Der ›Captain's Grill‹ im Hotel Bad Horn war berühmt für seine exzellenten Steaks. Es war klar, dass sich der Genießer Steiniger eine Einladung in dieses exquisite Restaurant nicht entgehen lassen würde. Begeistert hatte er Thals Wunsch stattgegeben, sich heute Mittag zu treffen. Ein üppiges Trinkgeld hatte dafür gesorgt, dass sie einen Vierertisch direkt am Fenster für sich allein hatten. Thal schaute hinaus auf den See. Einige Segler nutzten diesen schönen Frühsommertag für eine Ausfahrt.

Das in maritimem Blau gehaltene Restaurant war spärlich besetzt. Thal hatte ohne seinen Freund zu fragen die Spezialität des Hauses bestellt: Chateaubriand. Er selbst hatte keinen Appetit und hielt sich hauptsächlich an das Gemüse und das vorzügliche Kartoffelgratin. Steiniger würde mit dem Fleisch schon fertig werden.

»Du weißt, wie sie ist«, beantwortete Thal die Frage. Steininger war Madlainas Vorgesetzter bei der Kantonspolizei gewesen. Er hielt große Stücke auf sie und hatte es Thal kurzzeitig übel genommen, dass seine beste Mitarbeiterin seinetwegen die Stelle aufgegeben hatte.

»Spielt sie immer noch diese entsetzliche Musik?«

Thal senkte den Kopf, damit sein Freund das breite Grinsen nicht sah, das er sich nicht verkneifen konnte.

»Davon kann sie niemand abbringen.«, sagte er. »Hin und wieder arbeitet sie aber auch für uns.«

»Ach ...« Der Schweizer Kriminalbeamte säbelte ein weiteres Stück Fleisch ab und tunkte es in die Sauce béarnaise. Er war sichtlich beleidigt, dass Madlaina nicht auch ihm ihre Mitarbeit angeboten hatte. Thal beeilte sich, das Thema zu wechseln.

»Hast du von unserem aktuellen Fall gehört?«

Steiniger nickte und trank einen Schluck ›Malanser Blauburgunder‹, seinem Lieblingswein. »Das ist so eine absurde Geschichte, dass sie sogar uns Schweizer Hinterwäldlern zugetragen wurde.« Er grinste und prostete Thal zu, der nur Mineralwasser trank. »Wer denkt sich so etwas aus?«, fragte er.

»Unsere Hauptverdächtige ist eine Kinderkrankenschwester.«

»Die Frau muss en Riss i de Schüssle ha, wenn du verstehst, was ich meine.«

»Du hast recht, man könnte meinen, diese Frau Grewe hat nicht alle Tassen im Schrank, aber ...«

»Ach, komm!« Steiniger legte das Besteck beiseite und zog sich die Serviette vom Schoß. »Allein dieser wiederkehrende, exakt gleiche Ablauf. Donnerstags wird ein Baby entführt und dienstags taucht es wieder auf ...«

»Tot oder lebendig«, warf Thal dazwischen, was Steiningers Redefluss bremste. »Und genau deshalb bin ich hier. Kennst du dich mit den Sterbehilfeorganisationen in der Schweiz aus?«

Steiniger leckte sich über die Lippen, aber es schien Thal weniger ein Ausdruck des Genusses als der Versuch, das Erschrecken zu kaschieren.

»Ich hatte nie direkt mit denen zu tun, aber dem Thema kann man bei uns nicht ausweichen. Jetzt sag mir bitte, was das mit eurer Kindsmörderin zu tun hat.«

»Das ermordete Baby, es heißt Lina Waldvogel, wurde vergiftet, und zwar mit Pentobarbital. Möglicherweise wurde das Gift über eine Sterbehilfeorganisation besorgt.«

»Findest du das nicht ein bisschen weit hergeholt?«

Thal gab Steiniger recht, aber er wollte sich diesen Strohhalm nicht aus der Hand ziehen lassen. »Es gibt nicht viele Möglichkeiten, an das Zeug zu kommen, und das ist eine davon.«

»Und da hast du gedacht: Ich könnte mal meinen alten Freund Beat zu einem noblen Essen einladen, dann wird er sich für mich in diesen Kreisen umhören.« Steininger grinste ihn an. Sein Gesicht war runder geworden und auch sonst schien er an Gewicht zugelegt zu haben, seit sie sich zum letzten Mal getroffen hatten.

Thal hob theatralisch die Schultern und lächelte. »Noch ein Dessert?«

Steininger lachte schallend und winkte nach dem Ober. »Deine Theorie hat einen Haken, mein Lieber. Exodos und all die anderen werden penibel überwacht. So ein assistierter Freitod ist ein in seinen Abläufen genau vorgeschriebenes Verfahren. Das Gift muss von einem Arzt verschrieben werden und wird erst im Sterbezimmer an den Patienten übergeben. Da gibt es keine Möglichkeit, mal eben ein Döschen von dem Zeug abzuzweigen. Oder hältst du uns für so leichtsinnig.«

Der Ober trat an den Tisch und brachte die Dessertkarte. »Als köstlichen Abschluss würde ich Ihnen unsere Eierlikörmousse mit marinierter Mango und gestoßenen Macadamianüssen empfehlen.«

»Na, das hört sich doch fantastisch an. Was meinst du, Alexander?«

»Für mich nur einen Espresso bitte.«

Thal wartete, bis sich der Ober wieder entfernt hatte. »Du weißt selbst, dass Kontrollmechanismen versagen können. Und eure Ärzte sind auch nur Menschen. Wer weiß, wie unsere Verdächtige es geschafft hat, einen Doktor dazu zu bringen, ihr das Pentobarbital auszuhändigen.«

»Du verrennst dich da in was, Alexander, glaub mir.«

Der Ober kam mit dem Dessert und dem Kaffee. Thal gab einen halben Löffel Zucker in die Tasse und war angenehm überrascht. Normalerweise war Espresso in Restaurants selbst dieser Klasse nur schwer genießbar. Hier stimmte zumindest die Crema. Und der Duft war vielversprechend.

Steininger nahm den Dessertlöffel in die Hand. »Gut. Ich verspreche dir, mich umzuhören.« Er kostet von der Mousse und lächelte. »Du weißt nicht, was dir entgeht.«

»Es ist wirklich wichtig, Beat, dass wir so schnell wie möglich Informationen bekommen. Du weißt, dass wieder ein Baby verschwunden ist. Wir haben nicht viel Zeit ...«

»Längstens bis Dienstag«, sagte der Schweizer und löffelte sein Dessert.

Thal probierte den Kaffee. Der Geschmack hielt nicht ganz, was Duft und Crema versprochen hatten, lag aber auf jeden Fall über dem Durchschnitt. Zufrieden lehnte er sich zurück.

Steininger tupfte sich mit der Serviette den Mund ab. »Ihr solltet euch nicht nur auf diese Spur konzentrieren.«

Thal spürte, dass sein Gegenüber ihm etwas Wichtiges sagen wollte.

»Das ist jetzt ein Gespräch von Freund zu Freund, okay?«

Thal nickte und hielt sich den Zeigefinger vor den Mund.

»Wir haben in der vergangenen Woche einen Kinderporno-Ring ausgehoben. Die Hintermänner saßen in unserem beschaulichen Städtchen, stell dir vor. Wir haben in der Öffentlichkeit nicht viel verlauten lassen, weil wir die Kunden nicht warnen wollen. Da wird der eine oder andere feine Herr in den kommenden Tagen überraschenden Besuch von der Polizei bekommen.« Steininger beugte sich über den Tisch und senkte die Stimme. »Wir haben Tausende von Fotos sichergestellt. Ich sage dir, da dreht sich einem der Magen um. Hauptsächlich Säuglinge. Die jüngsten waren zwei Wochen alt.«

Er lehnte sich zurück und atmete schwer. »Das nimmt einen echt mit, weißt du. Aber vielleicht geht es bei euren Kindern um das Gleiche. Vielleicht wurden sie fotografiert, damit sich irgendwelche Kerle ...« Er knüllte die Serviette zusammen und warf sie auf den Tisch.

Thal dachte darüber nach, während er die Tasse mit dem zweiten Schluck leerte.

»Aber warum wurde dann eines der Kinder vergiftet?«

Steininger schwieg.

Fünfundzwanzig

»Das passt alles nicht zusammen!«

Quandt schlug mit der Faust auf den Tisch im kleinen Besprechungsraum. Der junge Kollege tat sich von allen im Team am schwersten damit, Enttäuschungen zu akzeptieren. Sie gehörten genauso zum Alltag der Ermittler wie das berauschende Gefühl, wenn man einen Fall gelöst und den Täter verhaftet hatte.

Bettina hatte vor drei Minuten mit Thal telefoniert. Er tat geheimnisvoll, sagte nur, dass er sich mit einem Freund getroffen und ihn gebeten hätte, etwas im Fall Grewe zu überprüfen. Als sie ihm vom Besuch von Torsten Grewe und der Australienreise seiner Schwester erzählt hatte, machte er sich mit einem Kraftausdruck Luft, den sie zuvor noch nie bei ihm gehört hatte. Anschließend ging er sofort wieder zur Tagesordnung über. Quandt hingegen bekam sich noch nicht wieder ein. »Laut Aussagen ihrer Kollegen war Cornelia Grewe zurückhaltend, litt unter mangelndem Selbstbewusstsein und ist nie weiter als bis zum Säntis verreist. Und jetzt fliegt sie mal eben nach Australien, reist alleine quer durchs Land und beschließt mir nichts, dir nichts, dort zu bleiben und hier alles hinzuschmeißen.«

»Ob sie allein unterwegs ist, wissen wir nicht«, sagte Stephanie sachlich. Sie war die Zweitjüngste im Team, schlug Quandt an Erfahrung aber um Längen, was man in solchen Situationen deutlich spürte.

»Wie meinst du das?«

»Wenn ein Mensch sich von heute auf morgen verändert, steckt meistens eine neue Liebe dahinter.« Sie lächelte Bettina an, die wusste, worauf sie anspielte. Es war noch nicht lange her, dass Stephanie die graue Maus des Kommissariats gewesen war. Niemand hätte einen Euro darauf gewettet, dass sie sich zu der strahlenden, selbstbewussten Frau entwickeln würde, die sie heute war. Einer der Gründe hatte einen Namen. Er hieß Fridolin.

»Und selbst wenn«, ließ Quandt nicht locker. »Was ist mit ihrer Wohnung? Warum gibt sie ihrem Bruder keine Anweisungen, was damit geschehen soll?«

»Viel Arbeit wird er mit der Wohnungsauflösung nicht haben«, sagte Bettina in Erinnerung an die karg eingerichteten Räume in der Chérisy.

Sie konnten die Sache drehen und wenden, wie sie wollten: Ihre beste Spur war nichts als heiße Luft gewesen. Cornelia Grewe war nicht in Deutschland gewesen, als die Babys entführt und Lina Waldvogel getötet wurde. Es lohnte sich nicht, der Sache nachzutrauern, sie brauchten einen neuen Ansatz.

»Kriegen wir eine Genehmigung, auf Cornelia Grewes Konto zu schauen?«, fragte Quandt in das einsetzende Schweigen, weil alle nach einem Strohhalm suchten, an dem sie sich aus der Niedergeschlagenheit ziehen konnten.

»Was soll das bringen?«

»Ich weiß es nicht, ist nur ein Gefühl.«

»Mit Gefühlen überzeugt man Richter in den seltensten Fällen«, sagte Bettina und lachte.

»Ich weiß, dass wir die Spur ›Schwester Cornelia‹ ad acta legen müssen, aber lass mich wenigstens noch ihre Spur in den letzten Wochen nachverfolgen. Als letzten Beweis für unsere Fehlbarkeit sozusagen.«

Wurde Jonas jetzt zum Zyniker? Bettina gefiel das nicht, aber sie nickte zustimmend. »Okay, ich werde versuchen, die Genehmigung zu besorgen.«

Es klopfte an der Tür und Fiona Lee betrat den Raum. Bettina freute sich über den Besuch der Rechtsmedizinerin. Sie gehörte nicht direkt zum Team und brachte sie vielleicht wieder auf Trab. Sie hatten dringend einen Tritt in den Hintern nötig.

»Was ist denn hier los? Ihr seht aus, als habe man euch gerade euer Lieblingsspielzeug weggenommen.«

Stephanie prustete los und auch Bettina und Jonas konnten nicht anders, als lauthals loszulachen. Die asiatische Schwäbin schaute fassungslos von einem zum anderen.

»Tut mir leid, Fiona«, sagte Bettina, die sich schon lange mit der Ärztin duzte. »Aber du hast die Situation auf den Punkt gebracht.«

Fünf Minuten später hatte sie Fiona Lee auf den Stand der Ermittlungen gebracht. Es kam nicht oft vor, dass die Rechtsmediziner direkt in die Ermittlungen einbezogen waren. Sie schien das zu genießen, fragte mehrmals nach und begriff schnell, um was es ging.

»Ihr stellt euch die Frage, warum Lina Waldvogel sterben musste, während die ersten beiden Entführungsopfer unversehrt zurückkamen.«

»Genau. Wir vermuten, dass es einen konkreten Grund gibt. Emma und Nora, die zuerst entführten Kinder, haben vielleicht etwas gemeinsam, das Lina fehlt.«

»Und was soll das eurer Meinung nach sein?«

Es trat eine gespenstische Stille ein. Fiona Lee hatte direkt die Schwachstelle dieses Ermittlungsansatzes getroffen. Sie hatten nichts als eine vage Idee, wie sollte man da etwas finden.

»Vielleicht ein körperliches Merkmal, irgendetwas, das wir bisher übersehen haben?«

»So etwas wie ein Muttermal?« Fiona Lee schaute skeptisch.

»Vielleicht auch die gleiche Blutgruppe, was weiß denn ich?« Quandt war immer noch genervt.

»Ich sehe schon, dass wir da unsere eigene Kreativität spielen lassen müssen.« Fiona Lee grinste in die Runde. »Ich habe schon mit meinem Chef telefoniert. Restle hat einen Schlachtplan ausgearbeitet, wie er das nennt. Ich will euch nicht mit den Einzelheiten langweilen, aber wir brauchen für die Untersuchungen einige Zeit, deshalb sollten wir gleich beginnen. Wer möchte mich begleiten und wer geht mit Restle?«

»Wenn du mich mitnimmst, gerne.« Bettina war schneller gewesen als die anderen und nahm sich als Ranghöchste das Recht heraus, die Arbeit einzuteilen. »Jonas, du begleitest Restle.«

»Wenn's sein muss.«

»Ja, das muss sein«, konterte Bettina, die derartige Äußerungen nicht gewohnt war. »Stephanie, du kümmerst dich um die Konteneinsicht. Und bring die Postkarten zu Grendel! Der soll sie sich ansehen.«

»Und was soll das jetzt bringen?«, fragte Quandt.

Bettina erkannte die Retourkutsche für ihren Zweifel am Sinn und Zweck, auf Cornelia Grewes Bankkonto zu schauen.

»Es ist nur ein Gefühl«, antwortete sie mit Quandts eigenen Worten.

Sechsundzwanzig

»Haben Sie so etwas schon mal gemacht, junger Mann?«

Quandt hasste die Jovialität älterer Männer, die sich überlegen fühlten.

»Was meinen Sie, Herr Doktor?«

»Restle reicht völlig. Ich meine, ob Sie schon einmal bei einer rechtsmedizinischen Begutachtung eines lebenden Menschen dabei waren. Im Sektionssaal habe ich Sie ja schon begrüßen dürfen, aber das hier ist etwas ganz anders.«

Sie standen vor der Wohnung von Svenja und Timo Waldvogel. »Ich habe schon Todesnachrichten überbringen müssen, da werde ich das wohl schaffen.«

»Wir werden sehen«, sagte Restle und drückte auf den Klingelknopf.

Die Wohnung machte einen penibel aufgeräumten Eindruck. Nichts lag auf dem Boden herum, alles war an seinem Platz. Die Decke lag ordentlich zusammengefaltet auf der äußersten Ecke des Sofas, neben dem Kerzenleuchter mit der fast vollständig niedergebrannten Kerze wartete eine neue darauf, angezündet zu werden. Hier lebten Menschen, die in ihrem Leben nichts dem Zufall überließen. Bis das Schicksal grausam zugeschlagen hatte und das Licht löschte, das die Zukunft beleuchtet hatte.

Timo Waldvogel führte die Besucher ins Wohnzimmer und bot ihnen schweigend einen Platz an. »Was wollen Sie?«

»Ich möchte Ihnen von der Obduktion Ihrer Tochter berichten«, begann Restle.

Quandt fragte sich, was ihn zu einer solchen Eröffnung antrieb. Der Vater des toten Mädchens reagierte, wie er es erwartet hatte.

»Was fällt Ihnen ein? Sie platzen in unsere Trauer, um uns zu erzählen, wie Sie unsere Tochter aufgeschnitten haben.« Er schlug die Hände vors Gesicht. Sein Oberkörper hob und senkte sich von den schnellen Atemzügen.

»Ich will es hören.«

Quandt riss den Kopf zur Seite. In der Tür stand Svenja Waldvogel. Sie trug einen schwarzen Hosenanzug und war barfuß, was ihre Erscheinung auf eine bedrückende Art zerbrechlich wirken ließ. Sie hatte reichlich Make-up aufgetragen, um das Gesicht weniger blass erscheinen zu lassen. Im Ergebnis hatte sie sich eine Maske aufgesetzt, hinter der sie die Trauer nicht verbergen konnte. Langsam ging sie auf die Besucher zu. Quandt und Restle erhoben sich. Sie reichte beiden die Hand und begrüßte sie mit einem kaum spürbaren Händedruck. Sie setzte sich in den freien Sessel, entnahm einer silbernen Dose eine Zigarette und zündete sie an.

»Svenja!«, rief ihr Mann.

Sie inhalierte den Rauch und stieß ihn mit einem Seufzer aus.

»Nun, was wollen Sie uns erzählen?«

»Zuallererst möchte ich Ihnen versichern, dass Ihre Tochter in ihren letzten Minuten nicht gelitten hat.«

Restle erzählte von dem Gift, das jemand der Milch beigemischt hatte. Er erläuterte die sanfte Wirkung auf Linas Körper. Quandt war beeindruckt, wie einfühlsam der Rechtsmediziner die letzten Minuten im Leben von Svenja und Timo Waldvogels Tochter schilderte. Seine Worte hatten eine erstaunliche Wirkung auf die Mutter. Sie wandte den Blick nicht eine Sekunde von Restle, dabei klärten sich ihre Augen von Sekunde zu Sekunde, als spendete ihr die bloße Anwesenheit des Arztes Trost. Als er seinen Bericht beendet hatte, sprang Timo Waldvogel auf.

»Vielen Dank, dass Sie uns das erzählt haben. Es hilft uns nicht wirklich, aber vielleicht mildert es unsere Albträume. Sie haben Ihre Mission damit wohl erfüllt.«

Restle schüttelte den Kopf. »Ich weiß, dass es Ihnen schwerfällt, aber es bleibt noch etwas zu klären. Wer auch immer Ihre Tochter getötet hat, hält jetzt wieder ein Mädchen gefangen. Mia Zacharias ist ungefähr so alt wie Lina. Sie wissen, wie der Ablauf der Taten war. Wir haben nur bis Dienstag Zeit, um Mia zu finden.«

»Und Sie erwarten, dass wir Ihnen helfen? Wer hat sich denn um uns gekümmert? Wer hat sich bemüht, Lina zu retten?«

Quandt wollte etwas erwidern, aber Restle bedeutete ihm mit einer kaum wahrnehmbaren Handbewegung, zu schweigen.

»Ich verstehe Ihre Verbitterung, aber denken Sie an das Mädchen und seine Eltern. Helfen Sie ihnen. Bitte!«

»Was wollen Sie wissen?« Svenja Waldvogel drückte ihre Zigarette aus und zündete sich sofort eine neue an.

Quandt wollte nicht tatenlos rumsitzen und beeilte sich zu erklären, dass sie nach einem Muster suchten. »Wir glauben nicht, dass die Entführungen zufällig geschehen. Die Täterin hat einen Plan, davon sind wir überzeugt. Wenn wir diesen Plan entschlüsseln und das Motiv herausfinden, werden wir die Mörderin Ihrer Tochter überführen.«

Er machte eine Pause, um die Wirkung seiner Worte zu überprüfen. Restle wartete nicht ab, bis die Waldvogels etwas sagten, sondern begann unmittelbar mit der Abarbeitung des Fragebogens, den er ausgearbeitet hatte. »So klein Ihre Lina war, war sie schon ein Individuum mit einzigartigen Eigenschaften, die vielleicht nur Sie als Mutter und Vater erkannt haben.«

»Sie haben sie doch gesehen!« Timo Waldvogel hatte Mühe, sich zu beherrschen. »Sie haben jeden Zentimeter ihres winzigen Körpers mit der Lupe abgesucht, oder? Sie haben sie sich angesehen, von außen und von innen. Was bitte sollen wir gesehen haben, das Ihnen verborgen geblieben ist?«

»Timo, bitte!« Svenja Waldvogel stand auf und setzte sich auf die Lehne des Sessels, in dem ihr Mann vornübergebeugt kauerte. »Lina war ein wunderbarer Mensch. Lass uns dem Doktor davon erzählen.«

Eine halbe Stunde später verließen Quandt und Restle die Wohnung. Sie hatten keinerlei Hinweise bekommen, die ihnen bei den Ermittlungen helfen konnte. Aber sie hatten erfahren, was Elternliebe war.

Siebenundzwanzig

»Bist du ganz alleine?«

Thal war überrascht von der Ruhe im Präsidium. Er hatte erwartet, dass die Räume vor Aktivität vibrierten, stattdessen herrschte Leere und gespenstische Ruhe. Nur Stephanie starrte auf ihren Computerbildschirm und machte sich Notizen.

»Jonas und Bettina sind mit Restle und Fiona Lee unterwegs und befragen die Eltern.« Sie schaute auf. »Und du?«

»Ich habe mich mit einem Kollegen in der Schweiz getroffen. Vielleicht finden wir über die Herkunft des Gifts eine neue Spur.«

Stephanie nickte. »Hört sich vernünftig an.«

Thal lächelte. Die Kollegin hatte sich in der letzten Zeit einen lakonischen Ton angewöhnt, der ihm gefiel. »Und was machst du?«

»Ich durchforste das Girokonto von Cornelia Grewe.«

»Was hoffst du, da zu finden?«

»Du weißt, was uns ihr Bruder erzählt hat?«

Thal seufzte. »Bettina hat mich informiert. Sie war zu den Tatzeiten in Australien.«

Stephanie nickte. »So sieht es aus. Allerdings findet sich zu diesen Reisen kein einziger Hinweis unter ihren Kontobewegungen.«

Thal verstand nicht, was die Kollegin meinte.

»Wenn Cornelia Grewe seit vier Wochen in Australien ist, müsste es irgendeine Abhebung oder Kreditkartenbuchung von dort geben, oder?«

»Könnte man zumindest annehmen.«

»Gibt es aber nicht. In den letzten zehn Tagen findet sich keine einzige Bewegung auf dem Konto. Absolute Fehlanzeige.«

»Es gibt keinen Zweifel, das sie dort war. Denk an die Postkarten. Könnte es nicht sein, dass sie noch ein anderes Konto hat. Vielleicht hat sie die Kreditkarten nicht von ihrer Bank ausstellen lassen, es gibt da preiswerte Spezialanbieter.«

»Das ist ein guter Hinweis, danke.«

»Freut mich, dass ich helfen konnte«, sagte Thal und lachte.

Stephanie schaute ihn mit hochgezogenen Augenbrauen an und hob die Hand, als wollte sie sich an die Stirn tippen, stoppte die Bewegung aber kurz vorher.

Thal zog einen Stuhl unter dem Besprechungstisch hervor und setzte sich Stephanie gegenüber. Er hatte auf der Fahrt von St. Gallen nach Konstanz – er hatte sich wieder ein Taxi geleistet, so langsam ging seine Abneigung gegen das Autofahren ins Geld – einen interessanten Artikel gelesen. Er hatte ihn auf eine Idee gebracht, die Stephanie erst recht dazu bringen würde, ihm einen Vogel zu zeigen. Besser, er begann vorsichtig und allgemein.

»Vielleicht sind wir mit Cornelia Grewe tatsächlich auf dem Holzweg.«

Stephanie lehnte sich zurück. Ihre Aufmerksamkeit hatte er.

»Wir sind uns doch einig, dass wir dringend das Tatmotiv herausfinden sollten?«

»Natürlich, das ist eine kriminalistische Binsenweisheit.«

Thal nickte. »Ich weiß, und es ist vermutlich sowieso Blödsinn, aber ich habe einen Zeitungsbericht gelesen, der mich auf eine Idee gebracht hat. Was wäre, wenn unsere

Täterin ein Kuckuckskind ist und andere Kuckuckskinder sucht, um sie zu töten?«

Stephanie schaute ihn an, als hätte er nicht alle Tassen im Schrank. »Mal langsam zum Mitschreiben«, sagte sie. »Du meinst, die Mutter der Mörderin hat aller Welt verschwiegen, dass ihr Mann nicht der Kindsvater ist?«

»Genau«, sagte Thal und war sich selbst nicht mehr sicher, ob die Idee nicht völlig an den Haaren herbeigezogen war. »Irgendwann muss sie es herausgefunden haben und sucht jetzt andere Kuckuckskinder.«

»Die sie dann tötet?«, fragte Stephanie und starrte Thal an.

»So ungefähr.«

Stephanie holte tief Luft. »Chapeau, Chef! Das ist ein toller Plot. Sie sollten einen Krimi schreiben, der wird ein Bestseller, glauben Sie mir. Ich kenne mich da aus.«

»Ich weiß selbst, wie verrückt sich das anhört. Aber als ich den Artikel las, hatte ich plötzlich die Idee. Und Bettina und du predigt uns Männern doch dauernd, wir sollten mehr auf unseren Bauch hören.«

»Kuckuckskinder ...«, sagte Stephanie mehr zu sich selbst, als müsste sie sich den Begriff einprägen. »Davon gibt es nicht viele.«

»Ganz im Gegenteil«, sage Thal, der froh war, dass sie sich ernsthaft mit dem Thema zu beschäftigen begann. »Jedes Jahr werden siebzigtausend Kinder geboren, bei denen der amtliche Vater nicht der leibliche ist.«

»Das ist eine Menge«, sagte Stephanie. »Das hätte ich nicht gedacht. Stand in deinem schlauen Artikel auch, wie oft die Frau sicher ist, dass ihr Ehemann nicht der Vater sein kann.«

»Wie soll sie sich da sicher sein?«, fragte Thal.

»Na zum Beispiel, weil sie an den kritischen Tagen nicht mit ihrem Ehemann geschlafen hat.«

»Aber dann wüsste der es doch auch.« Thal lächelte. Da hatte Stephanie im Eifer des Gefechts einen Gedankenfehler gemacht.

»Meinst du? So wie ich die Männer kenne, haben sie keine Ahnung von diesen Sachen. Und die Frau spürt genau, wann es so weit ist.«

»Echt?«

Stephanie nickte. »Ist aber egal. Ehrlich gesagt, finde ich deine Idee ziemlich durchgeknallt, Alexander. Aber was soll's. Fridolin sagt, man muss dem Schicksal eine Chance geben.«

»Mehr als ein Reinfall wie dein Girokonto kann es nicht werden«, sagte Thal.

Stephanie griff zum Telefon. »Ich rufe sofort Restle und Lee an. Sie sollen die DNA der Eltern mit denen der Kinder abgleichen. Wenn du wirklich recht hast ...«

Sie ließ offen, was passieren würde, setzte aber hinzu: »Wie auch immer, ich habe auf jeden Fall einen verrückten Plan bei dir gut. Wenn mir also mal was in den Sinn kommt ...«

»Lass ich dich machen. Versprochen!«

Achtundzwanzig

»Schön, dass es endlich Sommer wird.« Madlaina hakte sich bei Thal ein und legte ihren Kopf auf seine Schulter. Er genoss den Augenblick am See, eigentlich hatte er nur ein paar Minuten durchatmen wollen, jetzt spazierten sie schon eine halbe Stunde Richtung Hörnle. Beim Blick auf den See kam es ihm wie ein gestohlener Urlaubstag vor. Der Katamaran von Friedrichshafen glitt langsam in Richtung Konstanzer Hafeneinfahrt. Der See glitzerte im Licht der Nachmittagssonne. Die Umrisse des Säntis waren schwach zu erkennen. Die entgegenkommenden Spaziergänger schauten zufrieden, als genössen sie das Leben.

»Wir sind viel zu selten am See«, sagte Thal und dachte an sein Segelboot, das er endlich aus dem Winterquartier holen sollte. Im letzten Jahr hatte er es nicht zu Wasser gelassen, er schwor sich, dass ihm das nicht noch einmal passierte. Er gehörte zu den Glücklichen, die einen Liegeplatz im Hafen an der Seestraße hatten. Man hatte ihn Leah angeboten, weil sich der Yacht Club mit der großen Künstlerin schmucken wollte. Er hatte ihn geerbt, wie so vieles, was ihm das Leben leichter machte.

»Wie laufen die Ermittlungen?«, fragte Madlaina. »Cornelia Grewe ist nicht mehr verdächtig, oder?«

Thal atmete kräftig aus. »Anscheinend.«

»Hast du Zweifel an ihrem Alibi?«

»Nicht wirklich, aber Stephanie und Jonas wollen nicht so schnell aufgeben. Es gibt ein paar Ungereimtheiten, zum Beispiel finden sich auf ihrem Konto keinerlei Bewegungen aus Australien.«

»Dafür gibt es bestimmt eine einfache Erklärung.«

Thal musste Madlaina recht geben. Es war besser, sie verabschiedeten sich von der Krankenschwester als Tatverdächtige, sie verstellte ihnen den Blick auf andere Möglichkeiten.

»Ich habe mit Steininger gegessen«, sagte Thal so beiläufig wie möglich.

Madlainas Hand auf seinem Arm zuckte leicht. »Ach, wirklich? Wie geht es dem alten Zausel?«

Der Begriff wäre Thal für den Genussmenschen Steininger nie eingefallen, aber in gewisser Weise hatte Madlaina recht. Der Schweizer Kriminalist war ein eigenartiger Kauz. Er führte sein Team ein bisschen in der Tradition des Wachtmeisters Studer. Eigensinnig und knurrig.

»Er genießt das Leben«, beantwortete Thal Madlainas Frage und lachte. »Das Chateaubriand hat er fast alleine gegessen.«

»Was wolltest du von ihm?«

Thal kickte einen Kieselstein zur Seite. »Mir geht Restles Hinweis nicht aus dem Kopf, dass die Schweizer Sterbehilfevereine das gleiche Gift benutzen, mit dem Lina Waldvogel getötet wurde. Ich habe ihn inoffiziell um Amtshilfe gebeten.«

»Wie hat er reagiert?«

»Zurückhaltend.«

Madlaina deutete auf eine Bank, und Thal war froh, sich setzen zu können. Er musste dringend etwas für seine Kondition tun. Schon dieser kurze Spaziergang hatte ihn ins Schwitzen gebracht. Sie setzten sich eng nebeneinander und beobachteten einen Schwan, der sich abmühte, an Land zu kommen.

»Du musst Steininger verstehen«, setzte Madlaina das Gespräch fort. »Sterbehilfe ist in der Schweiz ein heikles

Thema. Auf der einen Seite gibt es immer wieder Angriffe gegen die liberale Praxis, auf der anderen Seite sehen viele Ausländer darin ihre letzte Hoffnung. Es gibt einen regelrechten Sterbetourismus.«

»Deshalb assistieren einige der Organisationen nur noch Schweizer Bürgern beim Selbstmord, richtig?«

Madlaina nickte. »Und die anderen, wie zum Beispiel Exodos, werden überrannt. Ich habe vor Kurzem ein Interview mit ihrem Vorsitzenden gelesen, die werden des Ansturms kaum noch Herr. Bisher haben sie im Jahr rund hundert Deutsche in den Tod begleitet, aber die Zahlen steigen und steigen.«

»Kein Wunder«, sagte Thal, der sich bei solchen Gesprächen unwohl fühlte. Der Tod war ihm in den letzten Jahren viel zu nah gekommen.

»Würdest du bei einer unheilbaren Erkrankung den Freitod wählen, wenn das Leid zu groß wird?« Thal las in Madlainas Blick eine Mischung aus Interesse und Besorgnis.

»Ich glaube nicht, dass man darauf eine ehrliche Antwort geben kann, solange man nicht in dieser Situation ist.«

»Du weichst aus.« Madlaina klang milder, als die Worte es vermuten ließen.

»Stimmt. Ich glaube, dass jeder Mensch das Recht hat, über sein Ende frei zu entscheiden. Gleichzeitig sehe ich das Problem, dass der Druck auf Kranke wachsen könnte, Angehörigen nicht länger zur Last zu fallen.«

Thal stand auf, streckte Madlaina die Hände entgegen und zog sie in eine Umarmung. »Lass uns dieses Thema vertagen. Im Moment mache ich mir nur Sorgen, ob wir das Leben von Mia Zacharias retten können.«

Sie gingen zurück Richtung Innenstadt. Thal legte einen Arm um Madlaina. »Übrigens hat Steininger uns davor gewarnt, den Fokus der Ermittlungen zu sehr einzuengen.« Er erzählte von dem Kinderpornoring, den die Schweizer Kollegen in den vergangenen Wochen ausgehoben hatten. »Möglicherweise geht es darum, Fotos von den Kindern zu machen, für die einige Leute viel Geld bezahlen.«

Madlaina schüttelte energisch den Kopf. »Glaubst du das? Fotos von nackten Säuglingen gibt es zuhauf kostenfrei im Netz. Ist schon erstaunlich, wie viele Eltern kein Problem damit haben, so was zu posten. Außerdem kann ich nicht glauben, dass die Täter die Babys in diesem Fall fünf Tage bei sich behalten. Solche Fotos sind schnell gemacht.«

Das war ein stichhaltiger Einwand. Thal ärgerte sich, dass er nicht selbst darauf gekommen war, als Steininger ihm davon erzählte.

»Dann wirst du die verrückte Idee, die mir auf der Heimfahrt kam, genauso verreißen.« Thal lachte kurz auf, als wollte er Madlainas erwartbaren Spott damit abmildern.

»Ich liebe deine verrückten Ideen«, sagte sie.

Er erzählte in knappen Worten von der Kuckuckskind-Theorie. Erstaunlicherweise nahm Madlaina diese Hypothese ernst, stellte Fragen und kam zu dem Schluss: »Die Vaterschaft lässt sich in den Entführungsfällen schnell klären. Ihr solltet die Rechtsmediziner informieren.«

»Schon geschehen«, sagte Thal. Sein Blick fiel auf eine Werbewand vor dem Casino. Er stoppte abrupt, Madlaina hatte Mühe seiner Bewegung zu folgen.

»Was ist ...?« Sie vollendete den Satz nicht, sondern starrte das Plakat an.

Neunundzwanzig

»Wissen Sie eigentlich, gegen wie viele Gesetze Sie mit diesem Plakat verstoßen?«

Thal war außer sich. Madlaina hatte ihm abgeraten, den Schöpfer des Plakats derart erregt aufzusuchen. Er hatte sich nicht davon abbringen lassen und war direkt vom See ins Paradies gelaufen. Völlig außer Atem war er bei der Wohnung der Waldvogels angekommen und musste sich erst einmal beruhigen. Er schaffte es, Atem und Puls auf Normalwerte zu bringen, sein Ärger war aber keineswegs verflogen. Er hatte Verständnis für die Eltern, die ihre Tochter verloren hatten, aber das ging zu weit!

Timo Waldvogel schaute Thal an und grinste. Er will mich provozieren, dachte Thal und schaffte es, nichts weiter zu sagen.

»Wissen Sie, dass mich das nicht die Bohne interessiert, Herr Kommissar!«

Waldvogel hatte Thal in die Küche gebeten. Seine Frau spreche im Wohnzimmer mit dem Seelsorger, da wollte er nicht stören. Er setzte sich auf die Kante des picobello aufgeräumten Tisches. »Mich interessiert nur eins: Das Schwein zu fassen, das unschuldige Babys in seine Gewalt bringt, wer weiß was mit ihnen anstellt und am Ende nach irgendeinem teuflischen Plan entscheidet, welches Kind weiterleben darf und welches stirbt.«

»Es handelt sich wahrscheinlich um eine Frau ...« Thal merkte, wie unsinnig dieser Satz war. Timo Waldvogel reagierte entsprechend.

»Spielt es eine Rolle, ob das Schwein eine Sau oder ein Eber ist?« Er winkte mit einer heftigen Handbewegung ab.

»Das Foto zeigt eine Frau auf dem Flur eines Krankenhauses ...«

»Quatsch! Das Foto zeigt die Täterin in dem Moment, in dem sie Mia Zacharias von der Kinderstation des Konstanzer Klinikums entführt.«

»Das ist eine Vermutung.«

»Wissen Sie was, Herr Thal? Mit der gleichen Art, mit der Sie versuchen, mir einzureden, ich hätte eine unschuldige Frau in die Öffentlichkeit gezerrt, führen Sie auch die Ermittlungen. Immer schön vorsichtig. Bloß niemandem auf die Füße treten. Dabei vergessen Sie eins: Diese Frau hat uns auf der Seele herumgetrampelt. Sie hat unser Leben zerstört – und ich bin mir nicht sicher, ob wir unser zersprungenes Herz jemals kitten können.«

Thal spürte, wie seine Wut abnahm und einer Verzweiflung Platz machte, die er im Grunde mit den Betroffenen teilte. Er hatte selbst schon daran gedacht, das Foto aus dem Überwachungsvideo zu veröffentlichen. Trotzdem durfte er dem trauernden Vater diese Aktion nicht durchgehen lassen.

»Was versprechen Sie sich von diesem Plakat? Wenn wir der Ansicht sind, dass es den Ermittlungen hilft, damit an die Öffentlichkeit zu gehen, werden wir das tun.«

»Wenn Sie der Ansicht sind«, äffte Waldvogel ihn nach. »Wir, meine Frau und ich, aber auch das Ehepaar Zacharias und alle anderen Betroffenen sind der Meinung, dass jetzt der Zeitpunkt gekommen ist, die Bürgerinnen und Bürger der Stadt in die Suche nach der Mörderin unserer Tochter einzubeziehen.«

»Bitte!« Thal merkte, dass er zu flehend klang und räusperte sich. »Lassen Sie das Plakat entfernen, bevor ich das veranlassen muss.«

Waldvogel lachte auf und schlug sich mit beiden Händen auf die Oberschenkel. »Wer glauben Sie eigentlich, wer Sie sind. Die Kampagne fängt erst an. Morgen wird die ganze Stadt mit diesen Plakaten zugepflastert sein. Die Radiospots werden gerade produziert, der SWR, aber auch ›Radio Seefunk‹ haben uns kurzfristig Sendeplätze freigemacht. Wir zahlen ja auch genug dafür. Über TV denken wir noch nach, einen Aufruf an die Bevölkerung wird die ›Landesschau‹ auf jeden Fall morgen senden.«

Thal spürte, wie seine Widerstandskraft auf den Nullpunkt fiel. Waldvogel arbeitet in einer Werbeagentur, er wusste, wie man alle Register zog, um die öffentliche Meinung zu beeinflussen. In diesem Fall hatte er es leicht, die Konstanzer waren ohnehin entsetzt über die Taten und litten mit den Angehörigen der Opfer. Es war nicht schwer, sie auf eine Hetzjagd zu schicken.

»Was Sie da vorhaben, ist ausschließlich die Aufgabe unserer Pressestelle«, machte Thal einen letzten Versuch.

»Dass ich nicht lache!« Waldvogel stieß sich derart kraftvoll ab, dass der Tisch einige Zentimeter nach hinten rutschte und ein klagendes Geräusch von sich gab. »Allein der Begriff ›Pressestelle‹ klingt nach Opas guter, alter Wachtmeistertradition. Von moderner Kommunikation haben Ihre Leute absolut keine Ahnung.«

Waldvogel nahm ein Glas aus einem Hängeschrank, füllte es mit Leitungswasser und trank es in einem Schluck leer. »Einer der größten Kunden, die ich in der Agentur betreue, ist ein Mineralwasserproduzent. Unsere Aufgabe ist es, den Leuten am Bodensee weiszumachen, dass es gesünder ist, seine überteuerte Brause zu trinken als das Wasser aus dem See, das direkt und spottbillig aus der Leitung kommt. Und wissen Sie was? Wir haben den Umsatz des Kunden um zwanzig Prozent gesteigert. Hätte das Ihre Pressestelle auch geschafft?«

Er füllte das Glas erneut, prostete Thal mit übertriebener Geste zu und trank.

Thal wusste, dass er diese Auseinandersetzung nicht gewinnen konnte. Eine Frage musste er noch loswerden.

»Wer hat Ihnen das Standbild aus dem Video zugespielt?«

Waldvogel lächelte ihn an. »Herr Kommissar, Herr Kommissar ... Zum Glück gibt es Menschen, die Mitgefühl mit den Eltern haben.« Er machte eine kurze Pause, das Lächeln verschwand aus seinem Gesicht.

»Sie können sich nicht vorstellen, wie es dem Ehepaar Zacharias gerade geht. Wir wissen das nur zu gut. Sie sitzen zu Hause und zittern und bangen und beten. Zu Untätigkeit verdammt zu sein, ist das Schlimmste, was man sich vorstellen kann. Aber damit ist jetzt Schluss. Jetzt nehmen wir die Sache in unsere Hand. Eigentlich müssten Sie uns dankbar sein. Von Kommunikation verstehen wir mehr als Sie. Und wenn Sie ehrlich sind, geben Sie zu, dass Sie nichts wissen. Gar nichts.«

Dreißig

Obwohl Jonas Quandt der jüngste Ermittler im Team des Kommissariats 1 war, hatte er schon einige Todesnachrichten überbringen müssen. Es war ein Teil der Arbeit jedes Mordermittlers. Schrecklich, aber unausweichlich. Seit ein paar Minuten war er sich nicht mehr sicher, ob der Besuch bei den Angehörigen eines Mordopfers die schlimmste Aufgabe war. Er wusste, dass ihn der Blick von Anna Zacharias noch im Traum verfolgen würde. Als Restle und er an der Tür geläutet hatten, wurde sie nach einer Sekunde aufgerissen. Die Mutter der entführten Mia musste am Fenster gestanden haben. Beobachtete sie ständig die Straße in der Hoffnung, irgendjemand schöbe einen Kinderwagen mit ihrer Tochter vor die Tür? Oder wartete sie auf den Besuch der Polizei, die ihnen entweder die erlösende Nachricht bringen oder sie in tiefste Depression stürzen würde?

»Was ist mit Mia?«, fragte sie. Ihre Augen traten fast aus den Höhlen. Das hagere Gesicht wurde von einem nach allen Richtungen strebenden, rotblonden Haarschopf umrahmt. Sie trug ein beigefarbenes Sweatshirt und eine weite Leinenhose. Die Kleidung sah so aus, als wäre sie lange nicht gewechselt worden. Warum sollte sie sich um Äußerlichkeiten kümmern, wenn ihre Tochter in Lebensgefahr schwebte?

»Es gibt leider nichts Neues«, sagte Quandt, bevor er sich und Restle vorstellte. Er wollte sie nicht länger im Unklaren lassen als nötig.

»Nichts Neues«, wiederholte die Mutter. Sie drehte sich um und ging ohne ein weiteres Wort in die Wohnung. Ihr Mann Christoph hatte sich im Hintergrund gehalten. Er breitete die Arme aus und nahm sie in den Arm. Quandt atmete erleichtert aus. Immerhin schienen die beiden sich gegenseitig zu stützen. Das war nicht immer der Fall, viele Beziehungen hielten den Stress einer solch existenziellen Ungewissheit nicht aus.

»Was wollen Sie?«, fragte der Vater schroff. Quandt überhörte die Aggressivität, stellte sich erneut vor und streckte ihm die Hand entgegen. Christoph Zacharias ignorierte die Geste, bat die Besucher aber ins Wohnzimmer. Auf dem Tisch standen Teller, Tassen, Geschirr und Pappkartons verschiedener Lieferdienste, von italienisch bis asiatisch. Reste klebten an den Rändern, auf einem Teller lag eine zur Hälfte gegessene Pizza.

»Wir halten Sie nicht lange auf«, beeilte sich Quandt zu sagen, als wären sie in ein friedliches Familienmahl geplatzt.

Restle setzte sich auf die Lehne des Sofas, das mit Kinderkleidung und Säuglingsspielzeug belegt war. »Die Konstanzer Polizei hat uns um Mithilfe gebeten.« Restle übernahm das Gespräch. »Wir glauben, dass die Kinder Gemeinsamkeiten haben und deshalb von der Entführerin ausgewählt wurden.«

»Sie glauben also auch, dass es sich um eine Einzeltäterin handelt?«, fragte Anna Zacharias. Quandt hörte die Hoffnung in der Stimme. Eine Einzeltäterin war besser als eine Bande, glaubte sie.

Restle nickte Quandt zu, die Antwort auf diese Frage war Polizeisache. Er atmete tief durch. »Wir vermuten es.«

Er beobachtete die Reaktion der Mutter. Sie kniff die Lippen zusammen und nickte. Immerhin hatte er ihre Hoffnung nicht zerstört.

»Warum war Ihre Tochter im Krankenhaus?«

Quandt wunderte sich über Restles Frage, denn sie kannten die Antwort aus den Krankenakten, die ihnen der Chefarzt übergeben hatte.

»Sie hatte seit ein paar Tagen einen merkwürdigen Husten«, antwortete Anna Zacharias. »Mir war das nicht geheuer, und Dr. Volkerts, unser Kinderarzt, meinte, ich sollte sie ins Krankenhaus bringen.«

Christoph Zacharias legte seiner Frau die Hand auf die Schulter. »Meine Frau ist übervorsichtig, aber das ist besser, als ...«

Er ließ den Satz unvollendet, aber alle wussten, dass es nicht stimmte. Hätte die Mutter Mia nicht ins Krankenhaus gebracht, säßen sie jetzt nicht hier. Als wäre dem Vater die Bedeutung seines Satzes erst jetzt klar geworden, streichelte er Anna Zacharias über die Wange. Sie schaute ihn ausdruckslos an, sprach aber erstaunlich ruhig. »Es war zum Glück nichts Schlimmes. Kein Krupphusten oder so. Sie sollte entlassen werden, aber ...«

Dann kam die Entführung dazwischen, dachte Quandt. Das Ehepaar Zacharias gehörte dem Typ der übervorsichtigen Eltern an, daran gab es für ihn keinen Zweifel. Ihrer Tochter sollte es an nichts fehlen. Vermutlich lagen die Schränke voll mit Kleidung und Spielzeug für die nächsten Monate, wenn nicht gar Jahre. Hatten sie Mia schon bei einem Fremdsprachenkurs angemeldet? Gingen sie zum Babyschwimmen? Ganz sicher waren sie sich einig, welche Schulen infrage kamen und welche nicht. Während Restle seinen Fragenkatalog abarbeitete und nach Merkmalen suchte, die er mit den anderen Opfer abgleichen konnte, schaute sich Quandt im Zimmer um. Wäre die Unordnung nicht gewesen, hätte Quandt dem Zimmer bescheinigt, typisch für einen gut situierten Haushalt zu sein. Die Möbel waren schlicht, stammten aber nicht aus einem Billigkaufhaus. Sie würden die nächsten stürmischen Kinderjahre überstehen. Im Wohnzimmerregal stand neben dem einen oder anderen Erinnerungsstück oder in Silber gerahmten Foto auch eine Anzahl Bücher. Quandt trat an das Regal und schaute sich die Titel an. Hauptsächlich Fachbücher, einige zu Gesundheitsthemen, dazu etliche Erziehungsratgeber. Es passte zu Quandts Vorstellung vom Ehepaar Zacharias. Sie wollten keine Fehler machen, also lasen sie sich quer durch die Ratgeberliteratur. Dem gesunden Menschenverstand vertraute heute niemand mehr.

»Es gibt also keine äußerlichen Merkmale?« Restle klang erschöpft. Sie hatten sich so viel von der Theorie versprochen, dass die Opfer etwas gemeinsam haben mussten – und dieses Merkmal der ermordeten Lina Waldvogel fehlte, weshalb sie sterben musste. Beweise waren bisher Fehlanzeige.

»Nein«, sagte Christoph Zacharias. Er schüttelte energisch den Kopf. Seine Nerven waren strapaziert, was seine gereizte Antwort erklärte. Quandt hob leicht die Augenbrauen und räusperte sich. Restle musste vorsichtig sein, sollte die Stimmung nicht kippen.

»Wir würden gerne die DNA Ihrer Tochter mit den anderen Kindern vergleichen. Wir könnten das Material aus dem Krankenhaus anfordern, aber dafür braucht es eine richterliche Anordnung und ...«

»Was brauchen Sie?«, fragte Anna Zacharias. Sie wusste, dass sie keine Zeit hatten.

»Etwas, das Ihre Tochter in der Hand, noch besser im Mund hatte.«

»Den Schnuller an der Flasche ...«

»Haben Sie ihn abgekocht?«, fragte Restle.

Die Mutter schüttelte den Kopf.

»Meine Frau hat andere Sorgen.« Quandt wertete es als gutes Zeichen, dass Christoph Zacharias sie verteidigte.

»Wir brauchen auch noch eine Speichelprobe von Ihnen für einen Test«, sagte Restle so beiläufig wie möglich. Die Eltern nickten ohne Nachfrage oder Widerspruch. Es zählte nur eins: das Leben ihrer Tochter.

Einunddreißig

»Was soll denn das mit der DNA der Eltern?«

Restle klang verärgert. Er mochte es nicht, wenn man ihn nicht detailliert in Kenntnis setzte, bevor man ihn um eine Untersuchung oder Analyse bat. Dafür war bis jetzt keine Zeit gewesen. Wie so oft, wenn an verschiedenen Stellen ermittelt werden musste, traf sich das Team erst am Abend zu einer Besprechung im Präsidium. Jeder brannte darauf, seine Neuigkeiten loszuwerden und zu erfahren, was die Kolleginnen und Kollegen herausgefunden hatten.

»Es ist nur eine Idee«, sagte Thal.

»Das kommt dabei raus, wenn Alexander alleine unterwegs ist«, sagte Stephanie und zwinkerte Madlaina zu, die sich in einen Besucherstuhl geflegelt hatte. Wer sie kannte, sah ihr die Strapazen der Tournee an.

»Lassen Sie uns noch an Ihren Überlegungen teilhaben, Herr Hauptkommissar? Oder sind wir nur die Medizinsklaven, die ergeben zu arbeiten haben und sonst nichts?«

»Schon gut, schon gut ...« Thal hob die Hände. Ein beleidigter Doktor war das Letzte, was er gebrauchen konnte. »Ich habe einen Bericht über Kuckuckskinder gelesen, wovon es weit mehr gibt, als ich gedacht hätte.«

»Man schätzt, dass jedes Jahr siebzigtausend auf die Welt kommen«, warf Restle beiläufig ein, um seine Sachkenntnis zu beweisen.

»Könnte es nicht sein, dass es genau darum geht? Vielleicht sucht die Täterin Kuckuckskinder und tötet sie.«

»Und warum in Gottes Namen sollte sie das tun?« Fiona Lees Entsetzen war echt.

»Was weiß ich«, sagte Thal. »Vielleicht ist sie selbst eine Kuckuckstochter.«

»Das meinen Sie doch nicht im Ernst? Deshalb lassen Sie uns von den Eltern Speichelproben nehmen? Ohne richterliche Anordnung versteht sich.«

»Wenn sie die Probe freiwillig abgeben, ist das in Ordnung«, warf Jonas ein.

Restle winkte ab. »Trotzdem ist das eine weit hergeholte Theorie.«

Thal wusste, dass der Doktor recht hatte. Er schämte sich ein wenig, diese Kopfgeburt überhaupt ins Spiel gebracht zu haben. »Irgendwo müssen wir schließlich anfangen.« Ein letzter Versuch der Verteidigung. »Haben die Befragungen der Eltern wenigstens etwas ergeben?«

Quandt, Lee und Restle schauten sich an, als wüssten sie nicht, wer Bericht erstatten sollte. Schließlich öffnete der Rechtsmediziner seinen Koffer und holte einen Stapel Akten heraus. »Ich habe mir die Berichte der Kinderärzte angesehen, die unsere Entführungsopfer untersucht haben, nachdem sie wieder aufgetaucht waren.«

Er schlug eine Akte auf und blätterte darin herum.

»Die Kollegen haben absolut sauber gearbeitet. Augenscheinlich tragen die Fortbildungsseminare, die wir landauf, landab halten, langsam Früchte. Alle Fälle sind gut dokumentiert, es wurde nichts übersehen.«

»Heißt was?«, fragte Thal.

»Bei keinem der Kinder fand sich auch nur ein winziger Hinweis auf körperliche Gewalt. Die Mädchen hatten nicht eine Schramme, waren gut ernährt und zeigten keine Zeichen von Vernachlässigung. Keine Anzeichen von Unterkühlung, keine wunden Stellen, nichts.«

»Wer auch immer die Babys entführt hat, verstand etwas von Säuglingspflege«, stellte Quandt lakonisch fest. »Typen wie ich sind damit aus dem Schneider«, setzte er hinzu.

Die erwartete und in ähnlichen Fällen regelmäßig einsetzende Heiterkeit blieb aus. Dieser Fall ging allen an die Nieren.

»Vielleicht ging es tatsächlich darum, Fotos zu machen.« Thal sprach mehr zu sich selbst als in die Runde, aber Fiona Lee riss die Augen auf. »Habt ihr irgendeine neue Spur, die darauf hindeutet?«

»Nein, das ist auch nur eine Theorie. In der Schweiz wurde ein Kinderpornoring ausgehoben, ob es da einen Zusammenhang gibt, wissen wir nicht.« Thal schaute in die Runde. »Gibt es sonst irgendwelche Gemeinsamkeiten der Kinder?«

Restle nickte Fiona Lee zu, die tief einatmete. »Wir haben nichts gefunden. Das heißt nicht, dass es nicht etwas geben könnte, was wir übersehen haben, aber das hilft uns nicht weiter.«

Die Tür wurde aufgerissen und Grendel stürmte herein. Erstaunt blieb er kurz hinter der Tür stehen. »Was ist denn hier los? So hohen Besuch aus Freiburg dürfen wir selten begrüßen.«

»Ich säße jetzt auch lieber bei einem Glas guten Rotwein daheim«, brummte Restle.

»Trollinger würde ich jetzt nicht unbedingt so nennen«, frotzelte der Spurensicherer über die bekannte Vorliebe des Schwaben Restle. Wieder lachte niemand.

Schwungvoll warf Grendel einige Postkarten auf den Tisch. »Das Ganze ist ein Riesenschwindel.« Er stützte sich auf die Tischplatte und schaute grinsend von einem zum anderen. Bettina nahm eine der Karten und drehte sie um.

»Das sind Cornelia Grewes Urlaubsgrüße. Was ist daran geschwindelt?«

»Alles«, sagte Grendel und mischte die Karten auf dem Tisch. »Auf jeden Fall spricht alles dafür, dass Cornelia Grewe nicht in Australien war, als diese Postkarten abgeschickt wurden.«

»Was ist das für ein Quatsch!« Bettina warf die Postkarte auf den Tisch zurück. »Ihr Bruder hat eindeutig bestätigt, dass es die Handschrift seiner Schwester ist.«

»Daran zweifle ich nicht.« Grendel grinste Bettina an, er nahm ihr das ›Quatsch‹ nicht übel. »Man muss aber keineswegs in Australien sein, um von dort eine Postkarte zu verschicken. Dafür gibt es wie für so ziemlich alles einen Service im Internet.«

Er ging um den Tisch herum und deutete auf Quandts Tablet. »Darf ich?«

Er tippte auf dem Bildschirm herum, bevor er den Computer in die Höhe hielt. »Das Ganze ist simpel. Man sucht sich auf dieser Internetseite sein Reiseziel aus ...« Er wählte aus einer Liste von Ländern ›Australien‹ aus und tippte darauf. Es erschienen verschiedene Postkartenmotive.

»Na? Erkennt ihr sie wieder?«

Bettina nickte und deutete auf den Tisch.

»Genau. Man wählt die Karten aus, die man aus Sydney, Melbourne oder vom Uluru verschicken möchte und bestellt sie. Die Firma schickt sie dem Kunden nach Hause, er schreibt seinen Urlaubsgruß und sendet die Karten zurück, die daraufhin die Reise nach Australien antreten. Und zwar in einem verschlossenen Umschlag und per Express an einen Mittelsmann in Australien. Der sorgt dafür, dass die Karten zu einem vereinbarten Zeitpunkt in einem Briefkasten der australischen Post landen. Ein paar Tage später holt sie der Adressat – in diesem Fall Cornelia Grewes Bruder – aus dem Briefkasten und freut sich, dass es seiner Schwester in Australien gut geht. In Wirklichkeit ist die Gute irgendwo auf diesem Planeten, aber ganz bestimmt nicht in Australien.«

»Wahnsinn!« Stephanie Bohlmann hatte mit offenem Mund zu gehört. »Aber woher weißt du, dass Cornelia Grewe diesen Service benutzt hat?«

»Weil sie auf der Kundenliste dieses Unternehmens steht.« Grendel hob das Tablet erneut in die Höhe. »Es war nicht ganz einfach, aber am Ende knickte der Geschäftsführer ein. Ärger mit der Polizei wollte er nicht riskieren, selbst wenn sein Angebot juristisch unbedenklich ist, bewegt es sich moralisch in einer Grauzone.«

Grendel legte das Tablet vorsichtig zurück auf den Tisch. »Cornelia Grewe hat genau diese Karten bestellt, beschrieben zum Versand nach Australien und retour an die Firma zurückgeschickt.«

Es war totenstill im Raum.

»Cornelia Grewe ist untergetaucht«, flüsterte Bettina.

Jonas schlug auf den Tisch, sodass alle zusammenzuckten. »Und das kann nur eines bedeuten: Sie ist wieder im Spiel. Sie ist die Täterin!«

Zweiunddreißig

Thal lehnte sich zurück und schüttelte das Kissen auf. Weder er noch Madlaina fanden Schlaf in dieser Nacht, obwohl sie ihn dringend nötig hätten. Er dachte darüber nach, noch einen Espresso zu brühen, an Tagen wie diesen durfte er seine Regel brechen, nicht mehr als fünf der kleinen Schwarzen zu trinken.

»Wie kann eine Frau, die einen Säugling bei sich hat, einfach von der Bildfläche verschwinden?« Madlaina stellte die Frage, um die sie seit Stunden kreisten.

»Und das, ohne eine einzige Spur zu hinterlassen«, ergänzte Thal. Er konnte sich keinen Reim darauf machen. Ein Täter auf der Flucht hat grundsätzlich zwei Möglichkeiten. Entweder suchte er sich seinen Ort abseits der Zivilisation, an dem die Gefahr der Entdeckung klein war. Keine Nachbarn, die ihn verraten konnten, keine zufälligen Spaziergänger, denen etwas auffiel. Für Cornelia Grewe kam so ein Versteck kaum infrage, es sei denn ...

»Wenn sich die Krankenschwester mit dem Kind in die Einsamkeit zurückgezogen hat, muss sie alles genau geplant haben. Die Kinder waren gut ernährt und gepflegt, sie hat also Nahrung und Windeln in ausreichender Menge.«

»So viel ist das nicht für fünf Tage«, wandte Thal ein.

»Ich glaube nicht, dass sie nur für ein einziges Kind vorgesorgt hat. Wenn sie sich in irgendeine Berghütte verkrochen hat, ist die vermutlich vollgestopft mit dem ganzen Kram, den man als fürsorgende Mutter so braucht.«

Thal merkte, dass Madlaina sich auf die Lippen biss. Der letzte Satz verdeutlichte das Dilemma, in dem die Ermittlungen festsaßen. Bis auf die Ermordung von Lina Waldvogel hatte sich die Täterin wie eine gute Mutter verhalten. Wenigstens sah es nach außen so aus.

Wenn das abgelegene Versteck ausfiel, blieb die zweite Variante einer erfolgreichen Flucht: der ständige Ortswechsel.

»Wenn sie durch die Gegend vagabundiert, ist die Gefahr aufzufallen, ungleich größer.« Madlaina versuchte, ihren Fauxpas wieder gut zu machen. »Kinder schreien und bei der Hysterie, die momentan in der Stadt herrscht, dürfte das Nachbarn oder zufällige Passanten neugierig machen.«

»Es sei denn, sie ist an einem Ort, an dem Kindergeschrei normal ist.«

»Was meinst du damit, Alexander?«

Thal wusste es selbst nicht. Der Satz war ihm herausgerutscht, er hatte nicht darüber nachgedacht. Er winkte ab. »War nur ins Unreine gesprochen.«

»Nein, nein ...« Madlaina richtete sich auf und griff nach der Mineralwasserflasche neben dem Bett. »Was wären solche Orte?«

»Ein Kinderheim zum Beispiel«, antwortete Thal, strich die Bemerkung aber mit einer hastigen Handbewegung. »Das ist unwahrscheinlich. Wenn in einem Kinderheim der Region eine Frau mit einem Säugling auftaucht, stellen die garantiert unangenehme Fragen.«

»Frauenhäuser«, sagte Madlaina.

Thal hob fragend die Schultern.

»Viele der Frauen, die sich dorthin flüchten, haben Kinder bei sich. Oft sind die Kleinen der Grund, warum sie von ihren prügelnden Männern weggerannt sind. Solange sie alleine waren, haben sie gekuscht und alles ertragen, aber ihr Kind wollen sie schützen.«

»Du meinst, dass Mütter mit einem Säugling keine Seltenheit sind.«

Madlaina nickte. »Außerdem könnte sie auf diese Weise herumreisen, ohne die für die Säuglingspflege notwendigen Dinge ständig neu kaufen zu müssen. Ich gehe davon aus, dass Nahrung, Windeln und so weiter in jedem Frauenhaus vorhanden sind.«

»Oder sie werden besorgt, man wird die Frau nicht der Gefahr aussetzen, in die Öffentlichkeit gehen zu müssen.«

Thal schwang die Beine aus dem Bett. Der Fußboden war erstaunlich kalt, er zog die Zehen an.

»Was hast du vor?«

»Ich schau im Internet, wie viele Frauenhäuser es am Bodensee gibt. Danach telefonieren wir sie ab.«

»Das ist keine gute Idee, glaube ich.«

Thal suchte nach den Strümpfen. »Wir haben keine Zeit zu verlieren.«

»Es ist Samstag, Alexander. Vor Dienstag besteht keine Lebensgefahr für Mia.«

»Nur weil der Ablauf bisher so war, muss sich Cornelia Grewe diesmal nicht auch daran halten.« Er überlegte, ob es richtig war, der Täterin wieder den Namen der Krankenschwester zu geben. Natürlich hatten sie keinen Beweis für ihre Täterschaft, aber wozu sollte der Postkartenbetrug sonst dienen, als ihr Abtauchen in den Untergrund zu verschleiern?

»Trotzdem sollten wir bis morgen warten. Die Mitarbeiterinnen in Frauenhäusern sind äußerst vorsichtig, wenn sich nachts ein Telefonanrufer als Polizist ausgibt. Sie werden dir keine Auskunft erteilen. Zu Recht.«

Thal fragte sich, woher Madlaina ihre Kenntnisse hatte. »Dann musst du eben telefonieren«, sagte er trotzig.

»Das bringt nichts. Sie werden am Telefon keine Auskünfte über ihre Schützlinge geben. Wir müssen morgen die Einrichtungen abklappern, wenn wir etwas erfahren wollen.«

Thal ließ sich wieder ins Bett fallen und steckte seine eiskalten Füße unter die Decke.

»Außerdem ist das nur eine Theorie von vielen. Die Hütte in der Einsamkeit halte ich auch nicht für wahrscheinlich, aber was ist zum Beispiel mit einem Wohnmobil?«

Thal klopfte die Bettdecke zurecht. »Du hast recht, das wäre auch eine ideale Lösung. Sie kann unterwegs sein und das Kind ist dennoch sicher und versorgt. So wechselt sie ständig ihren Aufenthaltsort und wir hetzen hinterher.«

»Das tun wir auf jeden Fall«, sagte Madlaina und löschte das Licht. »Leider.«

Dreiunddreißig

Samstag

Das Kind hustete schon wieder. Der kleine Körper wurde von den Spasmen hin und hergeworfen. Der Mund stand offen, die Lippen hatten an den Rändern trockene Risse. Sie nahm Vaseline auf den Finger und strich darüber. Die Kleine schloss den Mund und begann sofort zu saugen.

»Mia, meine Liebe. Was ist mit dir?«

Als hätte das Mädchen die Frage verstanden, begann sie erneut zu husten. Der Anfall war schlimmer als der vorige. Sie nahm das Kind aus der Wiege und legte es sich vor die Brust. War der Körper wärmer als sonst? Hatte sie Fieber? Warum hatte sie nicht daran gedacht, ein Thermometer zu kaufen? Sie musste eines besorgen, aber das war leichter gesagt als getan. Solange die Kleine ihre ganze Aufmerksamkeit brauchte, konnte sie sich darum unmöglich kümmern.

In einem gleichbleibenden, langsamen Rhythmus streichelte sie dem Mädchen über den Rücken. Das Köpfchen war an ihre Schulter gelegt. Sie hätte gerne gewusst, ob sie die Augen geöffnet oder geschlossen hatte, aber sie traute sich nicht nachzusehen. Augenscheinlich verschaffte diese Haltung der Kleinen Erleichterung, sie wollte sie nicht ändern. Ihr Atem ging zwar noch rasselnd, aber sie hustete nicht.

Sie schaute auf die Uhr. In einer Stunde würde sie ihr erneut die Flasche geben. Wenn sie Glück hatte, schlief Mia danach ein und verschaffte ihr eine Stunde Zeit, um Medikamente und ein Fieberthermometer zu kaufen. Sie schaute aus dem Fenster. Eine Stunde war knapp, aber es konnte gelingen. Hauptsache, sie begann nicht zu schreien, wenn sie nicht bei ihr war.

Sie seufzte und ging auf und ab, mit der Hand den winzigen Rücken streichelnd.

Wenn sie zu schreien begann, konnte alles vorbei sein.

Es war keine gute Idee gewesen, ein Kind aus dem Krankenhaus zu nehmen. Es war klar, dass sie nicht ohne Grund dort war. Sie hatte an dieses Risiko gedacht. Aber was sollte schon passieren? Sie war erfahren genug, um damit fertig zu werden. Todkrank konnte das Mädchen nicht sein, dann hätte es nicht auf dieser Station gelegen. Schwerkranke Säuglinge wurden überwacht, waren an Geräte angeschlossen. Mia Zacharias hatte mutterseelenallein in ihrem Bettchen gelegen. Nein! Sie konnte nicht schwer krank sein. Wahrscheinlich war ihre Mutter nur eine von diesen übervorsichtigen Glucken.

Mia begann erneut zu husten. Der Körper wurde geschüttelt, sie drückte ihn an sich. Der Anfall ließ nach.

Nein, sie konnte nichts tun. Sie musste durchhalten. Es gab keine Möglichkeiten, irgendetwas zu beschleunigen. Sie konnte machen, was sie wollte, es ging nicht schneller. Das Urteil fiel frühestens am Montag. Übermorgen. Erst dann wusste sie, was sie tun musste.

Entweder würde sie Mia Zacharias direkt vor dem Krankenhaus ablegen, damit so wenig Zeit wie möglich verging, bis sich ein Arzt um sie kümmerte.

Oder sie hatte ihre Aufgabe zu erfüllen, vor der sie sich gerne gedrückt hätte.

Wenn das Urteil es verlangte, würde sie Mia vor der Hölle bewahren. Dann würde sie das kleine Wesen zum Engel machen.

Vierunddreißig

»Und was sagen Sie dazu?«

Bettina glaubte, ein Déjà-vu zu haben. Wie oft hatte sie es schon erlebt, dass der Kriminaldirektor in die Morgenbesprechung gestürmt war und die aktuelle Ausgabe des ›Südkurier‹ in die Höhe gehalten hatte. Heute warf er das Blatt wütend auf den Tisch. Bettina hatte die Schlagzeile schon auf dem Weg zum Präsidium gesehen. Sie prangte einem in jedem Kiosk von einem Plakat entgegen, mit dem das Lokalblatt zum Kauf animieren wollte. ›Die Stadt jagt die Kindsmörderin‹ stand dort in viel zu großen Lettern. Wären sie rot gewesen, Bettina hätte sich nicht gewundert. Der größte Teil der Seite wurde von einem Standbild aus dem Überwachungsvideo der Klinik eingenommen. Es war bearbeitet, die Gestalt der Kindesentführerin war klar zu erkennen, nur ihr Gesicht konnte man nicht sehen. Das gleiche Bild sprang einen von jedem Bauzaun und jeder anderen Stelle an, die sich für das Anbringen von Plakaten eignete, auch wenn es in den meisten Fällen nicht genehmigt war.

»Na?« Schober brüllte fast. »Will niemand Stellung nehmen?«

Er ließ sich in einen Stuhl fallen. »Ich habe heute Morgen mit dem Verleger dieses ...« – er machte eine kurze Pause – »... Blatts gesprochen.«

›Drecksblatts‹ hatte er sagen wollen, dachte Bettina. Recht hätte er gehabt.

»Der feine Herr schiebt jede Verantwortung von sich. Die Redaktion sei unabhängig in ihrer Berichterstattung, da würde er sich nicht einmischen.«

»Der weiß genau, dass so eine Schlagzeile die Auflage steigert«, brummte Thal. Bettina wunderte sich, dass er sich nicht im Griff hatte und den Mund hielt. Thal sah fertig aus. Dunkle Ränder um die Augen und rasiert hatte er sich auch nicht. Bettina konnte sich nicht erinnern, wann das zuletzt vorgekommen war.

Schober schaute Thal überrascht an und nickte. »Der Herr Chefredakteur zeigt sich ebenfalls unkooperativ. Es gehe um die Sicherheit der Kinder, da könne die Zeitung sich nicht zurückhalten.«

»So ein Blödsinn!« Bettina hatte Thal lange nicht mehr so wütend erlebt. »Wenn wir Pech haben, liest Cornelia Grewe die Zeitung. Was wird sie dann tun?«

»Abhauen«, sagte Quandt und brachte es auf den Punkt.

»Genau. Sie wird so schnell wie möglich die Stadt verlassen«, ergänzte Thal.

»Wenn sie das nicht schon längst getan hat.« Stephanie hatte ihre Hände um eine Teetasse gelegt, als müsste sie trotz der angenehmen Frühsommertemperaturen die Finger wärmen.

»Womit wir beim Thema wären.« Madlaina stand auf und ging zum Fenster. Als würde es sie beruhigen, auf den Innenhof des Präsidiums und nicht in die wütenden Gesichter der Ermittler zu schauen, wandte sie allen den Rücken zu, als sie weitersprach. »Alexander und ich haben gestern ausgiebig über die Frage diskutiert, wo sich Cornelia Grewe mit Mia Zacharias aufhalten könnte. Ihr könnte euch denken, dass wir zu keinem Ergebnis gekommen sind, aber immerhin haben wir ein paar brauchbare Ansätze.«

Sie drehte sich schwungvoll um. So sieht eine entschlossene Frau aus, dachte Bettina und war froh, die Schweizerin im Team zu haben.

»Eine Möglichkeit ist, dass sich die Frau mit dem Kind außerhalb der Stadt aufhält. Möglichst an einem Ort, wo Babygeschrei sie nicht verrät. Wald-, Jagd- und Fischerhütten sind für ihre Zwecke ideal, aber auch einsam gelegene und selten benutzte Ferienhäuser.«

Thal drehte sich zu Madlaina um und nickte. »Wir brauchen so viele uniformierte Kollegen wie möglich, um diese Orte zu überprüfen.«

Schober klopfte mit der Hand auf den Tisch. »Dafür sorge ich. Und wenn wir alle Beamten aus dem Landkreis abziehen müssen.«

»Wir werden sie brauchen«, fuhr Thal fort und brachte die Wohnmobilstellplätze als nächste Option ins Spiel.

»Und was machen wir?«, fragte Quandt. Er klang enttäuscht, bei den Überlegungen keine Rolle zu spielen.

»Wir besuchen alle Frauenhäuser im Umkreis«, sagte Thal und erläuterte Madlainas Theorie.

»Wenn wir dort Auskünfte erhalten wollen, sollten wir gemischtgeschlechtlich auftreten.«

Ehe eine Diskussion darüber beginnen konnte, teilte Thal ein: »Jonas und Stephanie, Bettina und ich.«

»Dann nichts wie los«, sagte Quandt und packte das Tablet ein.

In die allgemeine Aufbruchstimmung hinein klopfte es an der Tür. Ein Wachtmeister führte Anna und Christoph Zacharias in den Raum, begleitet von einer Frau und einem Mann.

»Vince«, sagte Thal erstaunt. Bettina drehte sich zur Tür. Tatsächlich, die Eltern der entführten Mia wurden von Vince Abel begleitet, Rechtsanwalt und Thals Freund. Hinter ihm trat lächelnd Frida Sturm durch die Tür. Was hatte die Frau des Lokalchefs der Zeitung hier zu suchen?

Christoph Zacharias räusperte sich. »Wir haben Herrn Abel mit unserer Vertretung beauftragt.«

»Warum brauchen Sie einen Anwalt?«, fragte Thal.

»Das Ehepaar Zacharias ist gut beraten, einen Rechtsbeistand hinzuzuziehen, Alexander.« Abel ging auf Thal zu und reichte ihm die Hand, die der zaghaft ergriff. »Sollte es zu einem Prozess gegen die Entführerin ihrer Tochter kommen, werden sie als Nebenkläger auftreten. Deshalb ist es gut, wenn ich von vornherein dabei bin. Außerdem wollen wir die Ermittlungen direkt unterstützten.«

»Was soll das heißen?«, fragte Quandt, der Abel ebenfalls kannte. Er hatte ihm einmal bei der Wohnungssuche geholfen. Bettina kam in den Sinn, dass alle im Raum dem Anwalt wegen irgendetwas dankbar sein mussten.

Wieder räusperte sich Zacharias. »Das bedeutet, dass wir direkt etwas beitragen wollen.«

Ehe Thal ungeduldig nachfragen konnte, drängte sich Frida Sturm an Abel vorbei und hielt Thal ebenfalls ihre Hand entgegen. Er nickte ihr nur kurz zu. Sie setzte ein gequältes Lächeln auf, zog die Hand zurück und schaute in die Runde. Es war klar: Was sie jetzt sagte, war an die Öffentlichkeit gerichtet.

»Wir, das heißt das Ehepaar Zacharias ... setzen eine Belohnung in Höhe von einhundertfünfzigtausend Euro aus.«

»Woher haben Sie so viel Geld?«, entfuhr es Bettina spontan. Sie hatte mit einer entrüsteten Entgegnung gerechnet, dass sie das nichts anginge, aber Frida Sturm antwortete sachlich. »Wir haben es mit einer äußerst interessanten Geschichte zu tun. Eine Frau, wahrscheinlich sogar eine Kinderkrankenschwester, die zur Kindesentführerin und schließlich zur Mörderin wird, das ist der Stoff, aus dem Besteller gemacht werden.«

»Ich dachte, Sie schreiben Schmachtfetzen«, sagte Thal.

Frida Sturm lächelte ihn an. »Man muss auch mal das Genre wechseln, Herr Hauptkommissar.«

»Wie dem auch sei, wir werden die Belohnung noch heute öffentlich bekannt geben.« Abel war die Situation sichtlich peinlich. Bettina glaubte, dass er nur mitgekommen war, um das Ehepaar Zacharias zu schützen.

Thal drehte der Schriftstellerin demonstrativ den Rücken zu und wandte sich an die Eltern. »Ich kann Sie nicht daran hindern, diese Belohnung auszuloben, auch wenn uns das nicht weiterhelfen wird. Aber wenn diese Frau in Ihrer Entourage uns auch nur im Geringsten bei der Arbeit behindert, werden wir Sie von allen Informationen fernhalten. Ist das klar?«

Vince Abel wollte etwas entgegnen, aber Anna Zacharias, die schweigend und mit gesenktem Kopf neben ihrem Mann gestanden hatte, legte ihm die Hand auf den Arm. »Natürlich, Herr Kommissar«, flüsterte sie. »Sie haben mein Vertrauen.«

Fünfunddreißig

»Ist das schön hier!«

Quandt deutete auf den See. Von der Anhöhe in Wallhausen schauten sie auf die Wallfahrtskirche Birnau am anderen Ufer. Das Wasser glitzerte im Sonnenlicht, die Personenfähre vom äußersten Konstanzer Vorort Wallhausen nach Überlingen hatte die halbe Strecke zurückgelegt.

Thal genoss das Gefühl von Normalität. Nach einer Sekunde war es schon wieder vorbei. Sie hatten die Arbeitseinteilung noch einmal verändert. Bettina, Stephanie und Madlaina kümmerten sich um die Frauenhäuser, während Jonas und er die Uniformierten unterstützten. Sie mussten so viele potenzielle Verstecke wie möglich aufsuchen. Langsam stiegen sie die Anhöhe hinauf. Ein Anwohner hatte vor ein paar Tagen bei der Schutzpolizei gemeldet, dass ein Wohnwagen auf einer Wiese geparkt sei. Bisher hatte sich niemand darum gekümmert. Vielleicht half ihnen Kommissar Zufall.

Der Wohnwagen war schon in die Jahre gekommen. Dafür stand er auf einem herrlichen Platz, es bot sich ein wunderbarer Ausblick auf den Überlinger See.

»Vielleicht sollte ich meinen Wagen auch vom Campingplatz wegfahren und einfach irgendwo hinstellen. Für ein Grundstück mit so einem Seeblick müsste man tief in die Tasche greifen.«

»Das würde ich mir überlegen«, sagte Thal. »Die Leute haben in dieser Gegend nicht viel Verständnis für Vagabunden.«

Quandt lachte. Es tat gut, so zu tun, als gäbe es Probleme, die genauso wichtig waren wie die entführte Mia, deren Leben möglicherweise daran hing, dass sie rechtzeitig gefunden wurde – und zwar von ihnen.

Thal beschleunigte seine Schritte, obwohl er merkte, dass der kurze Anstieg ihn erschöpft hatte. Er rang nach Luft und war froh, dass Quandt ihm keine weitere Unterhaltung abverlangte.

Sie gingen durch das kniehohe Gras auf den Wohnwagen zu. Noch bevor sie die Tür erreichten, wurde sie geöffnet.

»Wenn das mal keine offizielle Abordnung ist.« Ein älterer Herr stieg die zwei Stufen herunter und verschränkte die Arme vor der Brust.

Thal zog seinen Dienstausweis aus der Tasche und stellte sich und Quandt vor.

»Kriminalpolizei? Ist das nicht ein bisschen übertrieben? Ich meine ... Diese Wiese wird nicht genutzt. Wem schadet es, wenn ich hier vorübergehend meinen Wohnwagen parke? Obwohl ...« Er schirmte mit der Hand die Augen gegen die Sonne ab und schaute auf den See. »Eigentlich gefällt es mir hier ganz gut. Vielleicht suche ich mir gar keine feste Wohnung mehr.«

»Wir sind nicht wegen Ihres wilden Campens hier, Herr ...?«

»Unterweger. Hans Unterweger.« Der Mann lüftete kurz seinen breitkrempigen Hut. Er hatte ein vom Wetter gegerbtes Gesicht und war für sein Alter – Thal schätzte ihn auf über siebzig – gut trainiert. Thal traute ihm zu, allein in einem Wohnwagen zurechtzukommen.

»Und was führt Sie dann zu mir?«

»Lesen Sie keine Zeitung?«, fragte Quandt.

Unterweger lachte. »Wissen Sie, junger Mann, wenn man so viel erlebt hat wie ich, steht einem der Sinn nicht mehr nach Sensationen und Katastrophen. Und über etwas anderes schreiben sie nicht mehr in ihren Blättern.«

»Kein Radio, kein Fernsehen?« Quandt konnte es nicht glauben.

»Kein Strom«, lachte der ältere Herr. »Und selbst wenn, ich brauche das nicht. Das Einzige, was ich vermisse, ist mein Hund.«

Thal befürchtete, der Mann würde ihnen die Geschichte seines treuen Begleiters erzählen und ergriff das Wort. »Wir sind auf der Suche nach einer Frau, die sich versteckt hält. Sie hat einen Säugling bei sich.«

»Eine Mutter mit Kind?«

»Nein, aber das spielt keine Rolle.« Thal hatte nicht vor, dem Mann die ganze Geschichte zu erzählen. »Dürfen wir einen Blick in ihren Wohnwagen werfen?«

»Aber gerne«, sagte Unterweger und stieg die zwei Stufen hinauf. »Immer rein in die gute Stube.«

Der Wohnwagen war penibel aufgeräumt, nur auf dem Tisch stand eine Kaffeetasse, daneben ein abgegriffenes Taschenbuch. »Die verlorene Ehre der Katharina Blum«, las Thal.

»Mögen Sie Böll?«, fragte Unterweger.

»Das ist lange her«, sagte Thal.

»Wie bei fast allen. Ist es nicht schade, dass Böll in Vergessenheit geraten ist? Dabei ist er so aktuell wie lange nicht mehr.«

Thal ging nicht auf die Bemerkung ein, es war keine Zeit für eine literarische Debatte. Eine Kindesentführerin würden sie in diesem Wohnwagen nicht finden.

Thals Handy klingelte.

»Hoi, Alexander, hier ist der Beat.«

Thal hielt die Luft an.

»Ich hätte da vielleicht etwas für euch, aber das kann ich dir nur persönlich sagen.«

»Kannst du nach Konstanz kommen?«

»Ja sicher. Vielleicht können wir irgendwo eine Kleinigkeit essen.«

»Wie wäre es mit Donato? In einer Stunde?«

»Wunderbar.«

Quandt schaute Thal fragend an. Der nickte Unterweger zu und verabschiedete sich. Auf dem Weg zum Auto rief er Bettina an. Sie sollte ebenfalls zu Donato kommen.

»Die nächsten Waldhütten musst du dir leider alleine anschauen, Jonas.«

Quandt grinste ihn an.

Thal war froh, nicht länger durch die Gegend laufen zu müssen.

Sechsunddreißig

»Wie schön, Sie endlich mal wieder zu treffen, Frau Berg. Das ist ja eine halbe Ewigkeit her.«

Beat Steininger war charmant wie immer. Er deutete sogar einen Handkuss an, ehe er sich wieder dem Genuss des Vorspeisentellers hingab. Thal stand an der Treppe zur Küche und unterhielt sich mit Maria, während Donato geschäftig wie immer durchs Lokal wieselte.

»Noch Wein?«, fragte er Steininger.

»Gerne, er ist fantastisch.«

»Für die Freunde des Commissario immer nur das Beste.« Donato holte die Flasche und goss großzügig ein. Bettina hielt ihre Hand über das Glas, sie mussten einen klaren Kopf behalten.

»Maria bringt uns gleich eine Portion ihrer wunderbaren Gnocchi, Beat. Du wirst begeistert sein.«

Der Schweizer steckte sich die letzte Scheibe Salami in den Mund und nickte. Thal trank einen Schluck Wein, ehe er zur Sache kam.

»Was hast du für uns? Es muss wichtig sein oder war es die Aussicht auf ein gutes Mittagessen, die dich über die Grenze getrieben hat?«

»Ich habe mich ein bisschen umgehört wegen des Pentobarbital. Es scheint nahezu unmöglich zu sein, in der Schweiz an das Gift zu kommen.«

»Das ist in Deutschland nicht anders«, warf Bettina ein.

Steininger strahlte sie an. »Die Frage war, ob man es sich über Sterbehilfsorganisationen besorgen kann, die das Zeug bekanntlich für ihre Zwecke einsetzen.«

Was für eine merkwürdige Formulierung, dachte Bettina.

»Und? Gibt es da ein Leck?«

Steininger schüttelte den Kopf. »Die Organisationen wie zum Beispiel Exodos arbeiten alle nach dem gleichen Prinzip. Sie haben Sterbebegleiter, die dem Patienten, der sich für den Freitod entschieden hat, das Gift übergeben und als Zeugen bei der Selbsttötung anwesend sind.«

»Merkwürdiger Beruf«, sagte Bettina.

»Kein Beruf, Frau Berg. Es sind Freiwillige.«

»Das macht es nicht besser, allenfalls skurriler. Ist schon ein komisches Hobby, Menschen beim Selbstmord zu assistieren und ihnen anschießend beim Sterben zuzusehen.«

»Finden Sie?« Steininger schaute sie an und suchte Augenkontakt, was Bettina in diesem Moment unangenehm war. »Ich würde eher sagen, diese Leute haben sich bereit erklärt, eine wichtige und belastende Aufgabe zu übernehmen. Es muss einen Zeugen geben, der die Selbsttötung attestiert, sonst stünde möglicherweise der Arzt vor Gericht, der das tödliche Gift beschafft hat.«

»Ich verstehe das schon«, sagte Bettina patzig. »Ich muss es deshalb aber nicht gut finden und schon gar nicht verstehen, warum jemand Befriedigung in so einer Tätigkeit findet.«

»Streitet nicht«, sagte Thal. »Jetzt ist nicht der Zeitpunkt, über die liberale Sterbehilfepraxis der Schweiz zu diskutieren. Wir haben ein entführtes Baby, dessen Leben wir retten müssen.«

Maria brachte die Gnocchi. Steininger spießte ein Kartoffelklößchen mit der Gabel auf, tunkte es in die Soße und steckte es sich in den Mund. »Großartig«, sagte er und formte mit Daumen und Zeigefinger einen Kreis, als müsste er sein Lob unbedingt noch mit dieser Geste unterstützen.

»Irgendetwas musst du aber für uns haben, Beat, sonst wärst du nicht hier.«

Steininger leckte sich über die Lippen. »Mit einem hast du recht, Alexander. Die Schwachstelle bei diesem Verfahren des assistierten Selbstmords ist der Arzt. Wenn jemand weiß, welcher Doktor das Medikament zum Beispiel für Exodos besorgt, könnte man versuchen, über ihn an das Gift heranzukommen. Er ist einer der wenigen Menschen, die es legal besorgen können.«

»Ich denke, dass die einzelnen Fälle genau dokumentiert werden«, wandte Thal ein.

»Das stimmt. Es ist auch nur eine Idee von mir. Aber du bist doch ein Freund von spontanen Eingebungen oder hat sich das mit zunehmendem Alter geändert, Alexander?«

Steininger zwinkerte Bettina zu und griff in die Innentasche seines Jacketts. Langsam schob er ihr ein zusammengefaltetes DIN-A4-Blatt zu, während er weiter mit Thal sprach.

»Ich kann da nichts machen. In der Schweiz gibt es keinen Fall, der eine Untersuchung in diese Richtung rechtfertigt, und die Sterbehilfevereine schreien gleich Zeter und Mordio, wenn sie das Gefühl haben, dass wir ihre Arbeit behindern oder in Misskredit bringen wollen.«

Er machte eine kurze Pause und schaute auf das Blatt, das unmittelbar neben Bettinas Teller lag. »Und ihr habt nicht genug in der Hand, um offiziell um unsere Unterstützung in dieser Angelegenheit zu bitten.«

Bettina nahm das Blatt und faltete es auseinander. Es enthielt eine Liste von Ärzten. Namen, Adressen, Telefonnummern. Sie faltete das Blatt und schob es Thal zu.

»Von mir habt ihr das nicht«, flüsterte Steininger.

Nach einem Espresso und einem lockeren Gespräch über den Sommer, der endlich vor der Tür zu stehen schien, verließen die drei Donatos Feinkostgeschäft. Vor der Tür rannte Bettina fast in einen großen, dünnen Mann.

»Hoppla!«, sagte er mit einer warmen Stimme. Sie hob den Kopf.

»Ach, der Herr Anwalt ist auch hungrig.«

»Im Gegensatz zu anderen sieht man mir nicht an, dass ich ein Genussmensch bin«, sagte Abel lachend. Bettina verstand es als Anspielung auf Steininger, der die Bemerkung nicht gehört hatte. Vince Abel war ein dünner Schlaks. Sein Gesicht wirkte hager, das mochte aber auch daran liegen, dass er die langen, schwarzen Haare zu einem festen Zopf gebunden hatte. Bettina war sich nicht sicher, was sie davon halten sollte, dass sich ein Mittfünfziger die Haare nicht in Form bringen ließ und seinen Bart höchstens alle vier, fünf Tage rasierte. Komischerweise wirkte Abel keineswegs ungepflegt.

»Vince, gut dass ich dich treffe.« Thal hatte Steininger verabschiedet und legte dem Anwalt die Hand auf die Schulter.

»Bettina, gehst du bitte ins Büro und überprüftst Steiningers Liste. Ich habe mit meinem Freund noch etwas zu besprechen.«

Siebenunddreißig

»Steiningers Liste! Das hört sich nach einem amerikanischen Thriller an.«

Thal lachte auf. Vince Abel hatte eine erfrischende Art, die Dinge auf den Punkt zu bringen. Sie waren im Laufe der Zeit Freunde geworfen, auch wenn sie sich manchmal monatelang nicht sahen. Die Vertrautheit nahm in diesen Perioden des Schweigens nicht ab, dafür hatten die Männer zu viele Gemeinsamkeiten. Abel war wie Thal vermögend, im Gegensatz zu ihm allerdings schon von Geburt an. Er stammte aus einer steinreichen Familie. Die Vorfahren mütterlicherseits waren vor Jahrhunderten aus Holland nach Deutschland eingewandert, weswegen sie ihren Kindern die Namen von berühmten niederländischen Künstlern oder Wissenschaftlern gab. Abels Bruder war mit dem Namen Erasmus geschlagen, er hatte es besser getroffen, denn Vincent ließ sich leicht zu Vince machen. Abels Vater Karl war einer der bedeutendsten Wirtschaftsjuristen der Nachkriegszeit gewesen und hatte mit ›Abel und Partner‹ eine der erfolgreichsten Kanzleien aufgebaut. Er verdonnerte seine Kinder dazu, Jura zu studieren. Erasmus, der ältere der beiden Brüder, stieg sofort nach dem Studium in die Kanzlei des Vaters ein. Vince ging erst einmal auf Weltreise. In Goa lernte er Aimée kennen, eine Pariserin. Sie reisten gemeinsam weiter durch Asien, verliebten sich, heirateten. Als sie nach Deutschland zurückkehrten, war die Familie wegen der nicht standesgemäßen Beziehung entsetzt. Aimée arbeitete als Tänzerin in einem Varieté. Vince wurde mehr oder weniger enterbt, der Vater verweigerte ihm den Status des Partners in der Kanzlei. Als der Familienpatriarch starb, fand Erasmus seinen Bruder ab und führte die Kanzlei alleine weiter. Vince erhielt eine Einmalzahlung von drei Millionen und eine monatliche Apanage von dreitausend Euro.

Ein Jahr später wurde Aimée Opfer eines Verbrechens. Ein Unbekannter überfiel sie auf offener Straße und vergewaltigte sie. Sie sollte sich von diesem Schock nie erholen. In gewisser Weise war Vince Abel genauso wie Thal Witwer. Er konnte seine Frau zwar besuchen, sie lebte in einer teuren Privatklinik in Baden-Baden. Dort vegetierte sie vor sich hin. Sie erkannte niemanden und hatte seit dem Überfall kein Wort mehr gesprochen. Der Täter war bis heute auf freiem Fuß.

»Lass uns ein bisschen spazieren gehen«, sagte Thal und wandte sich Richtung Schnetztor. Die Stadt war wie jeden Samstag voller Schweizer Einkaufstouristen, die lachend ihre prall gefüllten Einkaufstaschen wie Trophäen eines gelungenen Beutezugs durch die Altstadt schleppten.

»Was sollte dein Auftritt im Präsidium?«, fragte Thal. »Du weißt genau, dass wir dir zum gegenwärtigen Zeitpunkt der Ermittlungen keine Informationen zukommen lassen müssen.«

Abel beschleunigte mit großen Schritten. »Schon klar. Darum geht es auch nicht, zumindest nicht in erster Linie.«

Thal hetzte hinter dem Anwalt her. »Und worum dann?«

»Du weißt, in was für einer schweren Situation die Eltern sind. Sie brauchen einen Beistand.«

»Sie bekommen die Unterstützung, die sie brauchen.« Thal kam außer Atem. »Dafür gibt es Spezialisten im Kriseninterventionsteam. Das ist nicht deine Aufgabe.«

»Eure Leute leisten gute Arbeit, keine Frage. Aber man weiß nie, in welche Lage die Eltern noch geraten.«

Thal blieb stehen. »Herr Gott noch mal, was rennst du so?«

Ein älteres Ehepaar drehte sich um. Sie schüttelte den Kopf über den Mann, der mit ausgebreiteten Armen und schimpfend in der Mitte der Fußgängerzone stand. Thal hob entschuldigend die Schultern.

»Du warst schon mal besser in Form, Alexander.«

Thal winkte ab. »Was meinst du damit, dass die Eltern in eine schwierige Lage geraten könnten?«

»Es gibt Gerüchte genug in der Stadt.«

Thal verstand nichts.

»Du erinnerst dich an den Fall Maddie McCann?«

»Dieses Mädchen, das in Portugal verschwunden ist?«

Abel nickte.

»Du glaubst, die Eltern könnten ins Visier der Ermittlungen geraten. Also in unser ...?«

»Jetzt tu doch nicht so, Alexander! Du weißt, wie schnell das gehen kann. Im Moment habt ihr eine Hauptverdächtige, aber wenn sich diese Spur als nicht zielführend erweist, werden ihr nach jedem Strohhalm greifen.«

Thal weigerte sich, diesen Gedanken fortzuführen. »Wir sind so nah dran!« Er zeigte mit Daumen und Zeigefinger, wie kurz sie vor einem Fahndungserfolg standen. Er hatte keine Ahnung, wie er darauf kam.

»Umso besser«, sagte Abel. Thal wusste, dass er ihm nicht glaubte, der Anwalt ließ ihm aber keine Zeit, etwas zu sagen. »Auf jeden Fall ist es besser, wenn die Eltern jetzt an die Öffentlichkeit gehen. Sonst müssen sie sich später vielleicht vorwerfen, nicht alles getan zu haben, ihre Tochter zu retten. Deshalb auch der Deal mit der Sturm.«

»Dir ist schon klar, dass es ein Tanz auf der Rasierklinge ist, oder? Die Sturm verfolgt ausschließlich egoistische Ziele und außerdem ist sie mit dem Chef der Lokalredaktion zusammen. Sie hofft auf einen Bestseller und er auf hohe Auflage. Das ist eine hochexplosive Mischung.«

»Genau deshalb bin ich dabei«, sagte Abel. Sie schlenderten durchs Schnetztor. An eine Mauer gelehnt saß ein Bettler. Er schaute zu Abel auf. »Grüß Gott, Herr Anwalt.«

Abel ging in die Hocke und gab dem Mann die Hand. »Wie geht's dem Fuß?«, fragte er.

»Besser. Wenn es jetzt noch wärmer wird, ist alles gut.«

Abel zog einen Zehneuroschein aus der Hosentasche und drückte ihn dem Mann in die Hand. »Pass auf dich auf!«

»Gott segne Sie, Herr Anwalt!«

Thal schüttelte den Kopf, als sie ein paar Meter weitergegangen waren. »Das reicht für einen ordentlichen Rausch.«

»Hoffentlich«, sagte Abel. »Peter hat Krebs im Endstadium.«

Thal schämte sich. »Das Ehepaar Zacharias hat dich nicht beauftragt, richtig? Du machst das aus eigenem Antrieb.«

»Einer muss auf die Leute aufpassen, die in dieser Stadt unter die Räder zu kommen drohen.«

Thal nickte seinem Freund zu. »Ich muss dann mal ins Präsidium.«

Sie umarmten sich kurz. »Wenn es irgendetwas Neues gibt, erfährst du es als Erster, Vince.«

Achtunddreißig

»Schön, dass du dich auch noch mal sehen lässt.«

Bettina schaute Thal mit angesäuerter Miene an. Seine Alleingänge gingen ihr auf die Nerven. Erst fuhr er in die Schweiz zu seinem Freund Steininger, ohne das Team davon zu unterrichten. Und jetzt hatte er Zeit und Muße, mit dem Anwalt Abel einen Stadtspaziergang zu machen, während sie verzweifelt versuchten, Cornelia Grewe aufzuspüren. Und Mia aus ihrer Gewalt zu retten.

»Was gibt's Neues?«, fragte Thal ungerührt.

»Nichts. Nada. Niente!« Quandt schleuderte ein Fläschchen seiner Aufputschbrause in den Mülleimer.

»Dann habe ich ja nichts verpasst«, sagte Thal.

Bettina ärgerte sich über seine zur Schau gestellte Lockerheit. Oder spielte er Theater? Sie hatte das Gefühl, ihn nicht mehr zu durchschauen zu können, wie ihr das früher so selbstverständlich gelungen war.

»Wir haben die Frauenhäuser in der unmittelbaren Umgebung durch«, sagte Stephanie. »In den anderen Städten am See sind die Kollegen vor Ort dran. Wir bekommen sofort eine Meldung, wenn sie etwas finden, aber ehrlich gesagt ...«

Stephanie machte wie alle im Team einen niedergeschlagenen Eindruck. Sie kämpften jetzt den vierten Tag mit diesem Fall und kamen einfach nicht vom Fleck. Es war wie verhext, aber alle Ansätze – mochten sie noch so vielversprechend aussehen – verliefen im Sand.

»Was ist mit den abgelegenen Hütten und Wohnmobilstellplätzen?« Thal zog einen Stuhl an den Tisch und setzte sich neben Stephanie.

»Fehlanzeige«, sagte Quandt. »Das ist allerdings auch die Suche nach der Nadel im Heuhaufen. Wenn sie tatsächlich mit einem Wohnwagen unterwegs ist, dann gute Nacht. Es gibt hunderte Stellplätze, von abgelegenen, inoffiziellen Plätzen gar nicht zu reden. Die können wir unmöglich vollständig überwachen. Vielleicht hilft die Belohnung ja doch. Ohne Hilfe aus der Bevölkerung haben wir keine Chance.«

Jonas sprach aus, was alle dachten. Von Privatpersonen ausgesetzte Belohnungen waren bei den Ermittlern nicht beliebt. Sie provozierten ein Denunziantentum, das vor allem zu Hunderten von Hinweisen führten, die auf nichts anderem als der Hoffnung auf das schnelle Geld basierten. Trotzdem mussten sie jedem Hinweis nachgehen und das kostete Zeit und Personal. Beides hatten sie nicht.

»Die Suche nach Cornelia Grewe läuft also auch ohne unser Zutun«, sagte Thal.

»Das ist eine optimistische Formulierung«, sagte Stephanie.

»Wir müssen halt daran glauben.« Thal lächelte sie an. Eins musste Bettina ihm lassen: Er fand immer noch den richtigen Dreh, um sein Team zu motivieren. Gerade jetzt zum Beispiel hörten sie ihm zu wie einem Guru, obwohl er nichts zur aktuellen Ermittlung beigetragen hatte. Trotzdem waren alle Augen auf ihn gerichtet, als er sehr geheimnisvoll Steiningers Liste aus der Tasche zog.

»Ein Ermittlungsansatz, den wir bisher außer Acht gelassen haben, ist das Gift, mit dem Lina Waldvogel getötet wurde. Wie ihr wisst, wird dieses Pentobarbital von Exodos und anderen Sterbehilfevereinen in der Schweiz eingesetzt. Es besteht die Möglichkeit, dass sich Cornelia Grewe das Gift dort besorgt hat.«

Bettina lächelte. Thal war ein alter Fuchs. Indem er so tat, als wäre Cornelia Grewe mit Sicherheit die Täterin, stachelte er die Ermittler an. Sie jagten jetzt schon so lange hinter ihr her, dass sie ihnen wie ein Phantom vorkam. Da tat es gut, wenn der Chef einen neuen Ansatz präsentierte, ihr näher zu kommen.

»Ich habe eine Liste von Ärzten, die für diese Organisationen arbeiten. Sie sind die Schwachstelle, nur über sie kann man an das Gift kommen.«

»Dann nichts wie hin!«, rief Quandt. Es sah aus, als wollte er sofort aufspringen und loslaufen, aber Thal machte eine beruhigende Handbewegung.

»Langsam, Jonas. Wir können nicht einfach in die Schweiz fahren und dort Zeugen befragen, das wisst ihr so gut wie ich.«

Quandt stöhnte auf. »Wenn wir den offiziellen Weg gehen, dauert es Tage, bis wir eine Genehmigung bekommen.«

»Eben«, sagte Thal. »Deswegen kommt dieser Weg nicht infrage. Wir werden uns mit den Ärzten inoffiziell beschäftigen. Private Besuche sind nicht untersagt.«

Es war mucksmäuschenstill im Raum. Jeder grübelte darüber nach, was das für ihn bedeuten könnte. Thal ließ sie nicht lange im Unklaren.

»Die Aktion ist offiziell weder beantragt noch genehmigt. Wir haben also keine Deckung.«

»Ja und!« Stephanie schlug auf den Tisch. »Hat Mia Zacharias eine Deckung? Es geht um ihr Leben, verdammt.«

Bettina glaube, etwas in Stephanies Augen aufblitzen zu sehen. Sie war emotional angegriffen. Hoffentlich hielt sie durch.

»Wir sind alle bereit, das Risiko auf uns zu nehmen, oder?« Quandt blickte in die Runde. Alle nickten.

»Kommt nicht infrage«, sagte Thal. »Die Aktion geht ganz allein auf meine Kappe. Das heißt: Jonas begleitet mich in die Schweiz. Wenn etwas schiefgeht, habe ich ihm befohlen mitzugehen. Dann ist er aus dem Schneider. Stephanie, du bleibst hier und hältst die Stellung.«

»Schon wieder ...«, murmelte sie.

»Keine Widerrede. Ihr beide habt eure Karrieren noch vor euch. Bettina, du gehst mit Madlaina. Die Aufteilung der Adressen könnt ihr vornehmen.«

Es klopfte und unmittelbar danach wurde die Tür geöffnet. Schober kam herein. Thal steckte Steiningers Liste hastig in die Jacketttasche.

»So ein Mist!«, sagte der Imam. Sein Kopf war gerötet, er stand eindeutig unter Stress. »Es gibt eine Wasserleiche in der Nähe des Fährhafens. Sieht nicht schön aus, sagt der uniformierte Kollege am Fundort.«

Schober ließ sich auf einen Stuhl fallen und wischte sich über die Stirn.

»Wie sollen wir das alles bewältigen?«

»Ich habe keine Leute ...« Weiter kam Thal nicht, denn Schober hob die Hand.

»Schon klar, Thal. Das verschwundene Baby hat absoluten Vorrang. Die Frau im Wasser ist schließlich schon tot, nicht wahr!«

Der Kriminaldirektor schaute von einem zum anderen. Es sah aus, als hätte er ein leichtes Grinsen im Gesicht, aber es war wohl nur die Anspannung.

»Wir können allerdings auch nicht so tun, als gäbe es diese Wasserleiche nicht. Haben Sie einen Vorschlag, Thal?«

»Restle und Lee sind eh in Konstanz. Sollen sich erst mal die Rechtsmediziner die Leiche anschauen. Grendel kann den Tatort sichern, das dürfte erst mal reichen.«

Stephanie seufzte und stand auf. »Dann will ich mich mal darum kümmern.«

Neununddreißig

»Was für ein schöner Schweizer Name.«

Dr. Urs Schlatter schaute Madlaina für Bettinas Geschmack einen Moment zu lange in die Augen, als er sie ins Wohnzimmer bat. Er war der erste Mediziner auf Steiningers Liste. Sie hatten beschlossen, den Grund ihres Besuches so ausweichend wie möglich und so ehrlich wie nötig darzustellen. Augenscheinlich funktionierte es, Schlatter schien neugierig zu sein. Vielleicht war es aber auch Madlainas ungeheure, in zahllosen Bühnenshows trainierte Präsenz.

»Nehmen Sie Platz, die Damen.« Er komplimentierte sie auf ein äußerst unvorteilhaftes Sofa. Die Sitzfläche war zu tief und die Polster zu weich, was zu einer Körperhaltung führte, bei der sich die Knie nicht viel niedriger als der Kopf befanden. Hätte sie doch keinen Rock an, dachte Bettina und versuchte, die Beine in eine halbwegs damenhafte Position zu bringen. Schlatter begleitete diese Bemühungen mit einem Grinsen.

»Darf ich Ihnen etwas zu trinken anbieten? Ein Glas Wein vielleicht?«

Am liebsten wäre Bettina aufgesprungen und hätte dem Herrn Doktor gesagt, dass sie nicht zum Spaß hier waren und er sich seine lüsternen Blicke schenken konnte. Zum Glück übernahm Madlaina das Reden und bedankte sich freundlich.

»Sie sprechen nicht wie eine Schweizerin«, sagte Schlatter.

Madlaina erklärte ihm, dass sie seit ihrer Kindheit in den USA gelebt hätte. »Jetzt unterstütze ich die Konstanzer

Polizei bei der Suchen nach einer Kindsentführerin und Kindermörderin.«

»Der Fall hat selbst in Zürich Schlagzeilen gemacht. Schlimme Sache, aber was habe ich damit zu tun?«

»Der Säugling Lina Waldvogel wurde mit Natrium-Pentobarbital ermordet.«

Es dauerte eine Sekunde, bis der Arzt begriff.

»Wollen Sie mir etwa unterstellen, dass ich in meiner ehrenamtlichen Tätigkeit für Exodos ...?«

»Nein, auf keinen Fall!« Madlaina beugte sich vor und schaute dem Arzt direkt in die Augen. »Wir versuchen nur, uns ein Bild davon zu machen, wie die Täterin in den Besitz des Gifts gekommen sein kann.«

Schlatter lehnte sich zurück, war aber auf der Hut. Sein Blick huschte zwischen Madlaina und Bettina hin und her. »Da gibt es viele Möglichkeiten. Im Internet finden sich genug Anbieter, die eine Dosis von zwanzig Gramm für vierhundert Dollar anbieten. Und wer sich auskennt, kann es selbst herstellen.«

»So einfach ist das ja wohl nicht«, mischte sich Bettina ein. Sie hatte das Gefühl, dass sie den feinen Herrn Doktor in die Zange nehmen mussten, wenn sie etwas erreichen wollten. »Und die Drogenpanscher im Ausland geben keine Garantie, dass die Zusammensetzung wie angegeben ist und die erhoffte Wirkung auch eintritt.«

»Stimmt«, sagte der Arzt wortkarg.

»Also müssen wir davon ausgehen, dass die Mörderin sich das Pentobarbital woanders besorgt hat.« Bettina versuchte, den Rock über die Oberschenkel zu ziehen. Schlatter beobachtete ihre Bemühungen interessiert.

Madlaina fand es an der Zeit, seine Aufmerksamkeit zurückzugewinnen. »Wenn Sie eine Anfrage von Exodos bekommen, wie läuft das ab?«

»Ich führe ein Gespräch mit dem Patienten. Wenn ich der Überzeugung bin, dass er auf jeden Fall aus dem Leben scheiden will und wenn die notwendigen Atteste vorliegen, dass er an einer unheilbaren Krankheit leidet, schreibe ich ein Rezept aus. Damit kann der Sterbebegleiter das Medikament in der Apotheke holen.«

»Apotheken haben das Zeug vorrätig?«

Schlatter lachte. »Nein, natürlich nicht. Sie bestellen es bei einem der wenigen Lieferanten, die es auf Anfrage herstellen.«

»Und es ist ausgeschlossen, dass sich jemand in den Besitz dieses Medikaments bringt?«

Schlatters Blick irrte zwischen den beiden Frauen hin und her. Diesmal waren es keine entblößten Oberschenkel, die ihn nervös machten. Bettina wusste, dass sie ihn an der Angel hatten.

»Herr Dr. Schlatter, wir akzeptieren Ihre Arbeit absolut. Wir sind auf Ihrer Seite. Es ist sehr wichtig, dass Menschen in ausweglosen Situationen Hilfe finden. Leider ist das in Deutschland nicht möglich. Wir möchten auf keinen Fall, dass Sie in Schwierigkeiten kommen, aber kann es nicht sein, dass Sie in einzelnen, besonders tragischen Fällen vom standardisierten Verfahren abweichen? Zum Beispiel, wenn ein Patient aus Deutschland ...«

»Nein!«, rief Schlatter viel zu laut für die intime Situation. »Außerdem unterliege ich der Schweigepflicht, das wissen Sie.«

Madlaina rückte nach vorne, sie saß jetzt auf der Sofakante, die Arme hatte sie lässig auf den Beinen verschränkt. »Wir haben gute Kontakte zu den Schweizer Ermittlungsbehörden. Es dauert nur ein paar Stunden, eine offizielle Untersuchung zu starten. Dann sind wir wieder hier, allerdings stehen gleichzeitig zwei uniformierte Beamte der Stadtpolizei vor der Tür.«

Bettina war beeindruckt. Madlaina hatte schon lange kein Verhör mehr geführt, sie kannte die Tricks aber noch aus dem Effeff.

»Noch sind wir unter uns und führen ein privates Gespräch«, setzte Madlaina nach.

Schlatter fuhr sich mit der Zunge über die Lippen. Er nickte, als müsste er sich damit Mut zusprechen. »Gut, ich erzähle Ihnen eine Geschichte. Es gab eine Patientin, zwanzig Jahre jung und unheilbar an Krebs erkrankt. Sie litt furchtbare Qualen und wollte nur eins: friedlich und rasch aus dem Leben gehen. Es gab keinen Grund, ihrem Wunsch nicht zu entsprechen. Ich stellte das Rezept für das Medikament aus und der Sterbebegleiter von Exodos bereitete alles vor. Doch dann war irgendein Gott der jungen Frau gnädig und sie starb vor dem angesetzten Freitodtermin.«

Der Doktor machte eine kurze Pause und schaute auf seine Fußspitzen. Schließlich sprach er weiter. »Ein paar Tage später besuchte mich die Mutter der jungen Frau. Sie hatte ihre Tochter stets begleitet und erzählte mir jetzt, dass viele Verwandte an diesem Krebs gestorben waren. Sie selbst hätte ebenfalls die genetische Veranlagung. Sie fürchtete, den gleichen Leidensweg gehen zu müssen wie ihre Tochter.«

»Sie haben ihr das Gift, das für ihre Tochter bestimmt war, überlassen, richtig?«

Schlatter nickte. »Sie war derart verzweifelt ...«

»Wie hieß die Frau?«, fragte Bettina.

Zum ersten Mal schaute Schlatter ihr direkt in die Augen. »Das sage ich Ihnen nicht ohne richterliche Anordnung. Die Akten sind übrigens nicht mehr hier, gehen Sie mit dem Durchsuchungsbeschluss also am besten direkt zu Exodos.«

»Im Grunde genommen sind wir keinen Schritt weiter gekommen!« Bettina pfefferte ihren Schal auf den Rücksitz des Autos.

»Das stimmt nicht ganz«, sagte Madlaina. »Immerhin wissen wir jetzt, dass eine Frau im Besitz von genug Pentobarbital ist, um eine ganze Kitagruppe zu ermorden.«

Bettina fand Madlainas Zynismus unangebracht, aber in der Sache hatte sie recht. Es half ihnen nur nicht, Cornelia Grewe zu finden. »Wenn wir an den Namen kommen wollen, müssen wir ein offizielles Hilfeersuchen an die Schweizer Behörden stellen«, sagte sie. »Die können Exodos zur Herausgabe der Daten zwingen. Wenn wir Glück haben, finden wir dort Cornelia Grewe samt Adresse und Telefonnummer.«

»Bis dahin ist Mia Zacharias längst wieder zu Hause«, sagte Madlaina.

»Oder tot.«

Vierzig

»Diese Ärzte sind harte Brocken.« Thal ließ sich in den Beifahrersitz des Autos fallen. Sie hatten gerade den dritten Doktor auf Steiningers Liste befragt. Immerhin war der Mann kooperativer gewesen, als die beiden Ärzte zuvor. Der erste hatte sie fast aus dem Haus geworfen, er hatte die Statur eines Preisboxers und machte unmissverständlich deutlich, dass er bereit war, seinen Körper einzusetzen. Der zweite drohte damit, die Polizei anzurufen, als sie nach dem Verbleib von fünfzehn Gramm Pentobarbital fragten. Augenscheinlich hatten sie in ein Wespennest gestochen. Entweder waren die Ärzte sensibilisiert, weil das Thema Sterbehilfe auch in der Schweiz kontrovers diskutiert wurde, oder sie hatten einen Grund, sich angegriffen zu fühlen.

»Wenn dieses Pentobarbital so schwer zu beschaffen ist, dürfte es einen lukrativen Schwarzmarkt geben«, sagte Quandt und startete den Motor. »Ärzte verdienen zwar nicht schlecht, aber der Versuchung, ein paar Euro oder Franken schwarz in die Kasse zu bekommen, können sie auch nicht immer widerstehen.«

»Zumal sie sich auch auf der moralisch sicheren Seite fühlen können.« Thal schnallte sich an und zog sein Handy aus der Tasche.

»Wie meinst du das?«, fragte Quandt.

»Denk an die öffentliche Diskussion über Sterbehilfe in Deutschland. Das scheint mir eins von den Themen zu sein, bei der Politik und Volk weit voneinander entfernt sind. Oder kennst du jemanden, der nicht dafür ist, dass sich ein Schwerkranker selbst von seinem Leid befreien darf?«

Thal hatte recht. Beim Gedanken daran, dass es einen selbst eines hoffentlich noch fernen Tages erwischen könnte, wünschte man sich einen Arzt, der über seinen Schatten sprang und einem die Dose mit dem Gift in die Hand drückte. Und wenn man ein paar Hundert Euro bezahlen müsste, würde man nicht mit der Wimper zucken.

Thal reichte Quandt das Blatt und tippte auf einen Namen. »Das ist der Nächste. Ich rufe Madlaina an, vielleicht haben sie mehr Glück gehabt.«

Quandt tippte die Adresse des Arztes in das Navigationsgerät und fädelte sich auf eine viel befahrene Straße ein. Sein Handy klingelte und er schaltet die Freisprecheinrichtung ein. »Hallo, Stephanie.«

»Ihr müsst sofort zurückkommen. Am besten fahrt ihr direkt ins Konstanzer Krankenhaus.« Stephanie schien aufgelöst.

»Was ist denn los?«, fragte Quandt.

»Die Wasserleiche. Ich will das nicht alleine entscheiden und Schober ...«

»Lass Schober erst mal aus dem Spiel«, sagte Thal. Er hatte Madlaina nicht erreicht. »Wir kommen.«

Einundvierzig

»Es ist kein schöner Anblick.« Stephanie hätte es nicht aussprechen müssen, ihre ins Grüne changierende Gesichtsfarbe war beredt genug. Wasserleichen konnten einem zusetzen. Thal atmete tief ein, ehe er die Tür zum Sektionssaal des Konstanzer Klinikums öffnete. Der Raum war wesentlich kleiner als die Sektionssäle der Freiburger Rechtsmedizin. Ein lautes Brummen signalisierte zwar, dass die Be- und Entlüftungsanlage auf Hochtouren lief, trotzdem war die Luft mit einem Gestank gesättigt, der ihm den Atem nah. Fiona Lee und Gerhard Restle standen am Tisch und begutachteten den Körper.

»Gut, dass Sie kommen«, sagte Restle. »Die Kollegin ist der Sache nicht gewachsen und ohne Anwesenheit eines Ermittlungsbeamten können wir nicht weitermachen. Dann hätten wir die Leiche auch gleich nach Freiburg bringen lassen können und die Untersuchung auf morgen verschieben.«

»Das ist so nicht richtig.« Stephanie erhob einen schwachen Einspruch.

»Ist schon gut«, sagte Thal und schob sie sanft zur Tür. »Schnapp erst mal frische Luft.«

Die tote Frau lag auf der rechten Seite. Restle untersuchte ihren Rücken.

»Waren die Konstanzer Kollegen sofort einverstanden?«

»Wir haben Wochenende, schon vergessen? Der Raum wird vor Montag nicht gebraucht, also ...«

»Und ihr wollt doch so schnell wie möglich wissen, womit ihr es zu tun habt, oder Alexander?« Fiona Lee versuchte, die Situation zu entspannen, indem sie direkt zur Sache kam. »Die Fakten liegen auf dem Tisch.«

»Im wahrsten Sinne des Wortes«, sagte Quandt und hielt sich ein Tuch vor den Mund.

»Hier, reib dir das um die Nasenlöcher.« Fiona Lee reichte ihm ein Töpfchen mit asiatischem ›Tigerbalm‹.

Auch Thal schmierte sich die Paste an die Nase. Der Gestank war bestialisch: süßlich, schwer, eine ekelhafte Mischung aus Moschus, Jasmin und Exkrementen.

»Wie lange hat die Frau im Wasser gelegen?«

Restle nahm ein Klemmbrett vom Tisch und studierte das daran festgemachte Blatt. Dabei wackelte er mit dem Kopf. »Ich würde sagen ...«

»Mindestens vierzehn Tage«, sagte Fiona Lee.

»So ungefähr«, sagte Restle, er legte sich ungern fest. »Plus minus sieben Tage.«

Thal stöhnte auf. »Also irgendwo zwischen sieben und einundzwanzig Tagen.«

»Mindestens vierzehn Tage«, wiederholte Lee bestimmt. Restle widersprach ihr nicht.

Thal ging um den Tisch und erschrak. »Was ist mit ihrem Gesicht passiert? Sieht aus, als hätte es jemand zertrümmert.«

Restle trat ebenfalls auf die andere Seite des Tisches. »Das glaube ich nicht. Die Verletzungen sind vermutlich entstanden, als der Kopf über den Seegrund geschleift wurde.«

»Wieso das denn? Die Frau trieb doch auf dem Wasser, oder?«

»Als wir sie gefunden haben, ja«, sagte Restle und verfiel in den belehrenden Tonfall, mit dem er seine Studenten in den Vorlesungen traktierte. »Zuvor wird sie zu Boden gesunken sein, das tun Tote im Wasser nämlich für gewöhnlich, aufgrund der Gasentwicklung mit dem Bauch und dem Kopf nach unten. Dadurch entstehen diese Verletzungen. Ich würde sagen, sie sind absolut typisch.«

»Also keine Verletzungen aufgrund einer Gewalteinwirkung?«

»Ich denke nicht«, sagte Restle, was einem entschiedenen Nein gleichkam.

»Irgendwelche anderen Anzeichen eines Gewaltverbrechens?«, fragte Quandt, der sich wieder halbwegs erholt zu haben schien.

»Fehlanzeige«, sagte Fiona Lee knapp. »Sieht absolut nicht nach einem Mord aus, es sei denn, die Toxikologie ergibt noch etwas.«

Thal stöhnte auf. »Warum um Himmels willen mussten wir dann unbedingt nach Konstanz kommen. Wenn die Frau sich selbst getötet hat oder Opfer eines Unfalls wurde, hättet ihr sie in aller Seelenruhe am Montag in Freiburg obduzieren können. Wir hatten Besseres zur tun, als hier herumzustehen.«

»Wir haben damit nichts zu tun«, sagte Restle. »Das müssen Sie Ihren Mitarbeiter Grendel fragen.«

»Hartmut?«, fragte Thal. »Ich denke, der sichert den Tatort.«

»Vor einer Stunde war er hier und tat sehr aufgeregt. Er hatte irgendwas entdeckt.«

Fiona Lee hob die rechte Hand der Toten hoch. »Irgendwas mit einem Ring, den die Tote trug. Er konnte ihn ihr nicht schnell genug vom Finger ziehen – und weg war er.«

»War ja auch ein schönes Teil«, feixte Restle. »So ein auffälliges Modeding.«

»Und wo ist er damit hin?«

Beide Rechtsmediziner zuckten synchron mit den Schultern.

»Redet ihr über mich?« Hartmut Grendel kam mit einem mürrischen Gesichtsausdruck in den Obduktionsraum. Er schwenkte einen Spurenbeutel in der Hand.

»Ist das der Ring von der Toten?«

Grendel nickte.

»Und warum hattest du es so eilig, ihn abzuziehen?«

»Ich hatte das Gefühl, das gute Stück schon gesehen zu haben. Und zwar auf einem Foto.«

»Welches Foto, zum Teufel!«

Grendel stellte sich neben den Stahltisch und deutete auf die Leiche.

»Darf ich vorstellen: Cornelia Grewe. Oder zumindest das, was die Bodenseefische von ihr übrig gelassen haben.«

»Scheiße«, entfuhr es Quandt.

»Du meinst ...« Thal schüttelte den Kopf.

Grendel zog ein Foto aus der Tasche. Es zeigte Cornelia Grewe auf einer Betriebsfeier der Station. Sie saß neben einer Kollegin, der sie den Arm um die Schulter gelegt hatte. An ihrer Hand war ein Lichtreflex zu sehen. Grendel hatte diesen Ausschnitt vergrößert. Es gab keinen Zweifel. Cornelia Grewe trug denselben Ring.

»Wenn die Krankenschwester seit vierzehn Tagen tot im See liegt ...«

»Kann sie unmöglich unsere Täterin sein.«

Zweiundvierzig

»Das war's dann wohl.« Bettina ließ die Arme kraftlos auf den Tisch fallen. Sie war mit Madlaina vor einer Stunde zurückgekommen und musste die Neuigkeit erst einmal verdauen. Cornelia Grewe war seit zwei Wochen tot. Niemand im Team zweifelte mehr daran. Restle wollte sich noch nicht festlegen, aber Fiona Lee ging von Selbstmord aus. Das erklärte die Betrügereien mit den Ansichtskarten. Die Krankenschwester wollte sichergehen, dass sie nicht vermisst wurde. Vielleicht hatte sie Angst, bei einer Suchaktion gefunden und gerettet zu werden. Möglicherweise war alles auch völlig irrational, wer wollte schon sagen, was im Kopf einer Frau vor sich ging, die ihren Selbstmord plante. Sie hatten die einzige Verdächtige im Mordfall Lina Waldvogel verloren.

»Nein!« Schober riss sie aus der Lethargie. »Die Kollegin Berg hat unrecht. Das war es noch nicht.« Der Kriminaldirektor stand auf. Er hatte etwas zu sagen, und das besser im Stehen. »Irgendwo da draußen hält eine Wahnsinnige einen Säugling gefangen: Mia Zacharias. Es geht um das Leben dieses kleinen Wesens. Was auch immer in den letzten Tagen passiert ist, wie viele Nackenschläge wir auch immer einstecken mussten, wir sind noch nicht am Ende. Wir glauben daran, dass wir dieses Kind befreien und gesund zu seinen Eltern zurückbringen werden. Das ist unser Job!«

Schober atmete tief durch und schaute in die Runde. Alle starrten ihn mit ungläubigem Blick an. Wann hatte er zuletzt so zu ihnen gesprochen. Und vor allem: Wann hatte er jemals so deutlich von ›wir‹ geredet. Normalerweise gab er Anweisungen, von denen er selbst nie betroffen war.

»Ich möchte Sie bitten, nicht aufzugeben. Opfern Sie Ihren freien Sonntag, wenn es sein muss, verzichten Sie auf Schlaf. Dazu haben Sie Zeit, wenn Mia wieder im Arm ihrer Mutter ist.«

Thal stand auf und klatschte. Bettina fand diese Geste anrührend und übertrieben zugleich. Trotzdem rührte auch sie die Hände. Zwei Sekunden später standen alle Ermittler und klatschen. So stellte sie sich die Stimmung in der Kabine eines Fußballstadions ein paar Minuten vor dem Anpfiff vor. Sie machten sich heiß für den Kampf.

Zehn Minuten später hatte die Wirklichkeit sie wieder eingeholt und doch waren sie nicht mehr so mutlos wie zuvor. Bettina zog einen imaginären Hut vor Schober. Einen solchen Auftritt hatte sie ihm nicht zugetraut.

»Wir brauchen einen Plan, wie wir in den nächsten Stunden vorgehen. Jeder muss wissen, was er zu tun hat.« Thal hatte das Zepter wieder in der Hand. »Was ist mit der Suche nach Übereinstimmungen bei den Opfern?«

»Die Befragungen sind abgeschlossen«, sagte Restle. »Ohne Ergebnisse. Wir warten jetzt noch die DNA-Analysen ab. Vielleicht haben wir ja Glück und finden etwas.«

»Die Kuckuckskinder-Theorie«, murmelte Quandt. Es klang abfällig, aber niemand tadelte ihn dafür.

»Darum kümmern Sie sich bitte persönlich, Doktor.« Thal schaute von einem zum anderen.

»Frauenhäuser? Wohnmobilstellplätze? Jagdhütten?«

»Soweit es möglich war, sind alle überprüft. Natürlich kann uns die Täterin irgendwo durch die Lappen gehen, aber ...« Quandt zuckte mit den Schultern. Sie alle wussten, dass es unmöglich war, alle Orte zu überwachen.

»Bleibt uns die Schweizer Giftspur.« Thal schaute auf den Tisch. Er hatte Schober vor zehn Minuten von den nicht genehmigten Befragungen der Ärzte unterrichtet. Die Gesichtsfarbe des Imam war daraufhin von einem gesunden hellbraun zu einem gefährlich aussehenden tiefrot gewechselt.

»Ich weiß, dass dieser Ermittlungsansatz spekulativ ist.«

»Das finde ich nicht«, sagte Madlaina. Sie stellte die Colaflasche auf den Tisch, die sie in den letzten Minuten zur Hälfte geleert hatte. »Die Aussage von diesem Doktor Schlatter ist eindeutig. Es ist möglich, über ihn und seine Kollegen an Pentobarbital zu kommen.«

»Und er hat uns von einer konkreten Patientin berichtet. Das Problem ist, das es zu lange dauert, auf dem offiziellen Dienstweg an die Daten zu kommen.«

»Gut«, sagte Schober. »Ich werde heute Abend ein Amtshilfeersuchen an die Schweizer Behörden stellen.«

»Sie wissen ...«

Der Kriminaldirektor ließ Thal nicht aussprechen. »Ich weiß, dass wir nicht so viel Zeit haben. Ich kenne den Kommandanten der Stadtpolizei Zürich. Ich will nicht sagen, dass wir befreundet sind, aber ein bisschen mehr als ein neutrales kollegiales Verhältnis ist es schon. Vielleicht kann er das Verfahren beschleunigen.«

»An einem Sonntag?«, fragte Quandt.

»Wenn mein Schweizer Kollege der Ansicht ist, dass unserem Ersuchen stattgegeben wird, ist er vielleicht bereit, uns auf dem kleinen Dienstweg zu helfen. Wenn Sie verstehen, was ich meine.«

Bettina verstand es nicht. Es spielte aber keine Rolle, denn eins stand fest: Sie hatten keine Zeit. Und sie hatten nichts zu verlieren. Spätestens am Dienstag würden sie Mia Zacharias finden. Tot oder lebendig.

Dreiundvierzig

Sonntag

»Habe ich dich geweckt?«

Madlaina stellte den Korb mit frischen Brötchen auf den Tisch.

»Nein, ich konnte eh nicht mehr schlafen. Und wie ich sehe, warst du auch früh wach.«

»Ich war die erste Kundin beim Bäcker, er hat mich angeguckt wie ein Wesen von einem anderen Stern.«

Kein Wunder, dachte Thal. Normalerweise schliefen sie sonntags lange und dehnten das Frühstück über den Mittag aus. Jetzt war es erst kurz nach sieben.

Thal strich sich über das glatt rasierte Kinn. Madlaina lachte. »Du siehst wieder richtig menschlich aus.«

Er setzte sich an den Tisch und schnitt ein Brötchen auf. »Wird Schober an Informationen von Exodos kommen, was meinst du?«

»Wenn einer es schafft, dann er. Klang doch so, als würde er den Züricher Polizeichef gut kennen.«

Thal biss herzhaft von der warmen Semmel ab, als das Telefon klingelte.

Madlaina schaute zur Uhr. »Wer ruft um diese Uhrzeit an?«

Thal war für einen Moment geneigt, den Anrufbeantworter anspringen zu lassen, nahm das Gespräch dann aber doch entgegen.

Jonas klang gehetzt. »Guten Morgen, Alexander. Du solltest so schnell wie möglich kommen. Wie es aussieht, haben wir eine neue Spur.«

Fünf Minuten später hetzte Thal durch die Niederburg über die Gerichtsgasse in Richtung Münster. An der Plakatwand vor dem Wessenberghaus machten sich Arbeiter zu schaffen. Sie tauschten das Plakat der Bürgerinitiative aus, auf dem nach Cornelia Grewe gefahndet wurde. Thal hatte Abel gestern Abend über den Selbstmord ihrer einzigen Verdächtigen informiert. Es war ein kurzes Gespräch gewesen, es gab auch nicht viel zu sagen. Der Anwalt hatte alle Hebel in Bewegung gesetzt, um der Initiative den Spott der Öffentlichkeit zu ersparen, wenn bekannt geworden wäre, dass sie nach einer Toten fahnden. Thal hätte gerne gewusst, welches Plakat die Arbeiter aufhängten, aber er hatte keine Zeit.

Außer Atem stürmte er in die Katzgasse. Ein uniformierter Beamter erwartete ihn vor dem Haus, dessen Bewohner Johann Zaiser vor einer Stunde die Polizei angerufen hatte.

Neben Jonas wartete Bettina in der Wohnung des Zeugen. Thal verkniff sich die Frage, wie sie es geschafft hatte, so schnell ein Kindermädchen für Leah zu organisieren. Bettina mochte es nicht, wenn man der Organisation ihres Alltags zu viel Bedeutung beimaß. Sie war alleinerziehende Mutter und basta.

Jonas stellte Thal Herrn Zaiser vor. Es war schwierig, das Alter des Mannes zu schätzen, aber er war sicher über sechzig. Anscheinend plagte ihn ein Rückenleiden, denn er ging leicht gebeugt und stöhnte kurz auf, als er sich erhob.

Bettina fasste die Aussage des Zeugen zusammen. »Herr Zaiser konnte die halbe Nacht nicht schlafen.«

»Das ist untertrieben«, warf Zaiser mit einer zu hohen, schrillen Stimme ein. »Ich habe höchstens ein paar Minuten die Augen zugemacht. Das Geschrei war unerträglich.«

»Was für ein Geschrei?«, fragte Thal.

»Na, dieses Gebrüll von dem Baby.«

»Kleine Kinder schreien schon mal«, warf Thal genervt ein. »Und in einem Mietshaus muss man damit rechnen, oder?«

»Nein«, sagte Zaiser. »Ganz und gar nicht. In diesem Haus gibt es keine Mieter mit Kindern, darauf legt der Hausbesitzer großen Wert. Der Zuschnitt der Altstadtwohnungen ist dafür nicht geeignet und Grünflächen zum Spielen gibt es auch keine.«

»Was für ein fürsorgender Vermieter«, sagte Quandt. Zaiser verstand den Spott nicht, sondern nickte. »Deshalb war der Krach in der vergangenen Nacht ungewöhnlich.«

»Wem gehört die Wohnung über Ihnen?«

»Der Frau Humpert. Friederike Humpert. Und die hat schon gar keine Kinder, die alte Jungfer.«

»Es ging die ganze Nacht, sagten Sie.«

»Bis sechs Uhr in der Früh. Kurz vor sechs schrie das Baby besonders arg, dann rannte jemand in der Wohnung aufgeregt hin und her. Plötzlich war es ruhig. Von einer Sekunde auf die andere. Ich habe mich noch mal auf die Seite gedreht, konnte aber nicht mehr einschlafen.«

»Und dann kam Ihnen die Idee ...« Bettina half dem Zeugen auf die Sprünge.

»Genau. Dann fiel mir ein, dass in der Zeitung dieser Aufruf war. Wegen den verschwundenen Kindern. Wenn man etwas Ungewöhnliches bemerkt, sollte man sich melden.«

Bettina seufzte. »Und so rief Herr Zaiser in der Zentrale an.«

Thal trat ans Fenster. Der Blick ging auf die enge Katzgasse, man konnte nur einen Teil der Straße beobachten. »Haben Sie gesehen, ob Ihre Nachbarin ...«

»Die Frau Humpert«, half ihm Zaiser auf die Sprünge.

»Richtig. Haben Sie gesehen, dass Frau Humpert das Haus verlassen hat?«

Zaiser schüttelte den Kopf. »Ich liege nicht auf der Lauer.«

Quandt hatte Mühe, ein Grinsen zu unterdrücken und auch Thal amüsierte die gespielte Entrüstung des Zeugen.

»Dann schauen wir mal, ob Frau Humpert noch zu Hause ist.«

Die drei Ermittler gingen zur Tür. Zaiser sprang auf und stöhnte. »Wenn Sie noch irgendetwas wissen wollen ...«

»Melden wir uns wieder«, rief Thal über die Schulter.

Im Treppenhaus schickte Thal Quandt ins Präsidium. Es reichte, wenn Bettina Zaisers Aussage überprüfte. »Ruf bitte Restle an, wir müssen wissen, wie weit sie mit den DNA-Abgleichen der Babys sind.«

Friederike Humperts Wohnungstür war aus massivem Eichenholz. Bettina klingelte. Es rührte sich nichts. Sie schellte Sturm. Wieder nichts. Thal schlug mit der Faust gegen die Tür. »Frau Humpert, bitte machen Sie auf. Polizei!« Keine Reaktion. Thal öffnete das Flurfenster und bat den uniformierten Kollegen zur Hilfe, der immer noch vor dem Hauseingang stand. »Bringen Sie den Wagenheber mit.«

Drei Minuten später hatten sie die Tür aufgebrochen. Das entsetzte Gesicht des Wachtmeisters, als er merkte, dass die Kollegen eigenmächtig und ohne Durchsuchungsbeschluss in die Wohnung eindringen wollten, würde Thal so schnell nicht vergessen.

Die Zwei-Zimmer-Wohnung war menschenleer.

»Mein Gott, ist hier drin eine Hitze!« Thal riss ein Fenster auf und holte tief Luft. Bettina inspizierte das Schlafzimmer. »Das Bett ist gemacht«, rief sie. Thal schaute sich um. Auch das Wohnzimmer machte einen aufgeräumten Eindruck. Es lag kein Spielzeug herum.

»Siehst du irgendwo ein Kinderbett oder eine Wiege?«, fragte er und ging ebenfalls ins Schlafzimmer.

»Nein. Es sieht wirklich so aus, als hätte hier eine alleinstehende Frau gewohnt«, sagte Bettina und öffnete den Kleiderschrank. »Und zwar eine mit einem konservativen Geschmack.«

»Babykleidung?«

Bettina schüttelte den Kopf.

»Ich glaube nicht, dass Zaiser lügt. Friederike Humpert hatte heute Nacht ein Baby bei sich.«

Sie gingen in die Küche und öffneten die Schränke. Auch hier kein Hinweis auf ein Baby. Keine Flasche, keine Sauger, nichts. Enttäuscht öffnete Thal den Mülleimer. »Sieh mal an«, sagte er. »Das hat sie übersehen.«

Bettina zog sich Handschuhe an und griff in den Mülleimer. Sie hielt die Packung in die Höhe. »Anfangsmilch«, las sie vor.

»Das passt«, sagte Thal und klopfte Bettina auf die Schulter.

»Jetzt geht alles wieder von vorne los«, sagte sie und atmete geräuschvoll aus. »Wie bei der Grewe. Das volle Programm. Wir müssen so viel wie möglich über Friederike Humpert erfahren.«

»Vor allem sollten wir wissen, wo sie sich zur Zeit aufhält.«

Vierundvierzig

»Habt ihr die Plakate gesehen?«

Thal war außer sich. Auf dem Weg zum Präsidium hatten sie es ihm von allen Werbeflächen entgegengeschrien. Nur eine Zahl: ›150.000‹. In riesigen Ziffern. Darunter fast so groß das Wort ›Belohnung‹. Dazu eine Telefonnummer. Mehr war nicht nötig, um die Stadt in Jagdfieber zu versetzen. In den nächsten Stunden würde die Notrufzentrale in Hinweisen ertrinken.

»Das ist jetzt nicht so wichtig«, sagte Jonas. Thal ärgerte sich über die Zurechtweisung, sagte aber nichts. Es stimmte, sie hatten eine neue Verdächtige, alles andere war nebensächlich.

Jonas hatte Friederike Humperts Mutter erreicht. »Sie wohnt in Karlsruhe. Ihre Tochter ist angeblich verreist. In die USA.«

»Nicht schon wieder«, stöhnte Bettina.

»Na ja, immerhin habe ich in diesem Fall die Handynummer der Verdächtigen. Bisher hat sie meine Anrufe nicht entgegengenommen. Ich habe ihr auf die Mailbox gesprochen, aber noch keine Reaktion.«

»In den Staaten ist ja auch noch tiefste Nacht«, sagte Stephanie.

»Hat die Mutter eine Ahnung, wer außer ihrer Tochter in der Wohnung gewesen sein könnte?«, fragte Thal.

»Nein. Das müssten wir Friederike schon selbst fragen. Ich habe nicht dass Gefühl, dass Mutter und Tochter eine enge Beziehung haben.«

»Da bleibst du dran, Jonas.« Thal nickte Fiona Lee zu, die auf der Fensterbank hockte. »Habt ihr irgendwelche Gemeinsamkeiten bei den Opfern entdeckt?«

Die Rechtsmedizinerin schüttelte den Kopf. »Leider nicht. Die DNA-Tests sind alle beendet. Ein Kuckuckskind ist nicht dabei.« Sie lächelte Thal an, der sich nicht sicher war, ob es freundlich oder spöttisch gemeint war.

»Bildlich gesprochen haben wir bei der DNA-Untersuchung in jede Ecke geguckt«, fuhr Fiona Lee fort. »Wir haben sogar überprüft, ob einige Kinder an den gleichen Krankheiten leiden oder ob eines in diesem Punkt signifikant abweicht. Auch hier keine Treffer, was nicht verwunderlich ist. Die Babys hatten noch Nestschutz.«

»Was ist denn das jetzt wieder?«, fragte Jonas und schaute von seinem Smartphone auf, mit dem er sich die ganze Zeit beschäftigte.

»Das ist eine Schutzmaßnahme von Mutter Natur, damit ein Neugeborenes den Attacken von Krankheitserregern nicht hilflos ausgeliefert ist. Sie haben ja noch keine eigenen Antikörper, deshalb gehen die Antikörper der Mutter über die Nabelschnur direkt in das Blut des Kindes.«

»Antikörper?«, fragte Quandt beiläufig. Fiona Lee sah sich aber zu einer Erklärung genötigt. »Das sind Eiweißmoleküle, die Krankheitserreger erkennen können. Wenn man so will, leiht sich das Baby die Immunität seiner Mutter. Wie viel Antikörper ein Säugling hat, hängt davon ab, ob die Mutter in der Schwangerschaft eine infektiöse Erkrankung durchgemacht hat oder ob sie geimpft wurde.«

»Das hört sich an, als ob dieser Nestschutz maßgeschneidert ist«, sagte Bettina.

»Genau.« Fiona Lee strahlte sie an. »Aber wie gesagt, es hilft uns nicht weiter. Der Kollege im Labor meinte, dass man allenfalls sagen könnte, welche Krankheiten die Kleinen möglicherweise mal bekommen könnten.«

»Damit können wir das Thema abhaken«, sagte Thal und versuchte, seine Enttäuschung nicht zu deutlich werden zu lassen. Er hatte an die Kuckuckskindertheorie geglaubt, aber die war jetzt Geschichte.

»Welchen Ansatz wir auch entwickeln, er bricht nach kurzer Zeit zusammen«, sagte Bettina und schluckte. Mit energischen Bewegungen schraubte sie eine Mineralwasserflasche auf. »Wir hetzten ständig hinter der Entwicklung hinterher. Ich kann euch gar nicht sagen, wie mir das auf den Geist geht!«

»Wir dürfen uns davon nicht entmutigen lassen.« Madlaina hatte bisher schweigend an der Besprechung teilgenommen. Sie sah sich selbst als Unterstützerin und nicht als Teil des Teams, also sprach sie nur, wenn es um das Täterprofil ging. »Mit jeder Spur, die sich als falsch erweist, können wir trotzdem ein Puzzlestück im Täterprofil ergänzen.«

Bettina setzte die Flasche ab. »Ach was! Ich finde, dass unser Puzzle ständig wieder auseinanderfällt. Wenn wir wüssten, dass die Täterin Kuckuckskinder umbringt, wären wir einen großen Schritt weiter.«

Thal war kurz davor, Bettina zurechtzuweisen. Resignation würde ihnen nicht helfen, Mia Zacharias zu retten. Madlaina ging ruhig auf den Einwand ein.

»Was hätten wir gewonnen, wenn eins oder zwei der Kinder tatsächlich nicht vom vermeintlichen Vater abstammten? Würde uns diese Erkenntnis näher an die Täterin bringen?«

»Was weiß denn ich!« Bettina ballte die Fäuste.

»Genug! Wir müssen uns auf unsere Arbeit konzentrieren und das heißt in diesem Fall: Wo ist Friederike Humpert? Welches Baby war in ihrer Wohnung?«

Quandts Smartphone vibrierte. Er schaute das Display. »Wenn man von Teufel spricht.«

Er schaltete den Lautsprecher des Handys an und nahm das Gespräch entgegen.

»Guten Morgen, Frau Humpert. Danke, dass Sie sich melden. Bitte sagen Sie uns, wer in der vergangenen Nacht in Ihrer Wohnung war.«

Die Frau stöhnte auf. »Und wegen dieser Frage haben Sie meine Mutter derart beunruhigt, dass sie alle fünf Minuten bei mir anruft und meine Freundin dazu gebracht hat, mich zu wecken?«

Quandt entschuldigte sich, aber sie bräuchten diese Antwort sofort.

»Warten Sie«, sagte Friederike Humpert. Sie hörten, dass sie mit Papier raschelte. »Ich vermiete die Wohnung über eine Vermittlungsagentur, wenn ich auf Reisen bin. Gestern wohnte eine Frau aus Lüttich bei mir.«

»Belgien?«, fragte Quandt.

»Kennen Sie eine andere Stadt dieses Namens?«

»Wie hieß die Frau?«

»Ann-Christin Pollet.«

Quandt ließ sich den Namen buchstabieren. »Hatte die Frau ein Kind dabei?«

»Keine Ahnung. Mir hat sie davon nichts geschrieben, es würde mich aber nicht stören.«

Quandt notierte sich Namen und Adresse der Ferienwohnungsvermittlung und beendete das Gespräch.

»Und immer wenn du glaubst, es geht nicht mehr, kommt von irgendwo ein Lichtlein her«, sagte Stephanie.

Alle schauten sie irritiert an.

»Na, ist doch wahr. Diese Frau Humpert hat uns gerade einen hervorragenden Ermittlungsansatz geliefert. Es könnte sein, dass unsere Täterin umherreist. Sie mietet sich über eine Agentur Wohnungen an. Immer nur für einen oder zwei Tage. Dadurch fallen sie und das Kind nie auf.«

»Ich spreche mit dem Vermittler«, sagte Thal und stürmte aus dem Raum. Dabei stieß er mit Schober zusammen. Der Kriminaldirektor hatte einen hochroten Kopf. »Ich habe mit meinem Kollegen in Zürich gesprochen. Wir sollen sofort zu ihm kommen.«

Fünfundvierzig

Die Stille im Büro war beängstigend. Bettina goss sich eine Tasse Kaffee aus der Warmhaltekanne ein. Thal würde das Gesicht verziehen, aber sie mochte das heiße, bittere Gebräu. Madlaina blieb bei ihrer geliebten Cola. Jonas und Stephanie folgten der Wohnungsspur, Thal war mit Schober nach Zürich unterwegs. Madlaina und sie versuchten, das Täterprofil zu schärfen. Sie konnten sich beide nicht erinnern, jemals an einem Fall gearbeitet zu haben, in dem sie so wenig von der Täterin wussten. Es war wie verhext. Die Frau war ein Phantom. Sie hatte ihnen bisher nicht den geringsten Hinweis auf ihre Person geliefert.

»Man könnte auf die Idee kommen, dass sie gar nicht existiert«, sagte Madlaina.

»Lass uns diesen Gedanken doch mal weiterspinnen.« Bettina hielt viel davon, jeden Faden aufzunehmen, auch wenn man sicher war, dass es nichts bringen würde. Manchmal musste man dem Zufall eine Chance geben.

»Wie meinst du das?«, fragte Madlaina.

»Was wäre, wenn es mehrere Täter gibt?«

»Die exakt nach dem gleichen Muster vorgehen? Unwahrscheinlich.«

»Warum? Der erste Fall liefert den anderen Tätern die Blaupause. Sie kopieren nur.«

»Trittbrettfahrer, meinst du?« Madlaina war nicht mehr abweisend, sie hatte den Ball aufgenommen. »Es wäre tatsächlich einfach. Wir kennen nur den zeitlichen Ablauf: Donnerstags verschwindet das Baby, dienstags taucht es wieder auf.«

»Diese Tatsache ist öffentlich bekannt und die einzige Übereinstimmung.«

»Nein«, sagte Madlaina. »Es wurden immer Mädchen entführt.«

»Okay.« Bettina war aufgeregt. Hatten sie wirklich etwas entdeckt? »Emma, Opfer Nummer eins, war ein Mädchen. War es Absicht oder Zufall, wir wissen es nicht. Junge oder Mädchen ist eine Fünfzig-zu-fünfzig-Entscheidung, daraus können wir nichts schließen.«

»Stimmt«, sagte Madlaina. »In allen anderen Details unterscheiden sich die Fälle. Unterschiedliche Tatorte, genauso unterschiedliche Auffindeorte. Zwei Opfer werden lebend gefunden, eines wurde ermordet. Es gibt kein äußerlich erkennbares Muster, selbst die DNA liefert keine Gemeinsamkeiten.«

»Es wäre also möglich, dass wir es mit mehreren Tätern zu tun haben.« Bettina flüsterte, als handelte es sich um ein Geheimnis, das niemand erfahren durfte.

Madlaina stöhnte auf. »Ich glaube trotzdem nicht daran. Es ist eine Täterin. Und es gibt ein Muster, davon bin ich felsenfest überzeugt. Sie entführt die Babys nicht wahllos, sondern weil sie ein Ziel verfolgt. Ich behaupte sogar, dass sie das Wohl der Kinder im Blick hat. Anders kann ich mir nicht erklären, dass sie das tote Baby in ein Taufhemd kleidet und symbolisch beweint.«

Bettina nickte. Ihre Analyse klang einleuchtend. Das Motiv lag in der Geschichte der Babys verborgen. »Ich werde das Gefühl nicht los, dass der Grund für die Handlungen der Täterin bereits auf dem Tisch lag«, sagte Bettina.

Madlaina schaute sie an und nickte. Es geht ihr genauso, dachte Bettina. Auf einmal war der Gedanke da. Er kam aus heiterem Himmel. Einfach so, ohne dass sie sagen konnte, was der Auslöser war. Es war wie das sprichwörtliche Licht, das ihr aufging.

Sechsundvierzig

Schweizer Polizisten scheinen nicht schlecht zu verdienen, dachte Thal und musste innerlich schmunzeln, weil ihm seine eigene komfortable Situation einfiel. Oberst Frank Lüth, Kommandant der Schweizer Stadtpolizei, bewohnte ein Haus in Küsnacht, einem schicken Ort an der sogenannten Goldküste des Zürichsees. Schon dieser Wohnort wäre erwähnenswert, aber die Lage des Hauses raubte einem den Atem. Es grenzte fast unmittelbar an den See, von dem nur durch einen Grünstreifen getrennt. Lüth hatte seine Besucher auf eine Art Dachterrasse gebeten, von der man einen atemberaubenden Blick auf den See und den Schiffsanleger hatte, an dem gerade das Dampfschiff ›Stadt Rapperswil‹ festmachte. Schober konnte sich von dem Blick nicht lösen. Als alle mit Kaffee und Mineralwasser versorgt waren, räusperte sich Lüth.

»Ich bin Ihnen zu Dank verpflichtet, dass Sie so schnell kommen konnten, Herr Timmer.«

Max Timmer lächelte Lüth für Thals Geschmack eine Spur zu devot an. Irgendetwas lief da zwischen den beiden, möglicherweise hatte Timmer, der Vorsitzende der Sterbehilfeorganisation ›Exodos‹, eine Leiche im Keller. Es konnte aber auch sein, dass er sich nur das Wohlwollen des Polizeikommandanten sichern wollte.

Thal war froh, dass Schober sich zurückhielt. Es war ihm anzusehen, dass er sich nicht wohlfühlte. Normalerweise war er bei Zeugenbefragungen nicht anwesend, er war ein Aktenfresser, an der Front fühlte er sich mangels Erfahrung unsicher. Die Situation verlangte Fingerspitzengefühl. Die Aussage des Arztes, mit dem Madlaina und Bettina gesprochen hatten, durfte auf keinen Fall direkt benutzt werden. Damit hätten sie den einzigen Zeugen, der sich bisher kooperativ gezeigt hatte, in eine prekäre Lage gebracht. Trotzdem mussten sie den Chef von ›Exodos‹ wissen lassen, dass sie über Informationen verfügten, die besser nicht an die Öffentlichkeit kamen. Zum Glück übernahm Oberst Lüth die Gesprächsführung. Zwei Minuten später stand Thal der Mund vor Staunen offen. Der Polizist hatte Klartext geredet. »Herr Timmer, ich habe Ihnen mitgeteilt, was die deutschen Kollegen mithilfe eines Ihrer Ärzte recherchieren konnten. Haben Sie uns die Akte mitgebracht?«

Timmer nickte und stellte sich seine Aktentasche auf den Schoß. »Bevor wir dazu kommen, muss ich mein Bedauern darüber ausdrücken, dass es in diesem Fall zu einem Fehlverhalten verschiedener Mitarbeiter von Exodos gekommen ist. Auch wenn es keine Entschuldigung ist, möchte ich darauf verweisen, dass letztendlich die Tatsache, dass sich Deutschland einer liberalen Haltung in der Frage der assistierten Selbsttötung verweigert, der Grund dafür ist, dass so viele verzweifelte Deutsche an uns herantreten.«

Was für ein Satz, dachte Thal. Das Wortungetüm musste sich Timmer aufgeschrieben und auswendig gelernt haben.

Timmer setzte hinzu, während er eine dünne Aktenmappe aus der Tasche nahm: »Nicht immer sind unsere Leute stark genug, den flehentlichen Bitten zu widerstehen.«

Er legte die Mappe auf den Tisch. »So war es auch in diesem konkreten Fall. Es handelt sich um die damals zwanzig Jahre alte deutsche Staatsbürgerin Annalena Salomon. Sie litt an Brustkrebs und war unheilbar erkrankt. Ihre Schmerzen waren furchtbar und nicht mehr therapierbar. Unser Arzt hat das Rezept für Natrium-Pentobarbital ausgestellt. Es wurde der Termin für die Selbsttötung festgelegt, aber es kam nicht mehr dazu. Annalena Salomon starb einen Tag zuvor ohne Fremdeinwirkung. Sie hatte unserer Hilfe nicht mehr bedurft.«

»Das wissen wir bereits«, sagte Thal.

Lüth warf ihm einen warnenden Blick zu.

Timmer nickte und atmete tief durch.

Lüth versuchte, die Situation zu entspannen. »Als Ihre Patientin eines natürlichen Todes gestorben war, haben Sie das Medikament vom Sterbebegleiter zurückgefordert.«

»Ja, aber es war verschwunden.«

»Und Sie haben den Fall vertuscht.« Thal war es leid, den guten Freund zu spielen. Die Leute von ›Exodos‹ hatten fahrlässig ein tödliches Gift in Umlauf gebracht. Man konnte sich Dutzende von Szenarien ausdenken, in denen es Leid über Menschen brachte.

Oberst Lüth stand auf und stellte sich hinter Timmer. Demonstrativ legte er ihm eine Hand auf die Schulter. »Lassen Sie es gut sein, Kollege. Max Timmer hat Ihnen freiwillig geholfen, er war dazu nicht verpflichtet. Bitte denken Sie daran. Alle weiteren Umstände dieses Falls spielen für die Auflösung der Verbrechen, mit denen Sie es in Konstanz zu tun haben, keine Rolle.«

Timmer drehte den Kopf und schaute Lüth dankbar an. Wieder glaubte Thal, Zeuge einer stillen Übereinkunft zu werden. Es kam ihm vor wie ein Pakt, der diese beiden Männer zusammenschweißte.

Lüth ging zur Tür. Kurz davor drehte er sich um. »Sie haben einen Namen, mehr bekommen Sie von uns nicht.«

Der Polizeikommandant deute mit der Hand Richtung Ausgang. Klarer konnte man einen Rausschmiss nicht orchestrieren.

»Eine Frage müssen Sie mir noch gestatten«, sagte Thal.

Lüth schaute ihn irritiert an. Ihm fehlte die Unterwürfigkeit, aber Thal hatte bewusst auf ein ›bitte‹ verzichtet.

Timmer stand auf und wandte sich Thal zu. »Was wollen Sie denn noch wissen?«

»Nach unseren Informationen wurde Annalena Salomon von ihrer Mutter begleitet. Möglicherweise wollte sie das Gift für sich, weil sie unter der gleichen Krankheit litt wie ihre Tochter.«

»Das ist Spekulation«, sagte Timmer.

Thal nickte. »Trotzdem: Kennen Sie den Namen der Mutter oder wo sie wohnt?«

»Weder noch«, sagte Timmer und ging ebenfalls zur Tür.

»Meine Herren!«, sagte Lüth.

Die Audienz war beendet.

Siebenundvierzig

»Fiona, du hast vorhin etwas gesagt, das geht mir nicht mehr aus dem Kopf.«

Bettina saß nach vorne gebeugt auf einem Stuhl und stützte sich auf ihre auf dem Tisch liegenden Arme. Fiona Lee lehnte sich entspannt zurück.

»Was hast du damit gemeint, dass man anhand der DNA vorhersagen könnte, welche Krankheiten die entführten Säuglinge bekommen könnten.«

»Nicht könnten, sondern mit einiger Wahrscheinlichkeit bekommen werden. Es gibt genetische Dispositionen für bestimmte Erkrankungen, am besten untersucht ist das am Brustkrebs.«

Quandt, der neben Madlaina an der Wand stand, hob die Hand. »Moment mal. Du willst damit sagen, dass man an den Genen eines Babys erkennen kann, ob dieses Mädchen Brustkrebs bekommt.«

Fiona Lee lachte auf. »Ja, natürlich. Es gibt Brustkrebsgene. Allerdings ist es komplizierter, als es manchmal in der Zeitung steht. Tatsächlich macht man zwei Gene für die sogenannte familiäre Form des Brustkrebses verantwortlich. Man hat sie sogar danach benannt, nämlich mit den Buchstaben BRCA nach dem englischen Wort ›Breast Cancer‹. Diese BRCA1 und BRCA2 haben normalerweise eine positive Aufgabe. Sie sollen defekte Zellen reparieren oder irgendwie abschalten.«

»Was heißt ›abschalten‹?« Bettina war in Naturwissenschaften eine Null, aber sie hatte das Gefühl, diesen Sachverhalt verstehen zu müssen.

»Stell dir vor, die DNA einer Zelle ist durch Mutation oder Umwelteinflüsse so beschädigt, dass sie nicht mehr repariert werden kann. In diesem Fall lösen unsere beiden BRCA-Gene einen programmierten Zelltod aus. Dadurch verhindern sie zum Beispiel eine unkontrollierte Wucherung des Zellgewebes, also die Entstehung eines Tumors.«

»Jetzt verstehe ich gar nichts mehr«, mischte sich Madlaina ein. »Gerade hast du gesagt, dass diese Gene für Brustkrebs verantwortlich sind und jetzt verhindern sie die Entstehung eines Tumors.«

Fiona Lee lachte. »Ich sagte doch, dass es nicht so simpel ist. Es kommt vor, dass diese Gene selbst mutieren oder beschädigt werden. Dann können sie ihre Funktion nicht mehr erfüllen, defekte Zellen werden nicht mehr abgeschaltet und ein Krebsgeschwür kann leichter entstehen.«

»Und das könnt ihr im Labor sehen?«, fragte Bettina.

»Ja, wir können feststellen, ob die BRCA-Gene defekt sind. Das wiederum ist erblich.«

»Das heißt, wenn die Mutter ein defektes Brustkrebs-Gen hat, vererbt sie es auf die Tochter.«

Fiona Lee nickte. »Diese Frauen haben generell ein sehr hohes Risiko, Brust- oder Eierstockkrebs zu bekommen, es sind also vor allem Mädchen betroffen. In den Familien tritt in der Regel aber auch häufiger Dickdarm- oder Prostatakrebs auf.«

Quandt stieß sich von der Wand ab und ging im Zimmer auf und ab. »Moment mal. Ich war mit Restle in der Wohnung des Ehepaars Zacharias. Da standen jede Menge Medizinratgeber rum und auf dem Tisch lag der Brief eines Labors. Ich habe dem keine Bedeutung beigemessen, aber jetzt ...«

Er zog sein Smartphone aus der Tasche und wählte eine Nummer. Zwei Minuten später hatten sie Gewissheit. Das Ehepaar Zacharias hatte die DNA der kleinen Mia testen lassen. Dabei kam heraus, dass sie eine hohe Disposition für Brustkrebs hatte.

Für einen Moment waren alle stumm und starrten vor sich hin. Madlaina brach das Schweigen. »Warum macht man so etwas? Was soll es bringen, wenn ich weiß, dass meine gerade geborene Tochter später mit einiger Wahrscheinlichkeit Brustkrebs bekommt?«

»Man kann einiges tun, damit die Krankheit nicht zum Ausbruch kommt.«

»Ja«, sagte Quandt viel zu laut. »Man kann sich zum Beispiel vorsorglich beide Brüste amputieren lassen wie diese amerikanische Schauspielerin.«

»Höre ich da eine Spur Verachtung?«, fragte Fiona Lee.

»Na, ist doch wahr«, sagte Quandt. »Irgendwie spinnen wir mit unserem Gesundheitswahnsinn.«

»Das sehe ich anders.« Die Rechtsmedizinerin nahm einen Kugelschreiber vom Tisch und klopfte sich damit in die Handfläche. »Wir wissen nicht, wie die Familie unter der Disposition gelitten hat. Möglicherweise sind viele Verwandte elendig an Krebs gestorben. Das ist leider immer noch sehr oft der Fall. Ich finde, dass wir nicht das Recht haben, einen Menschen zu verurteilen, der sich und seinen Angehörigen dieses Leid ersparen will.«

Bettina rückte ihren Stuhl geräuschvoll zurück. »Hört auf zu streiten, wir müssen zu keinem moralischen Urteil kommen. Mich interessiert nur, ob diese genetische Veranlagung die Gemeinsamkeit ist, nach der wir die ganze Zeit suchen.«

Fiona Lee zog ihr Smartphone aus der Tasche und rief das Labor an.

»BRCA1 und 2«, sagte sie, als sie einen Labormitarbeiter aus der Sonntagsruhe geholt hatte. »Schau auf die Datei. Irgendwelche Unregelmäßigkeiten?«

Sie presste den Hörer gegen das Ohr und schlug mit dem Kugelschreiber gegen ihre Zähne.

»Okay. Okay. Danke, du hast uns sehr geholfen, Kollege.«

Sie legte das Smartphone langsam auf den Tisch, als handele es sich um einen kostbaren und zerbrechlichen Gegenstand. »Mia Zacharias und die ermordete Lina Waldvogel haben ein defektes BRCA1-Gen.« Sie machte eine Pause und drehte das Handy auf dem Tisch. »Die anderen Kinder haben diese Disposition nicht.«

»Deshalb blieben sie am Leben«, sagte Madlaina.

»Und Mia wird sterben«, fügte Quandt flüsternd hinzu.

»Aber das ist doch Unsinn!« Bettina schlug auf den Tisch. »So was kann doch nur Zufall sein. Man kann nicht wahllos Kinder entführen in der Hoffnung, dabei einige mit defekten Brustkrebsgenen zu erwischen. So viele kann es davon nicht geben.«

»Da täuscht du dich, Bettina.« Fiona Lee stoppte die Rotation ihres Handys. »Rund achtundzwanzig Prozent aller Frauen erkranken im Laufe ihres Lebens an Brustkrebs. Nicht immer ist es die familiäre Form, aber trotzdem: Wenn du vier oder fünf Mädchen entführst, ist die Chance groß, dass ...«

»Dass du eines töten musst.«

Achtundvierzig

»Es passt wirklich alles zusammen!«

Thal und Schober hatten vor zehn Minuten das Präsidium betreten und das Team zu einer Besprechung zusammengerufen. Jetzt stellten sie fest: Die Puzzleteilchen ergaben ein Bild.

»Wir müssen die Mutter von Annalena Salomon finden.«

»Das ist die junge Frau, die mithilfe von Exodos aus dem Leben scheiden wollte, dann aber vorher eines natürlichen Todes starb«, ergänzte Schober, der es jetzt sichtlich genoss, aktiver Teil der Ermittlungen zu sein. Im Präsidium bewegte er sich auf sicherem Terrain.

»Und die Mutter hat das Gift?«, fragte Bettina.

»Davon gehen wir aus«, antwortete Thal. »Annalena Salomon wohnte in Bottighofen. Die Thurgauer Kollegen versuchen, die Mutter zu ermitteln. Es bleibt uns nichts anderes übrig als abzuwarten.«

»Und Zeit ist etwas, das wir nicht haben«, sagte Bettina. »Eins steht fest: Wir werden Mia Zacharias nicht lebend finden, wenn es uns nicht gelingt, die Täterin ausfindig zu machen.«

»Ihr seid euch wirklich sicher?« Thal kam die kurze Erklärung über die Brustkrebsgene wie Scharlatanerie vor.

»Ja, wir sind uns absolut sicher«, sagte Madlaina. »Die genetische Bestimmung, Brustkrebs zu bekommen, ist das Muster, das wir die ganze Zeit gesucht haben. Die Täterin entführt Mädchen und tötet diejenigen mit diesem Gendefekt. Sie will ihnen Leid ersparen. Deshalb tötet sie die Kinder schmerzfrei, kleidet sie in ein Taufhemd und beweint sie. Vielleicht hat sie selbst einen Angehörigen verloren.«

»Ihre Tochter Annalena?«, fragte Quandt.

»Das ist Spekulation, aber möglich.«

»Auf jeden Fall hat die vermisste Mia den Gendefekt.« Bettina holte sie auf den Boden der Tatsachen zurück. »Die Gefahr ist groß, dass sie wie Lina Waldvogel sterben muss, die ebenfalls den Defekt hatte.«

»Wie kann sie das herausfinden?«, fragte Schober.

Fiona Lee packte ihre Tasche zusammen. »Das kann nur ein auf DNA-Analysen spezialisiertes Labor. Davon gibt es allerdings eine Menge. Vaterschaftstests sind gerade der Renner und werden gut bezahlt.«

»Du meinst, es gibt Privatlabors?« Bettina klang ungläubig.

»In welcher Welt lebt ihr eigentlich? Eine Google-Suche nach ›Vaterschaftstest‹ oder ›DNA-Test‹ und ihr findet Dutzende Angebote. Das ist inzwischen eine blühende Dienstleistungslandschaft. Die Männer wollen wissen, ob sie der Vater des Kindes sind, für das sie Unterhalt zahlen sollen. Und immer mehr Menschen möchten frühzeitig Klarheit, ob sie ein hohes Risiko haben, eine tödlich verlaufende Krankheit zu bekommen. Ich kann das verstehen.«

»Das ist doch teuer, oder?« Thal fragte zaghaft, er hatte das Gefühl, aus der Zeit gefallen zu sein.

»Kommt drauf an. Einen Vaterschaftstest bekommt man schon für 150 Euro. Aufwändigere DNA-Analysen kosten deutlich mehr.«

»Wie lange dauert so eine Analyse?«, fragte Quandt, der sich wie so oft mit seinem Tablet beschäftigte.

»Das kommt darauf an, ob eine Speichel- oder eine Blutprobe vorliegt«, sagte Fiona Lee. »Generell würde ich sagen: ein paar Tage.«

»Das heißt ...«, sagte Thal und versuchte, die Frage möglichst genau zu formulieren, »... wenn ich am Donnerstag eine Probe ins Labor gebe, dann ...«

Fiona Lee nickte. »Dann könnte man am Montag oder Dienstag ein Ergebnis haben.« Sie legte den Kopf leicht schief. »Ja, das kommt hin, wenn man weiß, wonach man sucht.«

Neunundvierzig

Der wievielten Spur jagten sie jetzt nach? Quandt hatte aufgehört, sie zu zählen. Dieser Fall war ein Rätselspiel, bei dem ihnen jedes Mal eine neue, dann noch schwierigere Frage vorgelegt wurde, wenn man die vorherige beantwortet hatte. So eine Art ›Wer wird Millionär?‹ und der Millionengewinn war das Leben von Mia Zacharias. Im Gegensatz zum Fernsehquiz wussten sie nicht, wo sie standen. Hatten sie die Sechzehntausend-Euro-Hürde genommen oder krebsten sie noch bei achttausend Euro herum? Hatten Sie noch Joker oder waren die aufgebraucht? Apropos Joker. Manchmal musste man Glück haben. Die Thurgauer Kollegen hatten die Mutter von Annalena Salomon nicht auffinden können. Sie wohnte nicht in der Wohnung der Tochter, die nur gemietet gewesen war. Niemand wusste, wo Annalenas Mutter lebte. Einige Nachbarn glaubten sicher zu sein, dass ihr Auto ein deutsches Kennzeichen gehabt hätte, aber der Wert solcher Zeugenaussagen ging gegen Null. Eins aber hatten die Kollegen im Nachbarland herausgefunden: Annalenas Mutter hatte nach der Scheidung vom Vater ihrer Tochter ihren Mädchennamen angenommen. Sie hieß jetzt Rita Engels. Quandt schrieb den Namen in großen, roten Buchstaben an das Whiteboard. Er wollte es wie eine Prophezeiung aussehen lassen.

»Rita Engels«, sagte er und schaute von einem Kollegen zum anderen, »ist unsere Hauptverdächtige. Wir gehen davon aus, dass sie sich nach dem Tod ihrer Tochter in den Besitz von fünfzehn Gramm Natrium-Pentobarbital gebracht hat.«

»Wovon noch einiges übrig sein sollte«, warf Thal ein. Quandt lächelte. Lakonische Zwischenrufe dieser Art waren normalerweise seine Domäne, aber wenn er in der Rolle des Ermittlungs-Zampanos am Whiteboard den Stand der Dinge zusammenfasste, schlüpfte der Chef mit sichtbarem Vergnügen in diese Rolle.

»Finden wir Rita Engels!«, sagte Bettina und klopfte auf den Tisch.

»Gut gebrüllt, Löwe«, entgegnete Jonas. »Das Problem besteht darin, dass wir keine Ahnung haben, wo sie sich aufhält. In Konstanz ist keine Frau dieses Namens gemeldet.«

»Wie könnte es anders sein«, brummte Stephanie. Sie machte schon seit Tagen einen niedergeschlagenen Eindruck. Quandt hatte einen guten Draht zu der Kollegin, er sollte sie auf ein Glas Wein in seinen Wohnwagen einladen. Vielleicht stimmte etwas nicht in ihrer Beziehung zu Fridolin.

»Sie kann theoretisch überall wohnen«, fuhr Stephanie fort und Quandt war froh, dass sie sich konstruktiv einbrachte. »Oder sie vagabundiert herum. Vielleicht war die Mieterin der Wohnung in der Katzgasse ja Rita Engels, die sich nur diesen französischen Namen gegeben hatte.« Sie suchte in ihren Unterlagen, aber Quandt hatte den Namen parat. »Ann-Christin Pollet. Das kann ein frei erfundener Name sein. Ich habe das bei der Agentur überprüft. Die Buchungen laufen online, man kann sich mit jedem Namen anmelden.«

»Und wie wird bezahlt?«

»Da gibt es verschiedene Methoden. In der Regel wird mit Kreditkarte oder über PayPal bezahlt, aber die Agentur akzeptiert auch anonyme Zahlungsmethoden.«

»Wie geht denn ›anonymes Bezahlen‹?«, fragte Schober.

Thal schaute ihn genervt an. Keiner im Team war begeistert, dass der Imam Gefallen daran gefunden hatte, der Ermittlung live zu folgen. »Da gibt es verschiedene Methoden. Bis zu einem Betrag von hundertfünfzig Euro kann man mit einer anonymen Kreditkarte bezahlen. Das sind Prepaidkarten, bei der die Aktivierung über einen Handycode erfolgt. Benutzt man dazu eine ebenfalls anonyme Prepaid-SIM-Karte ist das nicht rückzuverfolgen. Wenn der Betrag höher ist, funktionieren Paysafe-Karten oder Bitcoins.«

Quandt sah, dass Schober immer noch Fragen hatte, aber Thal schnitt ihm das Wort ab. »Wie das genau funktioniert, ist jetzt nicht wichtig. Auf jeden Fall könnte Ann-Christin Pollet in Wirklichkeit Rita Engels sein.« Er deutete auf den Namen auf dem Whiteboard.

Quandt nickte.

Stephanie zeigte auf wie ein Schulmädchen. »Wenn es sich bei Ann-Christin Pollet in Wirklichkeit um Rita Engels handelt und wenn das ständige Wechseln der Unterkünfte ihre Methode ist, dann wird sie jetzt wieder in einer Wohnung untergekommen sein, möglicherweise vermittelt von derselben Agentur.«

Quandt ärgerte sich, dass er darauf nicht selber gekommen war. Er zog das Handy aus der Tasche und wählte die Durchwahlnummer seines Kontaktmanns in der Ferienwohnungsagentur. »Gibt es eine weitere Buchung auf den Namen Ann-Christin Pollet?«

Quandt stellte den Lautsprecher an. Die Stille im Raum war erdrückend.

»Ja«, quäkte es aus dem Handy. »Sie wird morgen in einer Wohnung in Konstanz erwartet. Und zwar in der Holländerstraße.«

Quandt sah aus dem Augenwinkel, dass Bettina sein Tablet vom Tisch nahm. »Wann kann sie dort einziehen?«, fragt er.

»Ab zwölf Uhr.«

Quandt legte auf.

»Die Wohnung liegt in Litzelstetten.« Bettina legte das Tablet wieder aus der Hand.

»Zwölf Uhr könnte zu spät sein.« Thal war die Verzweiflung anzuhören. »Aber wir werden auf jeden Fall da sein, um sie zu empfangen. Schaut euch die Wohnung an und macht einen Plan, wie wir die Frau überwältigen können, ohne dass dem Kind etwas passiert.«

Quandt schrieb ›Litzelstetten, Holländerweg, Montag, 12 Uhr‹ unter den Namen.

Bettina stand auf und trat neben ihn. »Außerdem brauchen wir eine Auflistung aller Labors, die DNA-Tests auf Brustkrebsrisiko durchführen.«

»Das sind Dutzende«, stöhnte Stephanie.

»Ja und?« Bettinas Trotz war deutlich. »Wir werden sie abtelefonieren. Alle!«

Fünfzig

Bettina schaute zur Seite. Thal stapfte mit grimmigem Gesicht neben ihr her. Es passt ihm nicht, dass sie darauf bestanden hatte, mit Vince Abel zu sprechen. Sie wusste, dass er sich vorwarf, nicht selber darauf gekommen zu sein, seinen Freund um ein Gespräch zu bitten. Er konnte in der letzten Zeit immer schlechter mit eigenen Fehlern umgehen. Früher hatte es ihm nichts ausgemacht, eine falsche Entscheidung einzugestehen. Lag es am Alter, glaubte er, den Anforderungen bald nicht mehr zu genügen?

Der Anwalt hatte einem Treffen zugestimmt und schlug das Restaurant ›Umami‹ vor. Der Spaziergang war für Thal lang genug, um sich zu beruhigen, allerdings schöpfte er nach Luft, als hätten sie einen Dauerlauf hinter sich. Als sie das Restaurant betraten, winkte Abel von einem Tisch im hinteren Teil. Galant schob er einen Stuhl für Bettina zurück und begrüßte Thal mit einem Handschlag. Die beiden waren vertraut miteinander, das merkte man.

Bettina schaute sich um. Sie war noch nicht in diesem japanischen Restaurant gewesen, von dem die ganze Stadt schwärmte. Für einen Sonntagabend war es erstaunlich gut besucht, fast alle Tische waren besetzt. Alle drei bestellten Sushi und Sashimi, dazu einen Weißwein. Als der Kellner den Tisch verlassen hatte, schaute Abel die beiden Ermittler an. »Nun spannt mich nicht auf die Folter. Was ist so wichtig, dass ihr euch am Sonntagabend mit mir treffen müsst?«

Thal nickte Bettina zu, es war ihre Idee gewesen, also sollte sie das Gespräch eröffnen.

»Es geht um die Kopfgeldkampagne.«

»Was für ein hässliches Wort«, sagte Abel. »Sprechen wir lieber von einer Belohnung für den entscheidenden Hinweis, der die kleine Mia rettet.«

»Genau um Mia geht es«, sagte Bettina und nahm ein Stück Brot. »Wir müssen sicher sein, dass nichts von dem ...«

Abel lachte kurz auf. »So, so ... Sie wollen also einem Rechtsverdreher vertrauen und ihn in die Geheimnisse der Ermittlung einweihen? Dann sollten wir uns zuvor auf das ›Du‹ einigen.« Er nahm sein Weinglas und prostete Bettina zu. »Ich heiße Vincent, aber wer mich so nennt, ist nicht mein Freund. Für dich also: Vince.«

Sie war so überrascht, dass sie fast das Glas umgestoßen hätte. »Bettina«, sagte sie und stieß mit dem Anwalt an.

Der Kellner brachte die Speisen und die nächsten fünf Minuten vergingen mit Fachsimpeleien über die verschiedenen Shushi-Rolls und die Qualität des Sashimi, die Abel ›herausragend‹ nannte. Er schien ein Kenner der japanischen Küche zu sein; auch Bettina schmeckte es hervorragend.

Sie legte ihre Stäbchen zur Seite und schaute Thal an, der verbissen auf seinen Teller starrte. Er hatte nicht vor, sich an der Unterhaltung zu beteiligen.

»Also gut, Vince, wir gehen davon aus, dass nichts von dem, was du erfährst, an die Öffentlichkeit gelangt.«

Abel nickte lächelnd.

»Wir haben eine neue Hauptverdächtige.«

Der Anwalt ließ die Hand sinken, mit der er gerade ein Stück Fisch geschickt in die Sojasoße getunkt hatte.

Bettina berichtet so knapp wie möglich über ihre Ermittlungsergebnisse. Dabei ließ sie Timmers Befragung in der Schweiz außen vor und konzentrierte sich auf Rita Engels.

»Du willst mir sagen, dass ihr wisst, wer die Mädchen entführt und Lina Waldvogel ermordet hat?«

»Abel!« Thal war genervt. Er knüllte seine Serviette zusammen und warf sie auf den Tisch. »Du weißt genau, wie Ermittlungen laufen. Natürlich können wir dir nicht garantieren, dass Rita Engels die Täterin ist. Aber es spricht genug dafür, dass wir unsere Ermittlungen auf sie konzentrieren.«

»Warum so ärgerlich?«, fragte Abel. »Und vor allem: Was erwartet ihr von mir?« Die letzte Frage war eindeutig an Bettina gerichtet, aber Thal antwortete.

»Eure Kopfgeldkampagne macht die ganze Stadt verrückt. Weißt du eigentlich, wie viele Anrufe stündlich in der Zentrale eingehen? Jeder Verrückte in Konstanz, jeder Sterndeuter und Kaffeesatzleser fühlt sich berufen, uns den Aufenthaltsort von Mia Zacharias mitzuteilen. Allerdings kommt dabei nichts anderes heraus, als dass die Kollegen von der Arbeit abgehalten werden.«

»Das ist aber nicht das größte Problem«, unterbrach Bettina Thals Redefluss. Der aggressive Ton, der sich eingeschlichen hatte, gefiel ihr nicht. »Für Mias Leben ist es von größter Wichtigkeit, dass sich die Täterin sicher fühlt.«

»Aha«, sagte Abel und schaute Bettina direkt an. »Ich habe bisher immer gehört, dass die Polizei versucht, einen möglichst großen Fahndungsdruck aufzubauen, um den Täter zu Fehlern zu provozieren.«

»Was verstehst du schon von Polizeitaktik?« Thal schüttelte den Kopf.

Bettina atmete tief ein. Thal ging ihr auf die Nerven. »In den meisten Fällen ist das auch richtig«, sagte sie. »Hier aber ...« Sie überlegte, ob sie Abel über dieses Detail informieren durfte. Sie entschied sich dafür und erzählte ihm, dass Rita Engels morgen eine Ferienwohnung in Litzelstetten beziehen würde. »Wenn sie sich aufgrund eurer Kampagne in Konstanz zu sehr verfolgt fühlt, wechselt sie möglicherweise das Quartier oder ihre Strategie. Damit wäre unsere einzige Chance zunichtegemacht, sie festzunehmen, bevor sie Mia Zacharias ...«

»Ermordet?« Abel flüsterte. »Ihr habt Erkenntnisse, dass Mia sterben soll, richtig?«

Bettina schaute Abel an. Sie hatte das Gefühl, dass ihr Gesicht glühte. Sie sollte keinen Wein mehr trinken. »Wir wissen, dass Mia Zacharias den gleichen Gendefekt hat wie Lina Waldvogel.«

»Und deshalb ...?« Wieder beendete der Anwalt den Satz nicht, als hätte er Angst, dass eine Vermutung zur Tatsache mutierte, wenn man sie aussprach.

»Es deutet alles darauf hin, dass es Rita Engels darum geht, die Kinder vor ihrem genetisch vorbestimmten Schicksal zu bewahren, an Brustkrebs zu erkranken.«

Jetzt war es raus. Bettina kam es vor, als würde ihr die Monstrosität der Taten erst jetzt bewusst. Thal biss sich auf die Unterlippe und starrte auf einen Fleck auf dem Tischtuch.

»Es geht also um Euthanasie?«, fragte Abel.

»Nein«, antwortete Thal bestimmt. »Dem Begriff nach zwar schon, aber er ist anders besetzt. Rita Engels tötet die Kinder nicht, um zu verhindern, dass sie ihre Gene weitergeben. Sie tut es, weil sie mit ihnen leidet und ihnen Qualen ersparen will.«

»Aber das ist doch absurd.« Abel lehnt sich zurück. Er ist tatsächlich geschockt. Wie gut, dass es solche Menschen gibt, dachte Bettina. Menschen, die nicht so abgebrüht waren wie Polizisten.

Abel konnte sich nicht beruhigen. »Diese Menschen sind gerade auf die Welt gekommen. Bis sie so alt sind, dass sie an diesem Krebs erkranken, ist er möglicherweise längst ausgerottet. Was für ein Wahnsinn!«

Bettina hielt sich die kalten Handflächen an die glühenden Wangen. »Ich fürchte, dass Rita Engels dieser rationalen Argumentation nicht mehr zugänglich ist. Sie hat ihre Sicht der Welt und die basiert wie bei fast allen Menschen auf persönlichen Erlebnissen.«

»Bettina hat recht«, sagte Thal. Er hatte sich wieder in der Gewalt, auch wenn die Müdigkeit in jeder Geste und in jedem Satz mitschwang. »Rita Engels ist traumatisiert. Sie handelt nicht rational, in ihrer Welt gelten andere Gesetze. Die Frau sieht sich als Beschützerin der Kinder, daran habe ich keinen Zweifel.«

Bettina senkte den Kopf. »Wir können noch stundenlang philosophieren. Das Drama halten wir damit nicht auf. Morgen ist der entscheidende Tag. Nur noch morgen können wir Mia Zacharias retten.«

Einundfünfzig

Montag

Vorsichtig legte sie die Kleine in die Wiege und schaukelte sie sanft hin und her. Mia bewegte die Lippen, als nuckelte sie im Traum an einer Milchflasche. Sie lächelte. Die Medikamente hatten gewirkt, der Husten war zwar nicht vollständig verschwunden, aber er hatte sie nicht mehr so gequält wie zuvor. Die Nacht war sogar ruhig gewesen.

Sie genoss diesen Morgen. So war es auch bei den anderen Schützlingen gewesen. Sie wuchsen einem ans Herz, aber sie durfte sie nicht behalten. Deshalb wartete sie an diesem Morgen so lange es ging. Es waren die letzten unbeschwerten Momente, die sie zusammen haben würden. In ein paar Stunden würde sie das Urteil erfahren. Von da an war alles vorbestimmt. Sie hatte mit der Entscheidung nichts zu tun. Das Schicksal bestimmte ein anderer. Sie hatte jahrelang darüber nachgedacht, ob es gottgegeben war. Gab es Gott? Obwohl sie zu keinem Ergebnis gekommen war, hatte sie sich von ihm verabschiedet. Mochte es ihn geben, interessierte er sie nicht mehr. Gott hatte nur als liebendes Wesen einen Sinn. Als grausamer Rächer konnte er ihr gestohlen bleiben. Und genau so war er ihr entgegengetreten. Die Pfaffen und die Philosophen mochten noch so mit der Freiheit des Christenmenschen argumentieren, auch die konnte ihr gestohlen bleiben. Sie hatte beschlossen, den Schutz wenigstens einiger Menschen selbst in die Hand zu nehmen. Es würden nicht mehr viele sein, denen sie helfen konnte. Ihre Zeit lief ab, das spürte sie mit jedem Tag deutlicher. Und auch das Mittel würde weniger werden. Sie schaute in die Wiege, Mia hielt die Lippen leicht gespitzt wie für einen Kuss. Ob ihr das Glück und die Schmerzen einer großen Liebe vergönnt sein würden? Sie stand auf. Es war Zeit, sich auf den Weg zu machen. Es war schwer, sie allein zu lassen, aber es musste sein. Sie überprüfte den Sitz der Decke. Mia sollte nicht frieren, das würde sie wecken. Nichts war gefährlicher, als dass sie zu früh erwachte und schrie. Sie hatte zwar Vorsorge getroffen, normale Geräusche drangen nicht nach draußen. Aber das Geschrei eines Babys, dessen Bedürfnisse nach Wärme oder Nahrung nicht gestillt wurde, war zu laut für jede Dämmung. Die Menschen in Konstanz waren alarmiert. Diese Bürgerinitiative verbreitete Lügen, aber das war den meisten egal. Sie gierten nach Sensationen und weideten sich an der Vorstellung von einem weiblichen Ungeheuer, das kleine Kinder frisst.

Fast hätte sie gelacht. Sie musste heute noch vorsichtiger sein als sonst. Wenn das Urteil Mia wie erhofft freisprach, musste sie sich gut überlegen, wo sie das Kind zurückgab. Den ursprünglichen Plan, sie auf die Stufen der Klinik zu legen, hatte sie längst verworfen. Dort würde sie bei der allgemeinen Hysterie garantiert auffallen.

Was machte sie sich darüber Gedanken, schalt sie sich. Sie war immer gut damit gefahren, einen Schritt nach dem anderen zu tun.

Sie zog sich ihre Lieblingsjacke an und schlüpfte in die Schuhe.

Ein letzter Blick auf die schlafende Mia. Mach es gut, meine Kleine.

Zweiundfünfzig

Der Besprechungsraum sah aus wie ein Schlachtfeld. Auf den Tischen stapelten sich Pizzakartons, Pappschachteln eines Asia-Lieferdienstes mit billigen Holzstäbchen und leere Krating-Daeng-Fläschchen. Dazwischen Computerausdrucke mit Adresslisten, einige Adressen waren mit roter Farbe markiert, andere mit einem leuchtend grünen Marker herausgehoben. Fiona Lee hockte im Schneidersitz auf einem Stuhl und klammerte beide Hände um eine überdimensionale Teetasse. Ihre sonst immer perfekt frisierten Haare hingen in wilden Strähnen herunter.

Quandt schob sich ein Stück Pizza in den Mund. Beim Anblick des labbrigen Stück Teigs, von dem eine Scheibe Salami herunterhing, spürte Thal einen Schmerz im Magen. »Kein Frühstück heute?«, fragte er.

Fiona Lee schaute auf, als würde ihr erst in diesem Augenblick klar, dass die Nacht vorüber war. »Tee reicht«, sagte sie. »Wir haben noch zu viele Adressen nicht abgearbeitet.«

Bettina betrat das Büro. Im Arm hatte sie eine riesige Tüte. Sie nahm die Obstschale vom Sideboard, die zur Grundausstattung des Raums gehörte; in der hatte aber in all den Jahren nie eine Banane oder ein Apfel gelegen. Schwungvoll leerte sie die Tüte. »Brötchen, Brezel, Seelen ...«

Quandt prustete los. »Was ist das denn für ein Unsinn?«

»Sag bloß, du kennst unsere guten schwäbischen Seelen nicht?« Sie nahm eine der Gebäckstangen aus der Schale und biss hinein. »Lecker!«

Quandt lachte. »Na ja, an die Brezeln habe ich mich ja gewöhnt, aber das Zeug da ...«

Thal setzte sich an den Tisch, während Bettina sich Milch in eine Tasse schüttet und ein rötliches Pulver einrührte. In der Schwangerschaft hatte sie eine Vorliebe für Instant-Erdbeermilch entwickelt, die sie zum Spott aller anderen bis heute nicht aufgegeben hatte.

»Wo ist Madlaina?«, fragte Bettina.

»Sie kommt später«, sagte Thal. Sie hatte ihn heute Morgen selbstverständlich begleiten wollen, aber Thal wollte zuerst mit seinem Team allein sein. Er ärgerte sich über sein Verhalten gestern Abend. Er hatte sich benommen wie ein eifersüchtiger Gockel. Es war zwar nicht zu übersehen, dass Abel Bettina anschmachtete, und wenn er ihre roten Wangen richtig gedeutet hatte, war ihr das auch nicht entgangen. Aber das ging ihn erstens nichts an und durfte zweitens nicht dazu führen, sich unprofessionell zu verhalten.

»Hast du es auch bemerkt, Bettina? Die Kopfgeld-Plakate hängen nicht mehr.«

Sie nickte und biss in eine Seele.

»Das ist dein Verdienst«, sagte Thal und legte ihr kurz die Hand auf den Arm. »Gute Arbeit.«

»Danke!«, nuschelte Bettina mit vollem Mund.

»Wo wir gerade bei guter Arbeit sind ...« Quandt schluckte das letzte Stück Brezel herunter und schraubte wieder eine Flasche seiner Wachmacherbrause auf. Fiona Lee schüttelte missbilligend den Kopf, aber er kippte das Zeug herunter.

»Fiona und ich haben heute Nacht einen Schlachtplan ausgearbeitet. Auf unserer Liste stehen insgesamt zweiundsechzig Labors, die DNA-Tests auf Brustkrebsgene durchführen können. Vierundfünfzig in Deutschland und acht in der Schweiz. Die österreichischen Anbieter lassen wir erst mal außer Acht. Die Zeit für die Analyse ist eh knapp genug. Wenn wir davon ausgehen, dass Rita Engels die Probe am Donnerstag auf die Post gibt und das Ergebnis spätestens am Dienstag vorliegen soll, dürfen die Postwege nicht lang sein.«

»Ich habe das überprüft«, sagte Fiona Lee und wischte sich einen Krümel aus dem Mundwinkel. »Ein Priority-Brief nach Wien braucht zwei bis drei Werktage, das geht nicht auf.«

»Und wie sieht euer Plan konkret aus?«, fragte Thal und bemühte sich, die Ungeduld in seiner Stimme zu zügeln.

»Wir rufen alle Unternehmen an und fragen nach Proben, die letzten Freitag oder Samstag eingegangen sind. Mia wurde Donnerstag entführt, früher können sie nicht angekommen sein. Wenn diese Proben bereits ausgewertet sind, lassen wir uns die Ergebnisse schicken und vergleichen sie mit Mias DNA.«

»Und das funktioniert?«, fragte Bettina.

Fiona Lee zuckte mit den Schultern. »Es ist nicht trivial, aber wenn eine der Proben von Mia Zacharias stammt, finde ich das heraus.«

»Okay«, sagte Thal. »Und dann?«

»Jetzt wird es ja erst interessant.« Quandt grinste wie ein Honigkuchenpferd. »Erstens hätten wir in so einem Fall eine Adresse, irgendwohin muss das Gutachten ja geschickt werden.«

Bettina zog die Luft geräuschvoll ein. »Wir könnten einen von uns als Postzusteller ...«

»Zu gefährlich«, wischte Quandt diesen Vorschlag vom Tisch. »Das Wichtigste ist, dass wir Mia nicht gefährden –

und das geht auf andere Art viel besser.« Er bekam das Grinsen immer noch nicht aus dem Gesicht.

»Nun sag schon!« Bettina hielt ihre Tasse schräg, Thal fürchtete, sie würde die Milch vergießen, aber sie folgte Quandts Vortrag so gebannt, dass sie Thals entsprechende Geste nicht bemerkte.

»Ganz einfach«, sagte Quandt. »Angenommen, Mia hat keinen Gendefekt. Dann lassen wir das Gutachten verschicken. Wenn aber der Gendefekt vorliegt, veranlassen wir den Versand eines falschen Gutachtens, in dem Mia attestiert wird, unbeschädigte BRCA-Gene zu haben.«

»Ein gefälschtes Gutachten!«, rief Thal. »Genial. So bringen wir Rita Engels dazu, Mia Zacharias lebend freizulassen.«

»Vorausgesetzt, dass unsere Annahmen stimmen und unser schönes Theoriegebäude nicht in sich zusammenkracht.« Bettina senkte den Kopf, als schämte sie sich dafür, die Stimmung kaputtgemacht zu haben.

»Wir haben recht!«, sagte Quandt trotzig. »Daran habe ich nicht den geringsten Zweifel.«

»Ein Labor liegt übrigens vor der Haustür.« Fiona Lee hielt ein Blatt Papier in die Höhe. »In Kreuzlingen.«

»Nicht schon wieder in der Schweiz«, stöhnte Bettina. »Wir bekommen doch niemals die Genehmigung für eine Befragung, geschweige denn für eine Durchsuchung.«

»Das schauen wir uns trotzdem an«, sagte Thal. »Wozu haben wir eine Eidgenossin im Team?«

Dreiundfünfzig

»Welcher Einheit gehören Sie noch einmal an, Frau Veicht?«

Madlaina senkte den Kopf. Sie hatte einmal gelesen, dass man einen Lügner daran erkennt, dass er im Moment der Lüge nach oben schaut.

»Kantonspolizei St. Gallen, aber wir arbeiten im Moment den deutschen Kollegen zu.«

Sie hob den Blick wieder und schaute Urs Riggenbach so fest wie möglich in die Augen. Zweifelte er an ihrer Aussage? Der Mann hatte derart kleine Schweinsäuglein in einem von Fett- und Alkoholexzessen aufgedunsenen Gesicht, dass sie keine Regung erkennen konnte.

Riggenbach war der Leiter des ›Privatlabor Dr. Kreuzer und Sohn‹ in der Kreuzlinger Hauptstraße, die von Jahr zu Jahr verwaister war. Wegen des starken Franken wanderte die Kundschaft über die Grenze, Konstanz und der kleinere Schweizer Nachbar waren im Prinzip eine Stadt. Die Folge war das Massensterben des Einzelhandels auf Schweizer Seite. Die Geschäftsräume standen leer und so musste ein Immobilienbesitzer froh sein, wenn er ein Ladengeschäft in Eins-a-Lage an ein Labor vermieten konnte, das keinerlei Laufkundschaft anzog. Es war ein Teufelskreis.

Madlaina wedelte mit einer Broschüre, die ihr die Empfangssekretärin ausgehändigt hatte, als sie auf Riggenbach wartete. »Wenn ich das richtig verstehe, haben Sie sich in erster Linie auf Vaterschaftstests spezialisiert.«

Riggenbach schüttelte den Kopf, was seinen gesamten Körper in Bewegung brachte. Die Fettringe um seinen Bauch gerieten in wellenartige Bewegungen. »Vaterschaftstests sind selbstverständlich ein wichtiger Bestandteil unseres Angebots. Die Nachfrage ist nach wie vor groß, aber wir bieten das gesamte Spektrum der DNA-Analysen an.«

»Und Ihre Auftraggeber ...«

Riggenbach ließ sie nicht aussprechen. »... sind sowohl Ärzte wie Privatleute.«

Die Frage, ob am Donnerstag oder Freitag ein Auftrag zur DNA-Analyse auf Brustkrebs eingegangen war, traute sich Madlaina noch nicht zu stellen. Sie war sich immer noch nicht sicher, ob der Laborchef ihr abgekauft hatte, dass sie für die St. Galler Polizei arbeitet. Er hatte sich keinen Ausweis zeigen lassen, aber das konnte er jederzeit nachholen. Nein, es war besser, sie fiel nicht gleich mit der Tür ins Haus.

»Wie läuft eine DNA-Analyse ab? Sie müssen wissen, ich bin eine naturwissenschaftlich völlig unbedarfte Frau.«

Madlaina probierte es mit einem Augenaufschlag. Riggenbach verzog das Gesicht zu einem Lächeln. Er legte seine Hand auf ihren Oberarm. Sie glaubte, den Schweiß durch den Stoff fühlen zu können. »Dann kommen Sie«, sagte er. »Ich zeige es Ihnen.«

Riggenbach führte Madlaina in eine Schleuse, in der sie sich Schutzkleidung anziehen mussten, was für ihn einer anstrengenden Leibesübung gleichkam.

Das Labor bestand aus mehreren Räumen, in denen die verschiedenen Arbeitsschritte eine Genanalyse durchgeführt werden konnte.

»Am besten, wir machen das an einem praktischen Beispiel«, schlug Riggenbach vor.

»Gute Idee.« Madlaina schmachtete ihn an. »Wie wäre es mit einer Analyse auf Brustkrebsgene?«

»BRCA«, sagte Riggenbach. »Schau'n wir mal, ob wir da aktuell etwas haben.« Er tippte auf einer Computertastatur herum. »Perfekt. Wir haben hier einen Auftrag von Mittwoch, der ist jetzt soweit aufbereitet.«

»Was meinen Sie mit aufbereitet?«, fragte Madlaina und gab weiterhin das Naivchen.

»Im Prinzip müssen wir die DNA zunächst einmal isolieren, wir bekommen sie ja nicht in reiner Form geliefert.«

Hatte schon das Kopfschütteln Riggenbachs Körper in Wallung versetzt, war der Anblick beim Lachen bedrohlich. Madlaina schaute sich lieber im Raum um. Fünf Laboranten, zwei Männer und drei Frauen, arbeiteten konzentriert mit verschiedenen Geräten. Niemand sprach. Lag das an der Anwesenheit des Chefs oder vertrug sich eine Unterhaltung nicht mit der notwendigen Konzentration.

Madlaina hatte keine Lust darauf, von Riggenbach den kompletten Ablauf des Verfahrens zu erfahren, deshalb brachte sie einen Punkt zur Sprache, den sie beim FBI immer wieder diskutiert hatten. »Kommt es eigentlich oft vor, dass Sie sich irren?«

»›Errare humanum est‹, sagt der Lateiner.« Riggenbach hatte Mühe, sich unter Kontrolle zu halten und nicht grundlos zu lachen. Seine Augen tasteten derweil Madlaina Körper ab. Am längsten verweilten sie auf ihren Brüsten, sie konnte den Reflex unterdrücken, die Arme zu verschränken. »So ist es natürlich auch bei uns. Aber ich kann sagen, dass in den letzten fünf Jahren nicht eine einzige Fehldiagnose bekannt geworden ist.«

»Bekannt geworden oder vorgekommen?«

Riggenbach war aus dem Konzept gebracht. »Nun ja ... Bei Analysen im Privatauftrag gibt es kein Kontrollverfahren. Das ist bei Proben aus Kliniken anders, da wird in eine

A- und eine B-Probe getrennt und beide werden analysiert.«

»Dann wissen Sie doch zumindest dort, wie oft die Analysen der beiden Proben voneinander abweichen. Diese Prozentzahl an Fehlern könnte man dann auch für die Privataufträge als gegeben annehmen, oder nicht?«

Madlaina strahlte Riggenbach an, der nach Worten rang. »Nun ja ...«

»Ist auch nicht so wichtig«, sagte sie. »Vielleicht zeigen Sie mir noch, wie das endgültige Ergebnis unserer Beispielanalyse aussieht.«

Der Laborchef ruderte mit den Armen. »Kommen Sie.«

Er watschelte erstaunlich schnell in den benachbarten Raum, der angefüllt war mit Apparaten, Computern und Bildschirmen. Das leise Surren der Klimaanlage war das einzige Geräusch. »Schauen wir mal, wer die Analyse auf dem Schirm hat.« Riggenbach blätterte in den Papieren auf einem Klemmbrett. »Hier habe ich es ja. Frau Ornelli.« Er näherte sich dem zweiten Tisch auf der linken Seite. »Signora!«, flötete er. Die Mitarbeiterin hatte einen Kopfhörer auf und hörte nichts. »Signora«, rief Riggenbach etwas lauter und berührte die Frau am Arm. Die Laborantin erschrak derart, dass ihr der Kugelschreiber aus der Hand fiel, mit dem sie ein Papier abzeichnete.

»Doktor ...!« Sie griff sich theatralisch an die Brust. »Doktor, Sie wissen doch ...«

Riggenbach drehte sich zu Madlaina um. »Signora Ornelli kann sich nur mit Musik konzentrieren.« Er wandte sich wieder an die attraktive Mittdreißigerin, die mit einer routinierten Handbewegung den Sitz des Haarnetzes kontrollierte, das ihre schwarze Haarpracht kaum bändigen konnte.

»Verdi, richtig?«, fragte Riggenbach und wurde mit einem strahlenden Lächeln belohnt.

Konnte es sein, dass die beiden etwas miteinander hatten? Die rassige Italienerin und der Schweizer Pfannkuchen? Madlaina verdrängte die Bilder, die sich in ihrem Kopf breitmachten.

»Frau Veicht würde gerne wissen, wie das Ergebnis der Untersuchung 3-419-16 aussieht.«

Die Laborantin drehte ihren Stuhl langsam zum Bildschirm und suchte die entsprechende Datei. »Hier haben wir es.« Sie scrollte durch eine lange Zahlenkolonne. »BRCA1 ist unauffällig. BRCA2 ebenfalls.«

»Das heißt ...«

»Dass wir dieser Kundin eine gute Nachricht übermitteln werden. Ihr Risiko, an Brustkrebs zu erkranken ist genetisch nicht erhöht.«

»Danke für diese Erklärung.« Madlaina atmete tief durch. Sie wollte die entscheidende Frage so beiläufig wie möglich stellen. »Haben Sie am vergangenen Donnerstag oder Freitag einen Auftrag zur BRCA-Analyse bekommen?«

Riggenbach stand dicht hinter seiner Mitarbeiterin Ornelli, sie musste seine Körperwärme spüren. »Schauen Sie kurz nach, Signora?«

Wieder tippte die Italienerin mit ihren schlanken Fingern auf der Tastatur herum. »Nein. Die Analyse vom Mittwoch ist die einzige.«

Madlaina atmete tief aus, um ihre Enttäuschung zu verbergen.

Vierundfünfzig

»Warum taucht sie nicht auf?«

Schober trommelte nervös mit den Fingern auf der Tischplatte herum. Er machte Thal noch verrückt mit seiner Unruhe. Warum konnte er sich nicht wie früher auf die administrativen Dinge konzentrieren und sie ihre Arbeit tun lassen?

»Es ist erst elf Uhr«, sagte Thal. »Sie hat die Wohnung erst ab zwölf Uhr gemietet, das wissen Sie doch.«

Schober schaute auf. Er hatte den Tadel in der Stimme seines Hauptkommissars bemerkt.

»Espresso?«, fragte Thal, um seinen Fehler wiedergutzumachen.

»Gerne!« Schober strahlte jedes Mal, wenn er ihn zu einem Kaffee einlud. Er war selbst zu geizig, sich eine gute Maschine anzuschaffen. Thal war froh, dass er etwas tun konnte. Das Ritual der perfekten Espressozubereitung würde ihn entspannen. Es war schon sein dritter an diesem Tag, es stand zu befürchten, dass er heute nicht mit den üblichen fünf Tassen auskommen würde.

»Wie viele SEK-Leute haben wir bei der Wohnung in Litzelstetten?«

Thal füllte die Bohnen in die Mühle und schaltet sie an. Das laute Brummen machte ein Gespräch unmöglich. So dauerte es eine halbe Minute bis er dem Imam antwortete. »Zwei Kollegen sind in der Wohnung. Die SEK-Männer sind speziell für Zugriffe dieser Art ausgebildet. Außerdem warten noch weitere Leute im Hausflur.«

Thal füllte den Siebträger mit dem fein gemahlenen Kaffeepulver, schraubte ihn in die Maschine und stellte die

Tassen unter die Ausläufe. Er betätigte den Schalter und das sanfte Brummen kündigte den kommenden Genuss an.

»Die Warterei ist das Schlimmste«, sagte Schober. Thal stimmte ihm nickend zu. Wie viel Zeit hatte er im Laufe seines Kriminalistenlebens damit zugebracht, auf das Erscheinen eines Tatverdächtigen zu warten. Manchmal war er aufgetaucht, genauso oft aber auch nicht. Das durfte heute auf keinen Fall passieren.

Die Pumpe der Kaffeemaschine stoppte. Thal wartete noch ein paar Sekunden, bis die letzten Tropfen in die Tassen gefallen waren.

»Bitte sehr!«, sagte er und servierte Schober den Espresso. Er selbst gab einen halben Löffel Zucker in die Tasse, während sich der Kriminaldirektor zwei gehäufte Löffel hineinschaufelte.

»Immer noch Ihre köstliche Spezialröstung aus der kleinen Kaffeerösterei am Stephansplatz?«

Thal nickte. Für Schober würde es auch ein Billigkaffee aus dem Supermarkt tun. Hauptsache süß.

Schober stürzte den Kaffee in einem Zug herunter und leckte sich demonstrativ die Lippen.

»Irgendetwas Neues bezüglich der Laboruntersuchungen?«, fragte er.

»Leider nein. Der Kollege Quandt ist mit der Rechtsmedizinerin Lee immer noch dabei, Ergebnisse abzugleichen.«

Es war die erwartete Sisyphusarbeit. Thal hätte nicht gedacht, dass es so viele positive Ergebnisse bei den Brustkrebsanalysen gab.

Fiona Lee hatte dafür eine einfache Erklärung. »Man gibt so eine DNA-Analyse ja nicht ohne Grund in Auftrag. Meistens gibt es mehrere Erkrankungen von nahen Verwandten, bevor man ein Labor beauftragt. Da ist es normal, dass in vielen Proben Gendefekte festgestellt werden.«

Sie hatten über vierzig Proben, bei denen die BRCA-Gene beschädigt waren. Vierzig Proben, die sie mit der DNA von Mia Zacharias vergleichen mussten. Das dauerte seine Zeit, zumal Fiona Lee auf keinen Fall einen Fehler machen wollte. Bisher hatten sie keine Übereinstimmung gefunden. Keine der Proben stammte von Mia.

Es klopfte an der Tür und Madlaina stürmte herein. Wie immer, wenn sie einen Raum betrat, schien sich die Atmosphäre schlagartig zu ändern. Es war, als verdichtete sie die Luft mit ihrer Präsenz.

»Oh, Entschuldigung«, sagte sie. »Ich wollte nicht stören.«

»Komm rein«, sagte Thal. »Wir sprechen gerade über den Einsatz in Litzelstetten.«

»Sie ist also noch nicht aufgetaucht?«

Thal schüttelte den Kopf.

»Haben wenigstens Sie etwas Konstruktives beizutragen, Frau Veicht?«

Thal wusste, dass der Imam bei Madlaina zwischen Bewunderung und Ablehnung schwankte. Einerseits konnte er sich ihrer Ausstrahlung genauso wenig entziehen wie die anderen, andererseits war sie ihm als Musikerin suspekt. Rockmusik war ihm ein Graus. Und dass sie eine Beziehung zu seinem leitenden Hauptkommissar hatte, mit ihm sogar die Wohnung teilte, machte die Sache nicht besser.

»Das Labor in Kreuzlingen hat keinen Auftrag, der zu unserem Profil passt. Insofern diente der Ausflug nur dazu, meine Kenntnisse über das Panoptikum männlicher Existenzen zu erweitern.«

Schober legte seine Stirn in Falten. Er konnte mit solchen Sätzen nichts anfangen. Thal hingegen lachte los. »So schlimm?«, fragte er.

»Schlimmer!«

Für ein paar Sekunden herrschte Heiterkeit. Rita Engels war weit weg. Genauso wie die Angst um Mia Zacharias.

»Immerhin konnte ich mich davon überzeugen, dass kein einziges Plakat der Bürgerinitiative mehr hängt«, beendete Madlaina die ausgelassene Stimmung. »Da habt ihr gute Arbeit geleistet.«

»Das war ausschließlich Bettinas Werk«, sagte Thal. »Sie kann gut mit Abel.«

»Das habe ich schon bemerkt«, sagte Madlaina zu seiner Verwunderung. Sie war bei keinem Treffen mit dem Anwalt dabei gewesen. Hatten sie mit Bettina darüber gesprochen? Oder war es weibliche Intuition?

Schober schaute von Thal zu Madlaina und zurück. Er verstand nicht, um was es ging. »Ich gehe dann besser mal. Wir müssen ja darauf vorbereitet sein, dass die Presse eine Erklärung von uns verlangt. Wie auch immer ...«

Er stand auf und verließ den Raum mit schwerfälligen Schritten.

»Gott sei Dank«, sagte Thal. »Ich dachte schon, der geht nie mehr.« Er zog Madlaina an sich heran und gab ihr einen Kuss. Manchmal ertappte er sich dabei, dass er in solchen Momenten zu Leahs Porträt schielte. Heute genoss er nur die Wärme.

»Weißt du was«, sagte er, während er die Kaffeetasse wegräumte. »Ich kann hier nicht länger rumsitzen und warten. Ich fahre nach Litzelstetten und warte auf die Engels.«

»Nimm Bettina mit«, sagte Madlaina. »Wenn sie das Baby dabei hat, ist es gut, wenn eine erfahrene Mutter vor Ort ist.«

Fünfundfünfzig

»Sie bleiben im Hintergrund!«

Borowskys Stimme klang, als hätte er die vergangene Nacht durchgesoffen und dabei eine Zigarre nach der anderen geraucht. Der Einsatzleiter des SEK war bei den Ermittlern nicht gerade beliebt. Er hatte eine klare Vorstellung davon, wie ein Zugriff unter seiner Leitung abzulaufen hatte – und die hieß: ohne Beisein der örtlichen Kommissare.

Am liebsten hätte Bettina dem Typen ihre Meinung gegeigt, aber Thal machte eine beruhigende Handbewegung.

Sie warteten jetzt schon eine Stunde auf Rita Engels. Die Stimmung hatte sich in dieser Zeit nicht gebessert, was nicht zuletzt an dem leichten Nieselregen lag. Die Feuchtigkeit hing in den Kleidern, wenn sie noch lange hier stehen würde, wären sie bis auf die Haut durchnässt.

Ein etwa einhundert Meter entfernt in einem Hauseingang stehender SEK-Mann hob den Daumen in ihre Richtung. »Sie kommt«, konnte Bettina von seinen Lippen ablesen. Vorsichtig schob Bettina ihren Kopf hinter der Gartenhecke hervor. Sie hatten freien Blick auf das Haus, in dem sich die Ferienwohnung befand, die von einer Ann-Christin Pollet gemietet worden war, hinter der sich Rita Engels verbarg.

»Scheiße«, flüsterte Thal. »Sie hat kein Kind dabei.«

»Und jetzt?«, fragte Bettina. Sie hoffte, dass er die Antwort wusste, doch er zuckte nur die Schultern.

Die Frau war jung, höchstens fünfundzwanzig Jahre alt. Sie trug viel zu leichte Sommerkleidung für diesen kühlen Tag, wenigstens hielt sie einen Regenschirm in die Höhe.

Es gab zwei Möglichkeiten. Sie konnten die Frau observieren und hoffen, dass sie sie über kurz oder lang zu Mia Zacharias führte. Dabei lag in den Worten ›über kurz oder lang‹ die ganze Dramatik verborgen. Sie wussten nicht, wo sie das Kind versteckte. War es dort sicher oder war es in Lebensgefahr? Lebte es überhaupt noch?

In ihrem Kopfhörer knackte es. »Zielperson betritt die Wohnung«, meldete sich Borowsky. »Allein. Kein Kind.«

Das haben wir auch gesehen, brummte Thal.

»Erwarte Anweisung«, sagte der SEK-Mann, als wollte er damit Thal eins auswischen, indem er ihm den Schwarzen Peter zuschob.

Thal schaute Bettina in die Augen. Sie nickte.

»Zugriff«, rief Thal und sprang auf. Bettina hatte Mühe, ihm zu folgen. Woher kam auf einmal diese Vitalität. Sie rannten die Stufen in die zweite Etage hinauf. Die Wohnungstür stand offen.

»Liegen bleiben!«, brüllte ein SEK-Mann. »Hände hinter den Kopf!«

Bettina folgte Thal, der in das Zimmer stürmte, aus dem die Stimme kam.

Die Frau lag auf dem Boden, ihre Hände, die sie auf den Hinterkopf hielt, vollführten einen zittrigen Tanz. Das rechte Bein ihrer leichten Sommerhose war nach oben gerutscht, eine rot leuchtende Narbe zog sich quer über den Unterschenkel.

»Schon gut«, sagte Thal und schob den SEK-Mann nach hinten. Er reichte der Frau die Hand und zog sie nach oben. Sie schaute sich mit hektischem Blick im Zimmer um. Wog sie die Chancen für einen Fluchtversuch ab? Angesichts der bis an die Zähne bewaffneten Polizisten würde sie nicht weit kommen. Sie atmete stöhnend aus.

»Was soll der Scheiß?« Sie sprach mit einem Akzent, den Bettina nicht sofort zuordnen konnte. Thal zog die Augenbrauen zusammen.

»Name?«, fragte er.

»Ann-Christin Pollet«, sagte die Frau und reckte den Kopf nach oben.

»Können Sie sich ausweisen?«

»Selbstverständlich.« Sie griff in die Manteltasche.

Der SEK-Mann hinter Thal hob sein Gewehr. »Ganz langsam.«

Mit zitternden Fingern reichte sie Thal eine Identitätskarte.

Thal warf einen Blick darauf. »Sie sind Belgierin?«

»Ich bin Flämin«, sagte sie trotzig. »Für meinen französischen Namen ist mein Mann zuständig. Der kommt aus Marseille.«

Thal reichte die Karte an den SEK-Mann. »Überprüfen.« Er zog ein Handy aus der Tasche und begann, die Daten durchzugeben.

»Wo ist das Baby?«, fragte Thal.

»Was geht Sie das an?«

»Sie geben also zu, dass sie die drei Säuglinge entführt und ...«

»Haben Sie sie nicht mehr alle?«

Bettina spürte, dass die Vernehmung aus dem Ruder lief. »Sie waren zuletzt in einer Ferienwohnung in der Konstanzer Katzgasse, richtig?«

Die Frau nickte.

»Mit einem Kind. Der Nachbar hat das Geschrei gehört.«

»Und die Polizei informiert?« Sie schüttelte den Kopf. »Ich fasse es nicht. Man erzählt sich bei uns in Belgien, dass ihr Deutschen kinderfeindlich seid, aber das hätte ich nicht gedacht.«

»Sie waren also mit einem Kind unterwegs. Wo ist es jetzt?«

»Wieder bei meiner Schwester.«

»Was hat es dort zu suchen?«

Die Frau rang sichtlich um Fassung. »Was für eine Frage. Bei der Mutter ist ein Kind ja wohl am besten aufgehoben, oder?«

Der SEK-Mann reichte Thal den Ausweis. »Die Frau ist sauber.«

»Verdammte Scheiße«, rief Thal.

»Was Sie nicht sagen!« Ann-Christin Pollet hatte Mühe, sich zurückzuhalten. Bettina spürte, dass sie Thal am liebsten an die Gurgel gegangen wäre.

»Sie hatten also das Kind Ihrer Schwester bei sich, als Sie in der Katzgasse abstiegen.«

»Sag ich doch«

»Warum?«

Ann-Christin Pollet atmete tief durch. »Es geht Sie nichts an.«

Sie schien kurz zu überlegen. »Aber wenn ich Sie dann loswerde ... Meine Schwester hatte ein Date mit ihrem Geliebten. Da stört so ein Kind, das verstehen Sie sicher.« Sie grinste Bettina an.

»Sie haben sich also um das Kind Ihrer Schwester gekümmert, während die sich mit einem Mann vergnügte.«

»Sie haben's erfasst.«

»Und warum ziehen Sie dann jetzt wieder in ein Apartment und wohnen nicht bei Ihrer Schwester?«

»Weil mein Schwager, dieses Ekel, heute von einer Dienstreise zurückkommt. Der Typ hasst mich wie ich ihn.

Außerdem würde er sofort Lunte riechen, dass irgendetwas nicht stimmt. Nein, ich musste da weg. Morgen fahre ich nach Hause.«

»Nach Lüttich?«, fragte Bettina.

»Sie sagen es.«

Thal reichte Ann-Christin Pollet ihren Ausweis. »Nichts für ungut«, sagte er und ging mit gesenktem Kopf zur Tür.

Sie waren keinen Schritt vorangekommen.

Wo war Mia?

Lebte sie noch? Oder würden sie wieder vor einer viel zu kleinen Leiche auf einem viel zu großen Obduktionstisch stehen?

Sechsundfünfzig

Thal klatschte sich zwei Hände voll eiskalten Wassers ins Gesicht. Aus dem Spiegel schaute ihm ein alter Mann entgegen. Die Furchen um seinen Mund waren tiefer geworden, die Augen lagen schwarz umrandet in ihren Höhlen. Er brauchte Schlaf. Urlaub. Am besten beides. Dieser Fall machte ihn fertig. Sie tappten im Dunkeln, während ihnen die Zeit davon lief. Wann traf die Täterin die Entscheidung, ob sie das Kind leben ließ oder es tötete? Heute? War es vielleicht schon geschehen? Wann füllte sie das Gift in die Flasche und schüttelte die Milch, damit das Pentobarbital sich gut verteilte? In diesem Augenblick? Nein! Sie hatte sich bisher immer an einen klaren Ablauf gehalten. Die Kinder wurden am Dienstag gefunden, also morgen. Sie hatten noch ein paar Stunden Zeit – aber was nützte ihnen das? Sie hatten keinen Ansatz für die Suche nach der Frau, die Mia Zacharias aus der Klinik entführt hatte.

Die Geschichte von Ann-Christin Pollet schien zu stimmen. Ihr belgischer Identitätsnachweis war echt, sie lebte tatsächlich in Lüttich. Ihre Reiseroute war ebenfalls plausibel und nachvollziehbar. Bettina versuchte, die Schwester der Frau zu erreichen, eine kleine Hoffnung blieb also noch.

Thal trocknete sich das Gesicht und die Hände, warf noch einen Blick in den Spiegel und brachte das Sakko mit einem Ruck an den Revers in Form. Nach einem tiefen Atemzug verließ er den Waschraum. Auf dem Flur des Präsidiums herrschte die übliche Betriebsamkeit. Beamte liefen von Büro zu Büro, ein uniformierter Kollege brachte einen sichtlich geknickten jungen Mann zum Verhör. Irgendwo gab es eine lautstarke Auseinandersetzung in einer Sprache, die Thal nicht kannte. Polizeialltag. Wie die Entführungsfälle auch. In ein paar Wochen wären sie nur noch ein Aktenzeichen. Die Eltern würden mit dem Tod ihres Kindes leben müssen, wenn alle anderen Menschen in der Stadt längst zur Tagesordnung übergegangen wären. Sein Team würde längst einem anderen Verbrecher hinterherjagen und von ihm erwarten ... Ja, was eigentlich? Führung? Orientierung? Konnte er ihnen das noch geben oder war er ausgebrannt? Wäre es nicht besser, er schlüge Schober vor, Bettina zur Leiterin des Kommissariats zu machen? Sie hatte längst genug Erfahrung, um das Team zu führen. Er wusste, dass sie ihre Aufgabe glänzend erledigen würde. Und er? Lebte glücklich und zufrieden als Pensionär, hatte endlich Zeit, seinem Boot die Schönheiten des Sees zu zeigen oder konnte neue Ufer irgendwo anders auf der Welt entdecken. Madlaina würde mit der ›Olsenbande‹ durch Europa touren und er folgte ihr in dem alten Chevy. Er seufzte. Alles nur Lügen und Schimären, dachte er. So viele Lügen.

Er stieß die Tür zum Besprechungsraum auf.

»Ist dir nicht gut?« Bettina hob die Augenbrauen. »Du siehst aus wie der wandelnde Tod.«

»Alles in Ordnung«, sagte er. »Ich brauche nur dringend mal neun Stunden Schlaf am Stück.«

»Wem sagst du das?«, erwiderte Bettina und deutete aufs Telefon. »Ich habe gerade mit Grit Verlinden gesprochen.«

»Wer zum Teufel ist denn das schon wieder?«, fragte Thal und winkte im gleichen Augenblick ab. »Die Schwester, richtig?«

Bettina nickte. »Sie hat Ann-Christin Pollets Aussage in allen Einzelheiten bestätigt.«

»Das heißt, die Frau hat tatsächlich das Kind ihrer Schwester gehütet, während sie sich mit ihrem Liebhaber vergnügte?«

»So ist es, einschließlich der Begründung, warum ihre Schwester in die Ferienwohnung ziehen musste. Diese Frau Verlinden scheint Todesangst vor ihrem Mann zu haben, der zudem seine Schwägerin hasst.«

»Alles zurück auf Los.«

Thal ließ sich in einen Stuhl fallen. Auf dem Tisch vor ihm standen zwei Flaschen Krating Daeng. Ob er das Zeug probieren sollte? Quandt schwor darauf und der Kollege machte den frischesten Eindruck von allen, sah man von seiner zerknitterten Kleidung, dem Dreitagebart und dem gehetzten Blick ab, mit dem er von einem zum anderen schaute.

»Wir haben leider auch keine besseren Nachrichten«, sagte er und nickte Fiona Lee zu, die ermattet in ihrem Stuhl hing.

»Wir haben mit allen Labors gesprochen. Es war erstaunlich, wie viele BRCA-Tests sie durchführen. Fast fünfzig Testergebnisse haben wir abgeglichen, keine der Proben stammte von Mia Zacharias.«

»Das darf doch alles nicht wahr sein!« Stephanie schleuderte das Papier eines Schokoriegels auf den Tisch. Sie schaffte es nicht mehr, Tränen der Wut zurückzuhalten. Der Oberkörper kippte nach vorne, sie vergrub den Kopf in den Händen und schluchzte. Bettina hockte sich neben sie und nahm sie in den Arm. Thal schämte sich. Wie konnte er darüber nachdenken, sich aus der Verantwortung zu stehlen, während seine Leute an die Grenzen ihrer Belastungsfähigkeit gingen? Und darüber hinaus.

»Fünf Minuten Pause«, sagte er und ging in sein Büro. Er öffnete eine Flasche Wasser und leerte sie in einem Zug. ›Wasser ist Leben‹ stand auf dem Etikett. »Und das Leben ist wie Wasser, das in der Wüste verrinnt«, sagte er zu sich selbst. Es klopfte an der Tür.

»Thal?«

Schober! Der hatte ihm gerade noch gefehlt.

»Ich habe die Eltern von Mia Zacharias bei mir im Büro. Dazu diese Schriftstellerin und den Anwalt. Was soll ich ihnen sagen?«

Die Verzweiflung des Kriminaldirektors war unüberhörbar. Er stand wie geknickt in der Tür und wackelte mit dem Kopf.

»Sagen Sie ihnen, dass wir ihre Tochter finden werden. Was denn sonst?«

»Ist es die Wahrheit?«

»Es ist die Polizistenwahrheit. Wenn wir nicht mehr daran glauben, sollten wir den Job an den Nagel hängen.«

Thal ging zur Tür und drängte den Imam zu Seite. »Und jetzt entschuldigen Sie mich bitte.«

Im Besprechungsraum hatte sich die Stimmung nicht gebessert. Thal trat ans Whiteboard, nahm einen roten Stift und malte einen dicken Kringel um den Namen Rita Engels.

»Zweifelt jemand daran, dass sie die Täterin ist?«, fragte er.

Niemand sagte etwas. Alle ließen die Köpfe hängen.

»Okay, es geht euch also wie mir. Rita Engels ist der einzige Name, der uns im Moment weiterbringen kann. Ihr Motiv liegt allerdings im Unklaren. Die Theorie, dass sie Kinder mit Gendefekt tötet, konnten wir nicht beweisen. Vielleicht hat die wahnsinnige Aktion gar nichts damit zu tun.

Es kann Zufall sein, dass Lina Waldvogel und Mia Zacharias die gleiche genetische Veranlagung haben.«

»Das würde bedeuten ...« Stephanie traute sich nicht, den Satz zu vollenden. Thal lächelte sie an.

»Genau! Es ist nicht bewiesen, dass sie Mia Zacharias töten wird. Der Tod von Lina Waldvogel kann einen anderen Grund haben. Er kann sogar ein nicht geplanter Unfall gewesen sein.«

Thal straffte den Rücken und blickte von einem zum anderen. Er tippte auf den rot umrandeten Namen. »Finden wir Rita Engels!«

Siebenundfünfzig

Der Himmel war wieder klar, die Sonne kam zum Vorschein und mit ihr die Spaziergänger, die den Seeburgpark bevölkerten. Sie senkte den Kopf. Niemand sollte die Tränen bemerken, die ihre Wangen herunterliefen. Sie hatte sie lange genug zurückgehalten. Als sie das Urteil gelesen hatte, zum Beispiel. Niemand hatte etwas bemerken dürfen. Sie hatte es geschafft, stark zu sein. Vor ein paar Minuten hatte sie ihre Selbstbeherrschung verloren. Sie kam am ›Alti Badi‹ vorbei, das heute als Hafenrestaurant diente. Lachen brandete ihr entgegen. Eine Großfamilie hatte mehrere Tische zusammengestellt. Großeltern, Eltern, Tanten, Onkel. Kinder rannten zwischen den Tischen umher. Zwei Kinderwagen blockierten die Wege, was der Ober nur mit einem Lächeln quittierte. Eine Mutter beugte sich über einen Wagen und hob einen Säugling heraus. Sie hielt ihn den anderen entgegen wie eine Trophäe. Seht her! Das ist mein Kind! Das ist die Zukunft der Welt!

Sie hatte diesen Augenblick kaum ertragen, denn als Einzige sah sie das Leid, das verdeckt in der Zukunft wartete. Keiner machte sich Gedanken darüber. Sie lebten im Hier und Jetzt, als gäbe es kein Morgen. Dabei lag die Zukunft nicht im Dunkeln, sie war immer schon in der Gegenwart vorhanden. Man musste sie nur lesen können.

Sie konnte es. War es Segen oder Fluch? Vor zwei Stunden hätte sie keine Antwort geben können. Jetzt lautete sie: Es war ihr Verderben.

Sie beschleunigte ihre Schritte und bog nach rechts Richtung Yachthafen ab. Wie es der Kleinen wohl ging? Sie hatte sich vier Tage um Mia gekümmert, als sei sie die Mutter.

Sie schluckte. Sie durfte dieses Wort nicht denken. Es verbot ihr, die Aufgabe zu erfüllen, vor der sich alle anderen drückten.

Die Trauer legte sich wie ein Band um ihre Brust. Sie hatte Schwierigkeiten, die Lunge mit Luft vollzupumpen. Die Schritte wurden schwerer, sie ging langsamer. Sie hatte noch Zeit, obwohl der Plan keine Rolle mehr spielte. Vielleicht sollte sie das Unausweichliche sofort in Angriff nehmen. Sie würde einen Tag der Ruhe gewinnen, den sie dringend brauchte. Einen Tag, den sie verschlief, damit Körper und Geist die Frische zurückbekamen, die sie vermisste.

Sie betastete mit der Hand die Tragetasche. Die Verpackung knisterte. Sie hatte das Taufhemd noch nicht ausgepackt, es steckte noch immer in der Plastikhülle, als wäre sie ein Schutz vor der Wirklichkeit.

Das Medikament war an seinem Platz.

In einer halben Stunde würde sie den Motor starten und losfahren. Danach würde sie allein sein mit ihrem Schützling. Niemand konnte sie stören.

Sie wischte sich die Tränen mit einem Taschentuch aus dem Gesicht und hielt es der Sonne entgegen. Es war ihr letzter Sommer, er würde angefüllt sein mit Hoffnung und Trauer. Wie das Leben.

Achtundfünfzig

›Finden wir Rita Engels!‹ Bettina schüttelte den Kopf. Thal hatte ihnen Mut machen wollen, das war klar. Es bedurfte allerdings mehr als nur eines emotionalen Aufrufs, um das Team anzutreiben. Sie wussten immer noch nicht, wo sie anfangen sollten. Quandt schlug sogar vor, die Bürgerinitiative ins Boot zu holen. Die Belohnung war groß genug, um die Menschen auf die Jagd zu treiben.

»Wir brauchen überall Augen«, sagte Quandt. »In jedem Haus, auf jedem Campingplatz, in den Straßen, auf den Plätzen.«

»Bist du verrückt!« Stephanie schaute den Kollegen mit aufgequollenen Augen an. »Du willst doch nicht ernsthaft zu Selbstjustiz aufrufen, oder?«

»Wer spricht denn davon?«, sagte Quandt. »Niemand soll Rita Engels verhaften oder ihr etwas antun.«

»Genau das wird aber passieren, wenn wir die Leute auffordern, die Frau zu suchen.«

Bettina wusste nicht, was richtig oder falsch war. In diesem Fall verschoben sich alle Bewertungen. Sie mussten das Baby retten, alles andere trat in den Hintergrund. »Diese Warterei macht mich fertig«, sagte sie. »Wir können doch hier nicht rumsitzen und warten, bis Mia gefunden wird. Tot oder lebendig.«

»Es könnte sein, dass wir keine andere Chance haben«, sagte Thal. Sie spürte, dass es ihn anstrengte, seine Stimme unter Kontrolle zu halten. Ein leichtes Zittern konnte er nicht verhindern.

Alle schauten Thal an, aber niemand sagte etwas.

»Ihr wisst das genauso gut wie ich«, sagte Thal. »Es ist nicht das erste Mal, dass wir es mit einem Täter zu tun haben, der ein unschuldiges Leben bedroht. Letztendlich müssen wir uns die Frage stellen: Was brauchen wir, um die Tat aufzuklären?«

Er schaute sich um. »Na? Keine Antwort?«

Bettina hätte Thal am liebsten das Wort verboten. Die Show war unnötig.

Quandt ging als Einziger darauf ein. »Lehrbuch der Kriminalistik, Band 1, Seite 1: Eine erfolgreiche Ermittlung basiert auf Fakten, als da sind: Spuren und wahrheitsgemäße Zeugenaussagen.«

Thal nickte. »Haben wir in diesem Fall solche Fakten?«

Quandt stöhnte. »Nein, haben wir nicht.«

»Genauso ist es. Haltet euch das immer vor Augen. Wir tappen nicht im Dunkeln, weil wir unfähig sind, sondern weil die Täterin es geschafft hat, keine Spuren zu hinterlassen und sich vor allen Zeugen zu verbergen. Das wird ihr aber nicht ewig gelingen. Sie wird Fehler machen – und das ist unsere Chance.«

»Das ist zutiefst zynisch, Alexander!« Stephanie schleuderte ihm diesen Satz entgegen. »Du rätst uns allen Ernstes, in Ruhe abzuwarten, bis diese Wahnsinnige einen Fehler macht?«

»Hast du einen besseren Vorschlag«, giftete Quandt.

»Streitet euch nicht!«, sagte Thal. »Ich will euch nicht zur Untätigkeit verdonnern. Wir werden jedem Hinweis nachgehen und sei er noch so unbedeutend.« Er macht eine Pause. Bettina wusste, dass er nach den richtigen Worten suchte. Augenscheinlich fand er sie, denn seine Mimik war von Entschlossenheit geprägt und ließ keinen Zweifel zu. »Ich möchte nur, dass ihr eins wisst. Sollten wir Mia Zacharias heute oder, was wahrscheinlicher ist, morgen tot auffinden, ist es nicht eure Schuld. Ich habe mir in den vergangenen Stunden den Kopf zerbrochen, ob wir einen Fehler gemacht haben. Ich habe keinen gefunden. Wir haben getan, was wir tun konnten. Wir hatten keinen Erfolg, aber das wird nicht so bleiben. Wir werden die Kindermörderin Rita Engels jagen. Und wir werden sie bekommen! Wenn nicht heute oder morgen, dann eben übermorgen.«

Es war totenstill im Besprechungsraum. Alle zuckten vor Schreck zusammen, als Madlaina mit der Hand auf den Tisch schlug.

»Du hast recht, Alexander. Lasst uns einfach weitermachen.«

»Dann brauchen wir dringend eine neue Theorie!« Quandt schien die nur ein paar Augenblicke zurückliegende Auseinandersetzung schon vergessen zu haben. Das ist das Vorrecht der Jugend, dachte Bettina.

»Ich glaube immer noch an unseren Denkansatz – und das nicht nur, weil wir keinen besseren haben. Trotzdem: Irgendeinen Denkfehler müssen wir gemacht haben.«

Madlaina stand auf. Wie immer, wenn sie die Konzentration auf die Spitze treiben wollte, begann sie eine Wanderung durch den Raum. »Die Labors scheiden aus«, referierte sie mehr zu sich selbst als in die Runde. »Gibt es irgendeine andere Möglichkeit, diese Tests durchzuführen?«

»Wenn man darin ausgebildet ist ...« Fiona Lee hatte den Satz nicht beendet, als ein Tumult losbrach. Stephanie Bohlmann schaffte es, das wilde Durcheinander zu beruhigen.

»Stopp! Das könnte es sein! Wenn Rita Engels in einem Labor beschäftigt ist und die Proben der Babys selbst bearbeitet, braucht sie weder den Probeneingang noch das Ergebnis der Untersuchung in die offizielle Dokumentation des Labors einfließen zu lassen.«

»So eine Art Schwarzarbeit«, sagte Quandt.

Bettina war elektrisiert. Da machten sie sich vor einer Minute gegenseitig Vorwürfe – und jetzt erwuchs aus dieser Verzweiflung eine neue Idee. Thal schien zuerst abwartend, begriff jetzt aber auch, dass sie dieser Ansatz aus der Lethargie reißen konnte. »Haben wir irgendwelche Informationen, welchen Beruf Rita Engels ausübt?«

Quandt tippte wie wild auf seinem Smartphone herum. »Nein. Nichts. Wir haben aber auch nie danach gefragt, weil wir keinen Zusammenhang gesehen haben.«

»Ermittlungsblindheit«, sagte Thal. »Wir waren so darauf fokussiert, dass sie die Proben an ein Labor schickt, dass wir keine andere Möglichkeit in Betracht zogen.«

Stephanie Bohlmann hob erneut die Hand. »Wenn Rita Engels die genetische Analyse selbst durchführt, kann das nur in einem Labor in der Nähe passieren.«

»Oder zu Hause«, sagte Fiona Lee und machte mit diesen drei Worten der Euphorie ein Ende.

»So komplizierte Analysen?«, fragte Madlaina in Erinnerung an die Gerätschaften im Labor.

»So schwierig ist das nicht«, sagte die Rechtsmedizinerin. »Wenn sie nur nach defekten BRCA-Genen sucht, braucht sie keine Hightech-Ausrüstung.«

»Eins nach dem anderen«, sagte Thal. »Versuchen wir es erst mal in Kreuzlingen.« Er nickte Quandt zu, der die Nummer bereits gewählt hatte und das Smartphone auf den Tisch legte, damit alle mithören konnten.

»Privatlabor Dr. Kreuzer und Sohn.«

»Verbinden Sie mich mit Herrn Riggenbach, bitte.«

Es dauerte fast eine halbe Minute, bis der Laborchef am Telefon war.

»Heißt eine Ihrer Mitarbeiterinnen Rita Engels?«

Riggenbach schwieg zwei Sekunden. »Nein, die gibt es hier nicht.«

Alle Ermittler im Raum stöhnten auf.

»Oder meinen Sie Rita Salomon? Sie arbeitet aber nur Teilzeit. Montags, mittwochs und freitags.«

»Sie benutzt ihren Ehenamen«, flüsterte Stephanie.

»Ist Frau Salomon noch im Labor?«

»Nein, sie ist vor gut einer Stunde gegangen.«

»Können Sir mir die Adresse geben?«

»Da muss ich Sie mit dem Sekretariat verbinden. Einen Moment.«

Mozarts ›Kleine Nachtmusik‹ dröhnte als Warteschleifenmusik und in einer schrecklich verkitschten Fassung aus dem Lautsprecher.

»Verdammt, das passt!« Thal sprang auf. »Die Entführungen finden donnerstags statt, da hat sie frei. Am Freitag nimmt sie die Proben mit ins Labor und setzt den Test an. Am Montag hat sie das Ergebnis.«

»Und am Dienstag finden wir das Baby«, ergänzte Bettina.

»Hallo!« Die Stimme der Sekretärin klang verzerrt. »Frau Salomon wohnt in Gottlieben. Ländlistraße.«

Neunundfünfzig

»Gesichert!«

»Gesichert!«

Thal stand mit Leutnant Matteo Giordano im Hausflur. Der Mann aus dem Tessin arbeitete seit fünf Jahren bei der Thurgauer Kantonspolizei in Frauenfeld. Thal hatte noch nie mit ihm zu tun gehabt, hielt ihn aber vom ersten Moment an für einen großartigen Kollegen. Matteo hatte Thals Schilderung der Situation ruhig angehört, zwei oder drei Zwischenfragen gestellt und dann in italienisch gefärbtem Deutsch gesagt: Ich bin in zwanzig Minuten vor Ort.

Als Thal mit Bettina in Gottlieben ankam, stand ein Mannschaftswagen der Polizei vor dem Gebäude, in dem Rita Engels alias Rita Salomon wohnte. Einige Anwohner schauten neugierig aus den Fenstern. Gottlieben war die kleinste Gemeinde der Schweiz und vor allem wegen der Gottlieber Hüppen bekannt, extrem süßen gefüllten Waffelröllchen. Außerdem war es einer der malerischsten Orte am Bodensee und beliebtes Ziel für einen Sonntagsausflug über die Grenze – teure Schweiz hin oder her. Kaffee und Kuchen auf der Terrasse der Drachenburg leistete sich der gut situierte Konstanzer immer noch gerne.

»Dann wollen wir mal«, sagte Matteo Giordano und rannte, zwei Stufen auf einmal nehmend, die enge Stiege ins Obergeschoss.

»Niemand da«, sagte der Schweizer MEK-Mann, der die Ermittler an der Wohnungstür erwartete. »Wir ziehen dann ab.«

Thal lehnte sich einen Moment an die Wand. Wieder nichts! Bettina streichelte ihm über die Schulter. »Lass uns reingehen.«

Rita Engels bewohnte eine Zwei-Zimmer-Wohnung. Die Räume hatten Dachschrägen mit Gaubenfenstern, durch die nur wenig Licht in die Zimmer fiel. Die Möbel im Wohnraum hatten ihre besten Tage lange hinter sich. Die Einrichtung wirkte wie ein Sammelsurium, nichts passte zusammen. Auf einer Anrichte standen ein Dutzend Fotos unterschiedlicher Größe. Alle waren in Silberrahmen gefasst, die nach Flohmarktfundstücken aussahen. Bettina nahm ein Bild in die Hand. Es zeigte eine junge Frau in einem hellen Sommerkleid. Sie saß in einem Café am See und lachte in die Kamera. Es sah aus wie ein unbeschwerter Moment, der in scharfem Kontrast zum unbehaarten Kopf der Frau stand. Ihr fehlte nicht nur das Haupthaar, sondern auch die Augenbrauen.

»Chemotherapie«, sagte Bettina. »Das könnte Annalena Salomon sein.«

»Die Tochter, die sich mit Hilfe von Exodos das Leben nehmen wollte, aber dann vor dem Termin starb?«

»Und deren Pentobarbital Rita Engels in ihrem Besitz hat.«

Auf fünf weiteren Fotos war dieselbe Frau zu sehen, die anderen Bilder zeigten Unbekannte.

Thal zog die Schubladen eines billigen Kiefersekretärs auf. In jeder lag ein Sammelsurium aus Batterien, Kabeln, Kugelschreiber, Nägeln und anderem Kleinkram, für den man noch einmal Verwendung haben könnte. In der untersten Lade lag der Reisepass von Rita Engels. Er war erst vor einem Jahr ausgestellt, das Foto musste also aktuell sein. Die Frau trug das schwarze Haar zu einem Bubikopf frisiert, der Pony endete unmodisch hoch. Die Frisur erinnerte an die Zwanzigerjahre und gab dem Gesicht einen strengen Ausdruck.

»Diese biometrischen Passbilder sind schrecklich«, sagte Thal und reichte Bettina den Ausweis. »Darauf sehen alle aus wie Aliens.«

Bettina ging ins Schlafzimmer, Thal folgte ihr. Außer einem Doppelbett, auf dem nur ein Kopfkissen und eine Decke lagen, standen lediglich eine Kommode und ein Nachtschränkchen im Raum. Thal zog die oberste Schublade auf. Unterwäsche und Strümpfe, einige Teile noch in der Verpackung, in der zweiten Schublade lagen Bettbezüge und Laken.

»Keine Kinderkleidung«, sagte Bettina.

»Hast du das erwartet?«

»Ich weiß es nicht.«

Auch im Bad fanden sie keinen Hinweis, dass Rita Engels jemals einen Säugling in dieser Wohnung versorgt hatte.

Thal ging in die Küche und öffnete den Kühlschrank. »Fast leer«, rief er.

»Die Nachbarn haben sie seit Tagen nicht gesehen oder gehört«, rief der Schweizer Kollege mit dem italienischen Akzent von der Tür. »Vermutlich sei sie in die Ferien gefahren. Sie sei aber ohnehin eine sehr ruhige Mieterin.«

»Unauffällig bis zur Unkenntlichkeit«, murmelte Thal.

Bettina nahm den Reisepass vom Tisch. »Wo zum Teufel hältst du dich auf, Rita Engels Schrägstrich Salomon?«

Berg und Thal sahen sich noch einmal in der Wohnung um, ehe sie das Haus verließen. Es war wie verhext. Noch nie waren sie der Verdächtigen so nahe wie hier und doch half es ihnen nicht weiter. Man konnte den Eindruck gewinnen, Rita Engels existierte nicht. Zumindest blieb sie für die Ermittler unsichtbar.

Thals Telefon läutete. Quandt hatte zusammen mit Stephanie Bohlmann und einem Schweizer Kollegen im Labor Rita Engels' Kolleginnen befragt. »Sie meinten, die Engels sei heute besonders schweigsam und in sich gekehrt gewesen.«

Thal fürchtete, dass dies keine gute Nachricht war. »Hat irgendjemand eine Idee, was sie heute noch vorhatte?«

»Nein. Anscheinend spricht sie nie über ihr Privatleben.«

Wäre ja auch zu schön gewesen, dachte Thal.

Vor der Tür unterhielt sich Matteo Giordano mit einem Mann, der einen Bollerwagen hinter sich herzog. »Bei dem Wetter muss man sich doch einfach freinehmen«, sagte er. »Endlich wieder raus auf den See.«

Thal hatte das Gefühl, dass sich die Welt um ihn zu drehen begann. Raus auf den See! Die Segel setzen. Ganz allein unterwegs sein. Allein!

Er fasste Bettina an den Arm, die ihn ängstlich anschaute.

»Ein Boot«, sagte Thal. »Rita Engels versteckt die Babys auf einem Boot. Mitten auf dem See stört niemand das Geschrei!«

Bettina brauchte ein paar Sekunden, bis sich der Gedanken in ihrem Kopf einnistete. Sie nickte. »Wir müssen alle Häfen und Liegeplätze überprüfen. Irgendwo muss Rita Engels ihr Boot festmachen, wenn sie an Land geht.«

»Darum sollen sich Stephanie und Jonas kümmern. Wir werden sie dort aber bestimmt nicht mehr antreffen.«

»Du meinst ...?«

Thal nickte und rannte los.

Sechzig

Thal lehnte sich im Heck des Bootes an die Reling und schaute aufs Wasser. Wann hatte es auf dem Bodensee zum letzten Mal eine derart geballte Polizeiaktion gegeben? Selbst alte Hasen konnten sich nicht daran erinnern. Boote aus Deutschland, Österreich und der Schweiz kontrollierten jedes Wasserfahrzeug, das auf dem See unterwegs war. Bettina stemmte sich gegen den Fahrtwind, sie fühlte sich nicht wohl auf dem Wasser, wollte aber nicht vom Ufer aus tatenlos zusehen müssen.

»Das ist doch aussichtslos, oder?«

Thal zuckte mit den Schultern. »Mag sein, aber es ist unsere einzige Chance.«

Bettina verstand Thals Haltung, mit der er jeder Schuldzuweisung zuvorkommen wollte. Es verletzte sie aber, dass er ihr gegenüber nicht ehrlich war. »Schon klar, Alex, aber wie viel Zeit bleibt uns noch?«

»Das weiß nur Rita Engels. Aber hast du einen besseren Vorschlag?«

Bettina schloss die Augen, riss sie aber sofort wieder auf, als das Schiff eine schnelle Drehung nach rechts machte. Sie hielt sich krampfhaft an der Reling fest.

»Ist Ihnen nicht gut, Kollegin?« Polizeihauptmeisterin Grünberg schaute Bettina besorgt an. »Könnte noch ein bisschen unruhig werden heute.«

Bettina stöhnte kurz auf. »Geht schon.«

Grünberg deutete nach rechts. »Wir schauen uns mal diese Yacht an. Die wechselt verdächtig oft den Kurs, als wollte sie uns ausweichen. Halten Sie sich fest, gleich wird's wild.«

Die Kollegin von der WaPo hatte es kaum gesagt, da machte das Boot einen regelrechten Satz, so stark war die Beschleunigung. Bettina flogen die Haare ins Gesicht und die Gischt benetzte ihre Haut. Seltsamerweise mischte sich in ihre Angst ein Gefühl der Freiheit. Das suchten die Menschen also, wenn sie jeden Tag mit halbwegs schönem Wetter nutzten, um auf den See hinauszufahren.

Per Megafon forderte Grünberg den Bootsführer der verdächtigen Yacht auf anzuhalten. Er kam der Aufforderung erst beim zweiten Mal nach. Das Polizeiboot ging längsseits, Grünberg warf eine Leine hinüber.

»Festmachen!«, rief sie und ein junger Mann knotete das Tau an einer Verstrebung der Reling fest. Das Boot gehörte zur luxuriöseren Kategorie auf dem Bodensee. Auf dem Heck rekelten sich drei junge Frauen auf einer weißen Liegefläche. Eine war barbusig und machte keine Anstalten, sich zu bedecken. Sie schaute Thal herausfordernd an, der den Blick zu Boden senkte.

»Man glaubt es nicht«, sagte Grünberg leise zu Bettina. Dann hob die Wasserschutzpolizistin die Stimme. »Ziehen Sie sich gefälligst was an.«

»Warum?«, fragte die Frau. Sie sprach mit einem osteuropäischen Akzent.

»Ist verboten nackt sein?«

»Noch einmal«, sagte Grünberg in einem Befehlston, den man der zierlichen Person nicht zugetraut hätte. »Ziehen Sie sich etwas an, andernfalls ...«

Sie ließ offen, was passieren könnte. Während Bettina noch grübelte, welcher Ordnungswidrigkeit sich eine nackte Frau im Angesicht einer Polizeibeamtin schuldig machte, flog aus der Luke des Boots ein Handtuch an. Die Nackte schlang es sich um den Oberkörper und grinste Thal erneut an.

»Besser?«

»Viel besser«, sagte Grünberg und sprang auf das benachbarte Boot. Sie reichte Bettina die Hand, die vorsichtig hinüberkletterte. Thal folgte ihr.

»Warum sind Sie vor uns davongefahren?«, fragte Grünberg den schlanken jungen Mann mit braun gebranntem Oberkörper, der das Seil festgeknotet hatte.

»Bin ich nicht«, sagte er.

»Was soll das?«

Polizeihauptmeisterin Grünberg war keine Polizistin, die sich auf lange Diskussionen einließ. Bettina gefiel die direkte Art der Kollegin.

»Okay, okay ...« Der Mann hob grinsend die Hände. »Wir haben hier einen Dreh, der ging in seine entscheidende Phase, wenn Sie verstehen, was ich meine.«

Bettina öffnete die Tür zur Kajüte. Für einen Moment glaubte sie an eine optische Täuschung. Auf einem Bett, mehr als zwei Drittel des Raumes groß, beschäftigten sich zwei Frauen auf eindeutige Weise mit einem Mann. Auf den zweiten Blick stellte sie fest, dass hier nichts vorgetäuscht wurde, alles war handfest und echt. Die drei ließen sich von Bettina nicht von ihrem Tun abhalten. Erst auf den dritten Blick sah sie den Kameramann, der Verrenkungen machte, um jedes Detail einzufangen.

Bettina schlug die Tür wieder zu und zog Thal zurück zum WaPo-Boot.

»Hier finden wir nichts«, sagte sie. »Anscheinend sind Pornos im Luxusambiente wieder in.«

»Was du nicht sagst.« Thal grinste sie an und nickte in Richtung Heck. Die Barbusige hatte sich jetzt auch des Slips entledigt und ließ sich von einem Mann verwöhnen, während ein anderer fotografierte.

Polizeihauptmeisterin Grünberg schoss ebenfalls einige Bilder. »Zur Dokumentation«, sagte sie grinsend. »Das glaubt mir mein Mann heute Abend sonst nie.« Sie schaute sich auf dem See um. Kein anderes Boot war in unmittelbarer Nähe, sie waren von jedem Ufer mindestens fünfhundert Meter entfernt. »Erregung öffentlichen Ärgernisses kann man da wohl ausschließen«, sagte sie achselzuckend.

Grünberg löste die Leinen und das WaPo-Boot entfernte sich von der Yacht. Der Kapitän drehte gen Süden und fuhr Richtung Konstanzer Rheinbrücke.

»Kommt so etwas öfter vor?«, fragte Thal.

Grünberg lachte. »Möglich, aber ich habe es noch nie erlebt. In der Regel gibt es ja keinen Grund, ein Boot zu kontrollieren. Wenn sie klug sind, halten sie sich an die Regeln, dann können sie an Bord machen, was sie wollen. Da gibt's sicher öfter wilde Partys.«

Der Kapitän streckte seinen Kopf aus dem Fenster. »Wir haben eine Meldung. Verdächtiges Boot in Höhe von Seezeichen 6.«

»Wo ist das?«, rief Thal.

»Vor der Reichenau. Wir brettern da mal eben hin. Also gut festhalten!«

Einundsechzig

»Wir stolze Menschenkinder
Sind eitel arme Sünder
Und wissen gar nicht viel.«

Sie war bei der dritten Strophe des ›Abendlieds‹ angekommen. Sie liebte die Melodie von Franz Schubert, vor allem aber liebte sie den Text von Matthias Claudius.

Die Kleinen liebten das Lied genau wie sie. Wenn sie die ersten Worte ›Der Mond ist aufgegangen‹ sang, öffneten sie die Augen. Auch Mia folgte jetzt jeder ihrer Bewegungen. Man konnte glauben, dass sie an ihren Lippen hing. Sie hatte das Baby auf die Wickelkommode gelegt. Schutzlos nackt lag sie vor ihr. Die kleinen Ärmchen ruderten in unkoordinierten Bewegungen. Der Mund verzog sich langsam. Nicht mehr lange und sie würde schreiend Nahrung einfordern. Energie für den unbändigen Willen dieses kleinen Wesens, zu wachsen und sich die Welt anzueignen.

Diese Bestimmung des Menschen war diesem Geschöpf aber nicht gegeben. Ein gnadenloser Gott hatte gewürfelt und Mia Zacharias bekam drei Mal die Eins. Ein Wurf zwar, der ihr das Leben schenkte, aber ein wertloser, denn es sollte ihr genommen werden – und das nicht gnädig, sondern auf die grausamste Art und Weise.

Sie streichelte sanft über den Bauch der Kleinen. Sie zog die Beinchen an und gab gurrende Laute von sich.

Was hätte alles aus dir werden können, kleine Mia. Eine Lehrerin vielleicht. Eine Ärztin. Oder Astronautin. Du hattest Eltern, die ihrem Kind die Welt erschlossen und jeden Weg geebnet hatten. Auch das ein derber Scherz dieses

Gottes, vor dem die Menschen sich immer noch auf den Boden warfen. Den sie für gut hielten. Für gnädig.

Sie öffnete die knisternde Verpackung, zog das Taufhemd heraus und faltete es auseinander. Die Falten störten sie, aber sie konnte sie hier nicht herausbügeln. So gut es ging, strich sie den Stoff mit den Händen glatt. Sie schob die Hand unter den kleinen Körper, stützte den Kopf und hob Mia in die Höhe. Mit geübten Bewegungen zog sie dem Kind das Taufhemd an und legte es wieder hin. Wie gerne hätte sie die Handschuhe ausgezogen, um noch einmal die warme Haut zu berühren und zu fühlen, wie die winzigen Härchen sich bei jeder sanften Berührung aufstellten, als würden sie von einer geheimen Energie angetrieben. Sie legte eine Decke über das Kind. Sie sollte es gut haben, nicht frieren und nicht hungern.

»Ich bin gleich zurück«, flüsterte sie und ging in die winzige Küche. Sie füllte exakt die richtige Menge Milch in eine Flasche, gab das Milchpulver mit dem Maßlöffel dazu und stellte es in den Fläschchenwärmer.

Draußen kreischten Möwen, die sich um die Beute balgten.

Schade, dass sie keine Musik hören konnte. Das sollte sie noch ändern. Wie gerne hätte sie jetzt einen Choral von Bach gehört. Oder den Chor der Priester aus der ›Zauberflöte‹.

Das leise Piepen des Fläschchenwärmers holte sie aus ihren Gedanken. Sie starrte das Gerät an, als läge alle Schuld in dem Gehäuse aus Plastik und Metall, zusammengeschraubt in einer dreckigen Fabrik in China.

Wie immer in diesem Moment kroch der Zweifel in ihr hoch. Es gab nur einen Weg, ihn zu beseitigen. Sie nahm die Tasche vom Boden, zog die Papiere heraus und legte sie auf den Tisch. Sie durfte keinen Fehler machen. Ihr Handeln musste über jeden Zweifel erhaben sein.

Mit dem Finger fuhr sie die Zahlenkolonnen entlang, die für jeden Laien ein unverständliches Kauderwelsch aus scheinbar zufällig zusammengewürfelten Ziffern und Buchstaben war. Sie nahm einen Stift und markierte einige Stellen. Zahlen umkreiste sie, Buchstaben versah sie mit einem Kasten. Es entstand ein Muster wie ein auseinandergebrochenes Schachbrett.

Nach zwei Minuten ließ sie den Bleistift sinken. Es gab keinen Zweifel. Der Befund war eindeutig. Mia Zacharias hatte einen erblichen Defekt am BRCA1-Gen. Die Wahrscheinlichkeit, dass sie im Laufe ihres Lebens an der familiären Form des Brustkrebses erkranken würde, lag bei fünfundachtzig Prozent. Wahrscheinlich würde sie in jungen Jahren erkranken. Und selbst wenn sie diese erste Krankheit überstehen sollte, lag ihr Risiko für eine zweite Erkrankung bei vierundsechzig Prozent. Genauso groß war die Gefahr des Eierstockkrebses.

Sie legte die Papiere zu einem ordentlichen Stapel, ging zurück in die Küche und schaltet den Flaschenwärmer erneut ein. Mia deutete mit gurrenden Lauten an, dass sie Hunger hatte. Es würde nicht mehr lange dauern, und die Kleine würde lautstark nach Nahrung schreien.

Das Gerät piepste erneut.

Sie nahm die Flasche heraus und hielt sie sich an die Wange. Die Temperatur stimmte. Vorsichtig nahm sie das kleine braune Fläschchen aus dem Hängeschrank, wo es unauffällig neben Dosen mit Suppenkräutern und asiatischen Gewürzen gestanden hatte. Sie drehte den Plastikverschluss auf und führte eine Messerspitze hinein. Langsam entnahm sie das schneeweiße Pulver und schüttete es in die Flasche. Eine zweite Messerspitze war zwar nicht nötig, aber sie ging wie beim ersten Schützling, den sie zum Engel machen musste, auf Nummer sicher. Sie führte ein Glasröhrchen in die Flasche und rührte die Flüssigkeit gründlich um, bevor sie den Sauger aufsetzte.

Als sie zurück zum Wickeltisch ging, fiel ihr Blick noch einmal auf die Testergebnisse.

»Du brauchst keine Angst zu haben, kleine Mia. Dir wird das Schicksal erspart. Meine Annalena hatte keinen Schutzengel wie du – ich war zu schwach, um ihr zu helfen.«

»Pssst«, flüsterte sie. Das Baby schrie aus Leibeskräften.

Sie wiegte es im Arm und begann zu singen.

»Wollst endlich sonder Grämen
Aus dieser Welt uns nehmen
Durch einen sanften Tod!«

Zweiundsechzig

Das Boot durchpflügte den See mit einer Geschwindigkeit, die einem wortwörtlich den Atem nahm. Thal stellte sich in den Windschatten des Steuerhauses. Polizeihauptmeisterin Grünberg stand breitbeinig am Bug des Schiffes. Ihr Haar flatterte im Wind, man sah, wie sehr sie die rasende Fahrt genoss. Etwa zweihundert Meter abseits des Seezeichens 6 dümpelte ein älteres Kajütboot. Auf dem ›Sechser‹, wie die Fischer das Seezeichen vor der Halbinsel Höri nannten, saß ein Kormoran, der sich in die Luft hob, als das WaPo-Boot immer noch mit hoher Geschwindigkeit an das augenscheinlich führerlose Boot heranfuhr.

Thal hangelte sich an der Reling entlang nach vorne. Bettina zog es vor, im Heck zu bleiben. Sie war kreidebleich im Gesicht. Nicht seefest, dachte Thal und konnte sich ein Lächeln nicht verkneifen.

»Scheint niemand an Bord zu sein«, rief Grünberg über die Schulter.

Der Kapitän manövrierte das Polizeiboot längsseits.

»Vorsicht!«, rief er aus dem Führerhaus. »Eigensicherung beachten!«

Grünberg deutete nach links. »Warten wir lieber auf die Schweizer Kollegen. Die haben einen Notarzt an Bord genommen. Vielleicht brauchen wir den.«

Thal tippte darauf, dass Matteo Giordano, der Tessiner im Thurgauer Polizeidienst, die Weitsicht hatte, mit dem Schlimmsten zu rechnen.

»Wie lange brauchen die Kollegen?«, fragte Thal.

Die Polizistin schätzte mit einem schnellen Blick die Entfernung. »Eine halbe Minute. Höchstens.«

»Das ist zu lange.«

Thal überprüfte mit einem Blick die beiden schwankenden Planken, hielt sich mit einer Hand an der Reling fest und sprang auf das Kajütboot. Er zog die Pistole aus dem Halfter und entsicherte sie. Waren es seine Beine oder lag es an den Bewegungen des Schiffes, dass er sich so unsicher fühlte? Vorsichtig tastete er sich zum Heck des Bootes vor und sprang so leise wie möglich ins Cockpit. Die Tür zur Kajüte war verschlossen. Sollte er einen Blick durch das Fenster werfen? Oder sollte er besser sofort in die Kajüte stürmen? Er legte den Kopf an die Wand. Kein Geräusch kam aus dem Inneren. War das Boot verlassen? Kamen sie schon wieder zu spät?

Sein Herz klopfte bis zum Hals. Grünberg trat hinter ihn. »Gehen wir rein?«

Thal schaute sich um. Bettina war ebenfalls auf das Kajütboot gesprungen. Sie stand mit gezogener Waffe neben einem Bullauge; sie schien bereit, das Innere von dort unter Feuer zu nehmen. Sie nickte Thal zu.

»Ja, wir gehen rein.«

Polizeihauptmeisterin Grünberg trat einen Meter zurück. Mit einer Art Karatetritt öffnete sie die Tür der Kajüte. Thal hörte, wie das Holz zersplitterte. Es war keine Zeit, sich zu orientieren. »Hände hoch! Polizei!«, brüllte er und sprang die drei Stufen in die Kajüte.

»Rechts«, brüllte Grünberg und kam hinter ihm her.

Thal drehte sich und sah eine Frau an der Längswand. Sie wandte den Polizisten den Rücken zu. Warum hielt sie den linken Ellbogen so seltsam abgewinkelt?

»Sie hat ein Kind«, brüllte Grünberg. Thal spürte einen Widerstand im Rücken und taumelte nach vorne. Grünberg stürzte an ihm vorbei auf die Frau zu. Im gleichen Moment sprang Bettina in die Kajüte und folgte der Wasserschutzpolizistin, die ihre Waffe auf den Nacken der Frau niederkrachen ließ. Die Frau schrie auf und ging in die Knie.

Bettina ließ sich fallen und drückte den Arm der Frau zur Seite.

Thal sah das Kind. Es trug ein weißes Hemd.

»Scheiße!«, rief Bettina und entriss der Frau das Baby. »Die Flasche«, brüllte sie. Eine Zehntelsekunde später zerschellte die Glasflasche auf dem Holzboden. Weiße Flüssigkeit verteilte sich.

Bettina hielt das Baby im Arm und sprang auf. Sie rannte aus der Kajüte, Thal folgte ihr. Grünberg hatte die Situation im Griff und hielt die Frau in Schach.

»Wo ist der Arzt?«, rief Bettina?

Ein junger Mann in Notarztuniform sprang vom Schweizer Polizeiboot ins Heck des Bootes. Bettina hielt ihm das Baby entgegen, es kam Thal wie eine flehende Geste vor.

»Vermutlich hat sie schon Pentobarbital geschluckt«, sagte Bettina.

»Wie viel?«, fragte der Arzt.

Bettina zuckte mit den Schultern. »Keine Ahnung.«

Der Arzt hielt den Säugling fast zärtlich im Arm und stieg zurück auf das Polizeiboot. »Wir pumpen ihr den Magen aus«, rief er.

Matteo Giordano trat neben Bettina, die am ganzen Leib zitterte. »Gute Arbeit, Kollegin.« Er deutete mit dem Kopf auf das Polizeiboot, in dessen Innerem der Arzt mit dem Baby verschwunden war. »Die haben eine halbe Intensivstation dabei, keine Sorge. Die kriegen das hin.«

Bettina nickte stumm.

»Vorsicht!«, rief Polizeihauptmeisterin Grünberg von hinten. »Gefangenentransport.« Sie hielt die Frau am Arm, die Hände waren gefesselt.

»Frau Engels, nehme ich an.“ Thal stellte sich vor die Verhaftete. »Rita Engels«.

Die Frau zeigte keine Reaktion, sondern sah ihn aus toten Augen an.

»Wir müssen miteinander reden«, sagte Thal. »Und Sie sollten beten, dass die kleine Mia überlebt.«

»Überlebt?«, fragte die Frau krächzend. »Sie verstehen gar nichts!«

Sie drehte den Kopf nach oben.

»Die Kleine hat keine Chance.«

Dreiundsechzig

Sie hatten fast zehn Minuten lang diskutiert, wer das erste Verhör von Rita Engels führen sollte. Alle wollten dabei sein, aber Thal entschied aufgrund seiner Autorität als Kommissariatsleiter, dass Madlaina ihn begleiten sollte. Am lautesten protestierte Schober, aber Thal ließ sich nicht darauf ein. »Wir brauchen Sie später in der Pressekonferenz. Darauf sollten Sie sich vorbereiten.«

»Wie soll ich mich darauf vorbereiten, solange ich nicht weiß, ob die Kleine überlebt?«

Es wurde still. Mia Zacharias war direkt in die Klinik gebracht worden. Noch auf dem Schiff hatte der Notarzt ihr den Magen ausgepumpt, aber niemand vermochte zu sagen, ob dieser Eingriff noch früh genug erfolgte. Ihr Herzschlag war verlangsamt, ihre Atmung flach. Die Ärzte kämpften, aber keiner wagte eine Prognose.

Ein anderer Arzt hatte Rita Engels untersucht. Der Schlag auf den Nacken hatte zwar ein schmerzhaftes Hämatom verursacht, darüber hinaus aber keine ernsthaften Verletzungen hervorgerufen. Nach der Verhaftung hatte Engels nichts gesagt; nur das Angebot, sich einen Rechtsbeistand zu nehmen, hatte sie abgelehnt.

Thal und Madlaina betraten den Vernehmungsraum 3 ein paar Minuten, nachdem Rita Engels hineingeführt worden war. Sie ging aufrecht und mit festen Schritten. Ihre Miene allerdings war versteinert, als hätte sie jedes Gefühl auf dem Boot zurückgelassen. Mit einer ruckartigen Bewegung fuhr sie sich durch die dunkelblonden Haare.

Thal übernahm die Vorstellung.

Rita Engels hob den Kopf. »Eine Schweizerin?«

Thal überging die Frage und nahm direkt die Personalien auf. Rita Engels, dreiundvierzig, geschieden.

»Gehört das Boot Ihnen?« Er eröffnete die Befragung mit möglichst beiläufigem Interesse.

Rita Engels nickte.

»Ein schönes Boot. So was wird ja heute gar nicht mehr gebaut. Ich habe ein kleines Segelboot ...«

»Herr Thal!« Rita Engels schaute auf die Tischplatte, als sie ihn ansprach. »Ich weiß, worum es hier geht. Hören Sie also auf mit dem Theater und kommen Sie zur Sache.«

»Gut.« Thal zog das Fläschchen Pentobarbital aus der Tasche.

»Woher haben Sie das Gift?«

Engels schaute auf und lächelte. »Dr. Schlatter ist ein guter Mensch.«

»Sie meinen Dr. Urs Schlatter, der als Arzt die Atteste für Exodos schreibt und das Rezept für Pentobarbital ausstellt?«

Rita Engels nickte.

»Wie haben Sie Dr. Schlatter kennengelernt?«

Sie seufzte. »Das wissen Sie doch, Herr Hauptkommissar. Fragen Sie mich doch Dinge, die neu für Sie sind.«

Thal war irritiert. Das Verhör entzog sich seinem Erfahrungshorizont. Verdächtige logen, legten ein detailliertes Geständnis ab oder flehten um Gnade. Manchmal auch alles zusammen. Rita Engels schien die Zügel in der Hand behalten zu wollen. Als führte sie Regie bei dieser Befragung.

»Bitte, Frau Engels«, mischte sich erstmals Madlaina ein. »Wir müssen Sie das fragen, weil wir den Ablauf der Ereignisse so genau wie möglich dokumentieren müssen.«

Rita Engels nickte kurz mit dem Kopf. »Annalena war achtzehn, als sie die Diagnose bekam. Es war das, was wir alle befürchtet hatten, denn die Krankheit war der Fluch unserer Familie.«

»Der Brustkrebs?«, fragte Madlaina.

Rita Engels lächelte, als spräche sie über einen guten Freund. »Ja, dieser fiese, dreckige Krebs. Meine Mutter starb daran, als ich acht war. Als er meine große Schwester holte, war ich zwölf. Nur ich war gesund. Spürte nichts, fühlte mich stark. Ich bekam meine Tochter und sie war gesund. Ich glaubte, der Bann wäre gebrochen. Der Krebs hatte seine Macht über unsere Familie verloren. Und dann kam dieser Tag. Als Annalena aus dem Untersuchungszimmer kam, wusste ich, was uns bevorstand.«

Rita Engels legte die Unterarme auf den Tisch und bettete den Kopf darauf. Ihr Oberkörper hob und senkte sich im Rhythmus des Atems. »Neunzehn Monate dauerte der Kampf. Chemo, Bestrahlung, OP. Annalena wollte leben, aber dieser verfluchte Tumor hatte etwas dagegen. Dann kamen die Schmerzen und die Verzweiflung. Am Schluss die Wut, dass niemand uns helfen wollte. Kennen Sie das, Frau Veicht?«

Sie hob den Kopf. »Sie kennen die Lösung, aber niemand will sie hören.«

»Am Ende bekamen Sie dann aber doch das Attest für den begleiteten Freitod.«

»Wie sich das anhört!« Rita Engels setzte sich aufrecht hin und schniefte. »Beamtendeutsch. Und das für etwas, das man zu den positivsten Handlungen der Menschheit zählen kann. Wissen Sie, wie viel Empathie es braucht, Menschen in den Tod zu begleiten? Nur wahre Menschenfreunde bringen das fertig.«

»Aber das Medikament kam zu spät. Oder der Tod zu früh?«

Rita Engels lachte hämisch. »Zu früh? Bei Annalena wäre kein Tod zu früh gewesen. Jedes Sterben ohne Leid wäre besser gewesen als das Martyrium, das sie durchleiden musste. Wäre sie damals im Alter von sechs Jahren an der beschissenen Gräte erstickt, hätten wir uns glücklich schätzen können. Natürlich, ohne es damals gewusst zu haben.«

Thal wollte sich nicht auf eine philosophische Debatte einlassen. Sie hatten die Fakten zu klären, nicht mehr, aber auch nicht weniger.

»Wie haben Sie es geschafft, den Sterbebegleiter von Exodos zu überreden, Ihnen das Gift zu übergeben?« Thal hob das Fläschchen einen Zentimeter hoch und stellte es geräuschvoll zurück auf den Tisch.

»Ich habe es gestohlen.«

»Wie haben Sie das angestellt?«

»Annalena starb einen Tag vor dem vereinbarten Termin, an dem sie das erlösende Medikament erhalten sollte. Ich habe niemandem davon erzählt und bin zum vereinbarten Termin zum Sterbehaus gegangen. Der Sterbebegleiter war bereits dort und hatte das Gift dabei. Ich nutzte eine Unachtsamkeit seinerseits und brachte mich in den Besitz des Gifts.«

»Kommen Sie, Frau Engels«, übernahm erneut Madlaina die Befragung. »Das glaube ich Ihnen nicht. Sie sind eine intelligente, sprachgewandte Frau. Sie haben den Mann von Exodos überzeugt, Ihnen das Gift zu überlassen.«

»Ich habe nichts anderes zu sagen.« Rita Engels schaute Madlaina ins Gesicht. »Ich nutzte eine Unachtsamkeit und brachte mich ...«

»Das kennen wir«, sagte Thal. Er war sich sicher, dass Rita Engels diese Passage auswendig gelernt hatte. Genauso war er davon überzeugt, dass sie den Sterbebegleiter immer schützen würde. Sie bekämen nichts anderes von ihr zu hören, was auch immer sie versuchten.

»Wann haben Sie beschlossen, Mädchen zu entführen und ihr Blut einem DNA-Test zu unterziehen mit dem Ziel, die Säuglinge mit geschädigten BRCA-Genen zu töten?«

Rita Engels lehnte sich zurück, massierte sich mit einer Hand den Nacken und schaute Thal an. Dreißig Sekunden schwieg sie. »Als mir klar wurde, dass man Annalena ihr Leiden hätte ersparen können.«

»Indem man sie tötet?«

»Indem man sie von den Fesseln ihres Schicksals befreit. Niemand kann dem Urteil der natürlichen Bestimmung entgehen.«

»Das stimmt doch nicht, Frau Engels«, warf Madlaina ein. »Und das wissen Sie auch!«

Die Beschuldigte legte den Kopf schief und legte die Stirn in Falten.

Madlaina legte nach. »Diese US-Schauspielerin zum Beispiel. Sie hat sich beide Brüste entfernen lassen und schlägt damit ihrer ... wie haben Sie es genannt? ... ihrer ›natürlichen Bestimmung‹ ein Schnippchen.«

»Glauben Sie das wirklich?«, fragte Rita Engels.

»Natürlich.«

Engels schüttelte den Kopf. »Es mag im Moment so aussehen, aber das Urteil wird erst in vielen Jahren fallen. Wer weiß, ob die Frau nicht an Gebärmutterkrebs krepiert?«

Madlaina atmetet tief durch. Thal spürte, wie sehr sie angespannt war. Sie versuchte, wieder auf sicheres Gelände zu kommen. »Die ersten Entführungen waren einfach, aber wie haben Sie Lina Waldvogel aus dem nicht einsehbaren Garten entführt.«

»Ich habe gehört, wie eine Mutter ihr Baby beruhigte. Sie redete auf den Säugling ein, sagte, dass sie ihm ein Fläschchen machen würde. Da bin ich ums Haus gerannt, durch die offene Haustür und den Flur in den Garten und ...«

»Und Mia Zacharias? Woher kannten Sie sich so gut auf der Säuglingsstation aus?«

»Ich war oft genug in Krankenhäusern, um zu wissen, dass bei einer Visite fast alle auf der Station in einem Krankenzimmer sind. Der Rest war Zufall. Und Glück. Wenn Sie so wollen, habe ich in diesem Moment gezockt.«

»Die Schwesterntracht ...«

»Habe ich mir vorher besorgt. Das ist ein Kinderspiel.«

Rita Engels lächelte Madlaina an.

Thal schob das Giftfläschchen auf dem Tisch hin und her. »Warum haben Sie sich bei Emma, Nora, Lina und Mia an den exakt gleichen Ablauf gehalten?«

»Das wissen Sie doch längst, Herr Kommissar! Mein Handeln folgte immer der Notwendigkeit. Am Donnerstag nahm ich mir das Kind, am Freitag begann der Test, am Montag hatte ich das Ergebnis und ...«

»Am Dienstag war ein Kind lebend bei den Eltern oder lag tot auf der Reichenau.«

Rita Engels schluckte. Zum ersten Mal zeigte sie eine Reaktion.

»War es geplant, dass die Strömung das Körbchen zur Insel trug?«

»Ich bin nicht nur am, sondern noch mehr im See aufgewachsen. Er war der Ort, an dem ich Frieden fand, als meine Mutter starb, meine Schwester und ...« Ihre Stimme versagte. »Der See war immer gut zu mir. Er ist mein Freund. Ich weiß, was er tut.«

»Wie haben Sie sich gefühlt, als sie Lina Waldvogel tot in das Körbchen gelegt haben?«

»Sie haben die Tränen gefunden?«

Thal nickte.

»Dann haben Sie Ihre Antwort.«

»Sie waren traurig?«

»Natürlich. Der Tod macht traurig, auch wenn er unausweichlich ist.«

Thal wusste, dass sie nicht weiter kommen konnten. Rita Engels war gefangen in ihrem Gedankengebäude. Sie sah ihre Morde als gute Taten, die Kindern das Leid eines Krebstodes ersparten. Sie würden die Frau vor Gericht stellen und dort würde man sie entweder verurteilen und ins Gefängnis schicken, oder Rita Engels würde den Rest ihres Lebens in einer forensischen Psychiatrie verbringen. Die Frau tat ihm leid.

»Schauen Sie mich nicht so an, Herr Kommissar.« Rita Engels lächelte.

»Meine Zeit ist abgelaufen. Haben Sie sich nie gefragt, ob ich meine eigene DNA untersucht habe?«

Thal schloss die Augen und holte tief Luft. »Sie auch?«

»Natürlich.« Sie lächelte noch immer und es lag ein Glanz auf ihrem Gesicht. »Ich bin die Tochter meiner Mutter, die Schwester meiner Schwester, die Mutter meiner Tochter.«

Sie sprang auf und riss das Giftfläschchen vom Tisch. »Ich habe Glück. Nur zwei Kinder. Es ist noch genug für mich da.«

Sie riss den Verschluss von der Flasche. Schreiend brach sie zusammen.

Die Flasche war leer.

Vierundsechzig

Diesmal durften alle dabei sein. Diesen Moment sollte niemand verpassen. Wie eine kleine Prozession zogen Stephanie, Jonas, Bettina, Madlaina und Alexander zur Haustür. Bettina ging an der Spitze. Sie trug die Kleine im Arm. Mia schlief, aber es ging ihr gut. Schon auf dem Schiff war es gelungen, den Magen vollständig zu leeren. Sie hatten sie noch einige Stunden zur Überwachung behalten, aber es bestand keine Lebensgefahr. Die bereits absorbierte Dosis führte zwar zu einem langsamen Herzschlag, aber bereits nach zwei Stunden schlug das Herz wieder normal. Es gab keinen Grund, das Mädchen länger von ihren Eltern fernzuhalten.

»Moment!« Vince Abel stand an der Haustür und hielt die Gruppe auf.

»Seid ihr euch sicher, dass ihr da reingehen wollt?«

»Natürlich«, sagte Thal. »Ob du es glaubst oder nicht: Meine Leute haben verdammt gute Arbeit geleistet und wir sind stolz darauf, Mia ihren Eltern zurückzugeben.«

»Klar«, sagte der Anwalt. »Aber ihr solltet wissen, was euch dort erwartet.«

Thal zog die Stirn kraus.

Abel zog die Schultern nach oben. »Pressefotografen, zwei TV-Anstalten, nicht zuletzt Frida Sturm ...«

»Was soll das?« Thal schüttelte den Kopf.

»Du weißt, wie das ist, wenn man seine Seele verkauft?«

»Nein! Das weiß ich nicht! Und ich möchte es auch nicht lernen.«

Madlaina kam nach vorne und legte Thal einen Arm um die Taille. »Ihr solltet die Eltern nicht verurteilen. Sie hatten das Gefühl, dass niemand ihnen half. Und dann kam diese Frau Sturm und machte ihnen Mut. Am Ende seid ihr zwar die Helden, aber mit denen lässt sich auch gut Kasse machen.« Sie lachte kurz auf.

Thal drehte sich zu seinen Leuten um. »Was meint ihr? Sollen wir hinaufgehen und den Presseheinis und der Sturm eine Show liefern?«

Alle schwiegen.

»Hey, ihr seid doch sonst nicht so still.«

»Hast du Erfahrung mit Säuglingen, Vince Abel?«, fragte Bettina.

Der Anwalt schüttelte den Kopf.

Bettina seufzte. »Schade. Ich hätte dich die Kleine gerne alleine nach oben tragen lassen.«

Madlaina legte ihre Arme von hinten um Bettinas Schultern und flüsterte ihr etwas ins Ohr. Anschießend drehte sie sich um. »Es ist zu kalt für Mia hier draußen. Hat irgendjemand etwas dagegen, wenn Bettina sie alleine den Eltern übergibt?«

Niemand sagte etwas.

»Gut«, sagte Thal. Er legte Bettina und Vince Abel eine Hand auf die Schulter. »Bringt die Kleine zurück. Und macht verdammt noch mal eine gute Figur. Ich möchte euch im Fernsehen lächeln sehen.«

Bettina schaute Vince Abel an. Er fasste ihren Arm und sie betraten das Haus.

Thal klatschte in die Hände. »Okay, Leute. Wir haben was zu feiern. Ruft Fiona Lee, Restle, Grendel und meinetwegen auch Schober an. Wir gehen in den ›Weinwinkel‹. Der Abend geht auf meine Rechnung.«

Begeistertes Klatschen und Johlen trieb die Nachbarn an die Fenster.

Thal hakte sich bei Madlaina ein. »Das war's dann wohl«, sagte er.

Madlaina schaute ihn besorgt an.

Thal spürte einen stechenden Schmerz im Hals. Seine Beine gaben nach.

Langsam glitt er in die schwarze Stille.

Liebe Leserinnen und Leser,

zum Schluss möchte ich mich bei Ihnen bedanken, dass Sie diesen Roman gelesen haben, denn nur für Sie habe ich ihn geschrieben. Wie alle Autoren wünsche ich mir, dass meine Geschichten und Figuren in der Fantasie meiner Leserinnen und Leser zum Leben erwachen.

Deshalb freuen ich mich auch über jede Leserzuschrift. Schreiben Sie mir, ob Ihnen »Das Doktorspiel« oder einer meiner anderen Romane gefallen hat. Meine E-Mail-Adresse lautet:

belabolten@email.de

Leseproben aus einigen anderen meiner Krimis finden Sie im Anschluss.

In diesem Zusammenhang habe ich noch eine Bitte. Als verlagsunabhängiger Autor muss ich mich auch um das Marketing für meine Bücher selbst kümmern. Deshalb bin ich auf Ihre Unterstützung angewiesen. Sie helfen mir sehr, wenn Sie meine Bücher bei Amazon bewerten, über sie sprechen und sie weiterempfehlen. Twittern Sie über das Buch, erwähnen Sie es auf Facebook, Google+ oder anderen Plattformen.

Übrigens: Ich belohne meine treuen Leserinnen und Leser bei jeder Neuerscheinung, denn Sie können das E-Book für einige Tage zu einem äußerst günstigen Sonderpreis erwerben. Besuchen Sie meine Internetseite

http://belabolten.wordpress.com/

und abonnieren Sie dort meinen Newsletter, dann erfahren Sie rechtzeitig von diesen Aktionen.

Herzlichst

Ihr Béla Bolten

Mehr von Béla Bolten

Bettina Berg und Alexander Thal ermitteln in Konstanz am Bodensee. Alle bisherigen Fälle mit den beiden sympathischen Ermittlern erreichten Spitzenplätze in den Amazon Bestsellerlisten. Die Romane sind in sich abgeschlossen und können losgelöst von den anderen gelesen werden.

Folgende Titel sind in dieser Reihe bisher erschienen:

Leahs Vermächtnis (eine Leseprobe finden Sie unten)
Sünders Fall
Bankers Tod
Claras Schatten
Tote Mädchen weinen nicht
Aschenputtel tanzt nicht mehr
Wenn Barbies Schwestern Trauer tragen
Das Doktorspiel

Leahs Vermächtnis – Ein Berg und Thal Krimi

Kriminalhauptkommissar Alexander Thal trauert um seine Frau, die gefeierte Künstlerin Leah Braasch. Sie fiel einem Attentat zum Opfer, das ihm gegolten hatte. Thal zweifelt, ob er jemals in den Polizeidienst zurückkehren wird. Was hat seine Arbeit für einen Sinn, wenn er nicht einmal seine große Liebe vor einem Verbrechen bewahren konnte? Als er eines Morgens im Briefkasten einen an ihn adressierten Brief mit Fotos einer unbekannten, in entwürdigenden Situationen fotografierten Frau findet, wird ihm die Entscheidung abgenommen. Dies ist sein Fall. Es beginnt eine atemlose Jagd auf den Fotografen, dem im Trubel der

Fastnacht jederzeit weitere Frauen zum Opfer fallen können. Wird es Thal diesmal gelingen, die Frauen zu schützen?

Leseprobe:

Kapitel eins: Das Versprechen

Er öffnete die beiden obersten Knöpfe seines Mantels. Obwohl vom See ein kalter Wind durch die Gassen wehte und das Thermometer zu dieser frühen Morgenstunde nur drei Grad zeigte, war ihm heiß. Er fürchtete, einen glühend roten Kopf zu bekommen. Dabei hatte er sich geschworen, gelassen zu bleiben. Es gab keinen Grund, aufgeregt zu sein. Er hatte alles durchdacht, seit Monaten feilte er an seinem Werk. Bis ins kleinste Detail hatte er die Komposition geplant, nichts war mehr dem Zufall überlassen. Über jede einzelne Pose, über Mimik und Gestik hatte er intensiv nachgedacht. Jederzeit konnte er das fertige Bild vor sein geistiges Auge holen. In Sekundenschnelle stand es vor ihm in seiner unbeschreiblichen Schönheit. Das hatte die Welt noch nicht gesehen. Monumental, bedeutend, in die Zukunft weisend.

Bevor seine Gedanken sich aus der Wirklichkeit lösten, zwang er sich zur Konzentration. Er durfte jetzt nicht träumen, sich nicht am eigenen Tun berauschen. Er musste hellwach sein. Die kommenden Tage sollten die bedeutsamsten seines Lebens werden. Danach würde nichts mehr sein, wie zuvor. Heute war der letzte entspannte Tag, den er nutzen wollte, um sich mit dem Terrain vertraut zu machen.

Er bog in die Münsterstraße ein und stieß fast mit einem Fahrradfahrer zusammen, der an diesem kalten Morgen nicht mit einem Spaziergänger gerechnet hatte. Die wenigen Fußgänger gingen zielstrebig in der Mitte der Straße. Sie waren auf dem Weg zur Arbeit, zur Schule, zu einem Arzt. Morgen würde das Geschäftsleben in der Stadt auf ein Minimum reduziert. Keiner hatte einen Blick für die Auslagen der Geschäfte, wo Luftschlangen, Konfetti und mit den typischen Kostümen der alemannischen Fastnacht bekleidete Puppen auf die kommenden Tage hinwiesen. Vor einigen Läden lagen lange Holzbretter, mit denen spätestens am Donnerstag viele Händler ihre Schaufenster verrammeln würden. Zu schnell ging im Taumel der Massen etwas zu Bruch.

Fast wie vor einer Großdemonstration in Berlin, nicht fröhlich, eher bedrohlich wirkte die Szenerie. Daran änderten auch die bunten Bänder aus Stofffetzen nichts, die im Abstand von einem Meter über die Straße gespannt waren und ihr ein Dach gaben.

Monate lang hatte er über den passenden Zeitpunkt gegrübelt, bis ihm der Einfall kam, der seinem Vorhaben die Richtung gab. Eine ganze Stadt im Taumel der Sinne, was könnte seinem Plan dienlicher sein? Bisher hatte er die Fastnacht nicht gemocht. Zu grell, zu lärmig, zu zügellos - Opium für das gemeine Volk, damit es für ein paar Tage sein Elend vergaß. Nichts für Feingeister.

Jetzt aber würden ihm die tollen Tage liefern, was er als Letztes zur Vollendung seines Werkes brauchte. In den Straßen dieser Stadt würde es ihm in den nächsten Tagen gelingen, nicht zu kopieren, sondern zu erschaffen.

Als er in die Kanzleistraße einbog, trat zwei Meter vor ihm eine Frau aus einer Drogerie. Sie war kaum zwanzig und ging mit ausladenden Schritten Richtung Marktstätte. Nur mit Mühe konnte er ihr folgen. Warum rannte er hinter ihr her? »Bleib ruhig«, murmelte er. »Es ist noch zu früh.«

Erst morgen, am Mittwoch, wenn die Fastnacht ihren Anfang nahm, würde er sein Werk beginnen. Aber war es nicht oft so gewesen, dass alle Planung unwichtig wurde, wenn ihn der kreative Blitz traf, aus dem jedes Kunstwerk sein Leben erhielt, jenen besonderen Glanz, der sich später in den Augen der Betrachter widerspiegelte?

Er griff in die rechte Manteltasche und schloss die Hand um die kleine Flasche. Er wollte sie erst nicht mitnehmen, hatte sich aber ohne darüber nachzudenken anders entschieden. War das der Wink einer höheren Macht, dem zu folgen ein Künstler früher oder später lernte? Er beschleunigte seine Schritte, um die Frau nicht zu verlieren. Ihr dichtes, leicht gewelltes schwarzes Haar wippte über den Kragen der weißen Felljacke. Er hatte sie nur eine Sekunde lang von vorne gesehen, aber sie war eindeutig schlank. Ihr fester Gang ließ darauf schließen, dass sie nicht dürr war, sondern weibliche Formen und Rundungen hatte. Ging dort sein erstes Modell? Als sie an einer Galerie in Höhe des Kaiserbrunnens stehen blieb, überholte er sie. Dabei sah er für einen Moment ihr Spiegelbild im Schaufenster. In seinem Kopf überstürzten sich die Bilder. In Sekundenbruchteilen stanzte sein Gehirn die Unbekannte in das Mosaik seines Werkes. Wer war sie? Was verkörperte sie? Das Versprechen? Die Verführung? Die Hingabe? Als sein fieberhaft arbeitender Geist sie in das letzte Feld setzte, blieb er abrupt stehen.

»Stopp«, sagte er so laut, dass er erschrak. Sofort drehte er sich um. Sie hatte es nicht gehört, sondern betrachtete weiter das Schaufenster. Wie immer funktionierte es. Wenn sein Kopf zu zerplatzen schien und die Gedanken sich verselbstständigten, konnte er sich mit diesem einen Wort zur Ruhe bringen. Dem kreativen Impuls zu folgen, war gut, doch er durfte ihn nicht ins Chaos führen. Sein Werk hatte Anfang und Ende. Die Reihenfolge stand fest. Zuerst kam das Versprechen. War sie es? Das Haar, die Kleidung, die frauliche Figur passten. Die Frau drehte sich um. Sie kam direkt auf ihn zu. Fast hatte sie ihn erreicht, ehe er einen Schritt zur Seite machte. Sie lächelte ihn an und senkte leicht den Blick. In dieser unscheinbaren Geste lag, was er suchte.

Er sah aus den Augenwinkeln, dass sie das Café »Marktstätte« betrat. Er tastete erneut nach dem Fläschchen und bereute, die Wirkung nicht vorher ausprobiert zu haben. Er musste der Beschreibung auf der Internetseite vertrauen. Demnach hatte er ausreichend Zeit für sein Vorhaben.

Er atmete tief durch und spürte, dass seine Nervosität nachließ. Tiefe Ruhe stellte sich ein – wie jedes Mal, wenn er mit einem Werk begann. In dieser Sekunde war alle Falschheit aus der Welt. Alles war an seinem Platz.

Mit festen Schritten ging er auf das Café zu und drückte die Eingangstür auf.

Axel Dauts Fälle

Die zeithistorische Krimiserie um den Ermittler Axel Daut spielt während des Zweiten Weltkriegs in Berlin und verbindet auf besondere Weise Fiktion und Realität.
Bisher sind drei Bücher erschienen:
Die Romane "Codewort Rothenburg", in den Sie gerne hineinlesen können, und "Der Aufbewarier" sowie die Kurzgeschichte "Luises Schweigen".

Codewort Rothenburg

Axel Dauts erster Fall

Berlin, Frühjahr 1941. Ein mysteriöser S-Bahn-Mörder hält die Stadt in Atem. Als eine weitere Frauenleiche gefunden wird, führen die Spuren Kriminalkommissar Axel Daut aber in eine andere Richtung. Das Opfer arbeitete als Prostituierte in einem noblen Bordell. Warum will offiziell niemand etwas von diesem „Salon Kitty" wissen? Trotz Anweisung von höchster Stelle, den Fall zu den Akten zu legen, ermittelt Daut weiter und betritt eine geheimnisvolle Welt aus Spionage und rauschhafter Begierde, der auch er sich nicht entziehen kann.
Währenddessen schließt sich Dauts Ehefrau Luise ohne sein Wissen einer Widerstandsgruppe an.
Als deutsche Soldaten in Russland einmarschieren und Bomber Nacht für Nacht Tod und Zerstörung auch nach Berlin bringen, kommt es zu einem dramatischen Finale, an dessen Ende nichts mehr ist, wie es war.

"Historisch perfekt recherchiert – ein Stück NS-Alltagsgeschichte in Romanform, das ohne moralische Wertungen, ohne politisches Pathos, ohne erhobenen Zeigefinger auskommt."
(Eine Leserin bei Amazon)

'Codewort Rothenburg' ist definitiv mehr als nur ein spannender Krimi. Der Autor Béla Bolten schafft es, die Ereignisse der Zeit geschickt mit einem spannenden Kriminalfall zu verbinden.
(Wir lesen – Eure Büchercommunity)

Béla Bolten ist es mit diesem Buch brillant gelungen, ein historisches Szenario in einen mitreißenden Krimi zu packen, der einen für viele Stunden nicht mehr los lässt.
(Online Magazin Maniax)

Leseprobe

Eins

Er hatte es sich schlimmer vorgestellt. Unangenehmer. Er sollte sich entspannen, dann könnte er es sogar genießen. Die Kameraden hatten recht, Inge war hübsch. Nicht schön, aber reizvoll. Weniger ihr Gesicht, in dem die Augen etwas zu eng beieinanderstanden und die Wangenknochen zu deutlich hervortraten. Sähe man nur ihren Kopf, könnte man sie für dürr halten. Er sah an ihrem Körper herunter. Sie war alles andere als das. Der Seidenkimono war aufgesprungen, und so hatte er einen freien Blick auf ihre Brüste, ihren Bauch, ihre Beine. Ein seidiges Etwas, eher ein Nichts als ein Höschen, verbarg die Scham zwischen ihren runden Schenkeln. Sie stützte sich auf den linken Unterarm, trank einen Schluck Champagner und sah ihn herausfordernd an.

»Na, Soldat! Genug gesehen?«

Er fühlte sich ertappt. Das Blut schoss ihm ins Gesicht.

»Du bist ja vielleicht ein Held!«

Sie prustete los, und einige Spritzer Sekt trafen seine Nase.

»Wirst ja rot wie ein kleiner Junge, wenn du nur ein paar Tittchen siehst. Hoffentlich wirst du mir beim Rest nicht ohnmächtig!«

Wieder lachte sie lauthals.

»Nimm die Inge«, hatten seine Kameraden gesagt. »Die ist nicht nur hübsch, die hat auch richtig was drauf. Sachen macht die ...«

Mit seiner linken Hand umfasste er ihre rechte Brust. Inge drängte ihren Oberkörper gegen ihn.

»Na endlich. Ich dachte schon, du wolltest nie anfangen.«

Sie nestelte an seiner Gürtelschnalle und zog mit einem Ruck die Hose herunter. Als sie in seine Unterhose greifen wollte, schlug er ihre Hand weg. Sie riss die Augen auf.

»Aua, du tust mir weh.«

Er hatte zu fest zugepackt. Es war ein Reflex. Aus seinem Unterbewusstsein. Seit Jahrzehnten antrainiert.

Er lockerte den Griff.

»Tut mir leid. Aber ich kann nur ...«

»Ah, der Herr möchte bestimmen, wo's lang geht. Nur zu!«

Sie lachte, hob den Hintern an und zog mit einem Ruck ihr Höschen auf die Knöchel.

»Den Rest kannst du ja wohl selber!«

Wieder gluckste sie, und in diesem Moment wusste er, dass er dieses Lachen schon einmal gehört hatte. Inge spreizte die Schenkel, und der Anblick, der sich ihm bot, lenkte ihn augenblicklich ab. Noch nie hatte er eine Frau gesehen, die an dieser Stelle rasiert war. Das Verlangen sprang ihn an wie ein Tiger sein Opfer. Er wollte diese Frau, die sich ihm so schamlos darbot.

»Dreh dich um«, sagte er in einem barschen Befehlston.

Sie schien es als Spiel aufzufassen.

»Jawohl, Herr Leutnant! Wie der Herr Leutnant befehlen!«

Lasziv und provozierend langsam drehte sie sich auf die Seite. Er fasste sie um das Becken, hob sie hoch und brachte sie mit einem Schwung in eine kniende Position. Sie stöhnte auf, es klang nicht schmerzhaft. Mit der Hand fuhr sie sich zwischen die Schenkel, und er spürte stechend, wie groß seine Lust war. Die Hose hatte sich an seinen Beinen verheddert, und er brauchte einige Zeit, sie abzustreifen. Als er seine Unterhose nach unten zog, drehte sie den Kopf.

»Nun mach schon, oder willst du ...«

Ihre Augen weiteten sich, und die Backen fielen in sich zusammen.

»Was ist das denn?«

Sie kreischte mehr als sie sprach und beendete den Satz mit einem hohen, fast quietschenden Kiekser. Sie blickte ihn direkt an. Wieder lachte sie schallend und brüllte los, wobei ihre Stimme fast eine Oktave tiefer zu sein schien als zuvor:

»Das kann doch gar nicht wahr sein. Wann habe ich denn so was das letzte Mal gesehen? Muss schon lange her sein! Das glaubt mir kein Mensch.«

In diesem Moment erinnerte er sich an alles. Er hatte einen Fehler gemacht. Einen folgenschweren Fehler.

Er griff in ihr dichtes, schwarzes Haar und drehte mit einem kräftigen Ruck ihren Kopf nach vorne. Sie schrie auf. Diesmal vor Schmerz. Er verschloss ihren Mund mit seiner Hand. Mit Verwunderung spürte er, dass seine Lust nicht nachgelassen hatte.

»Sei still und tu deine Arbeit«, zischte er.

Dann drängte er sich an sie. Er wusste, dass er die Sache zu Ende bringen musste.

Mörderische Alibis

Die neue Krimireihe von Béla Bolten.
Frech. Anders. Spannend.

Alibi für ein Todesspiel
Leo Liebig hat eine geniale Geschäftsidee: eine Alibi-Agentur. Gegen stattliches Honorar ermöglicht er untreuen Ehemännern stressfreie Liebesabenteuer.
Doch gleich der erste Auftrag wird zum Desaster. Der als Double für den Auftraggeber engagierte Schauspieler liegt ermordet in seinem Hotelzimmer. Leo gerät in den Fokus der Mordermittlungen.
Und dann ist da noch seine neue Mitarbeiterin. Jule Haller erweist sich als außergewöhnlich – und das in jeder Hinsicht. Sie ist taff, sie ist attraktiv und sie sitzt im Rollstuhl.
Schaffen es die beiden, sich zu einem Team zusammenzuraufen und den verzwickten Fall zu lösen?

Leseprobe

Eins

»Verdammt, du Idiot! Kannst du nicht aufpassen?«

Leo drehte sich nach dem Radfahrer um, der immer noch vor sich hin fluchte und ihm mit ausgestrecktem Mittelfinger zeigte, was er davon hielt, einem Spaziergänger ausweichen zu müssen.

Daran würde Leo sich gewöhnen müssen. In Münster waren die Radler die Herren im Verkehr, als Fußgänger störte man nur. Am besten legte er sich auch einen Drahtesel zu, von denen jeder Münsteraner angeblich sogar zwei besaß: einen für die alltägliche Fahrt zur Arbeit und einen für die sonntägliche Tour ins Grüne. Der Weg vom Büro in der Hammer Straße bis zum Cheruskerring war auf jeden Fall viel zu lang, um ihn Tag für Tag zu laufen und mit den Feinheiten des städtischen Busverkehrs hatte er sich noch nicht vertraut gemacht. Bevor er sich mit solchem Organisationskram beschäftigte, würde er erst mal den heutigen Abend bei ein paar gepflegten Bierchen gebührend feiern. Die hatte er sich echt verdient, immerhin hatte er gerade den ersten Auftrag an Land gezogen – und das, obwohl sein Laden noch nicht einmal richtig eröffnet war. Zugegeben, als Moritz ihm von den Anzeigen auf Google erzählte und dabei tat, als handelte es sich um eine Wunderwaffe bei der Kundenbeschaffung, hatte er es für eine typische Übertreibung eines Anwalts gehalten. Die Rechtsverdreher waren schließlich Meister darin, nur unter dem Mikroskop sichtbare Erkenntnisse derart aufzublasen, dass sie selbst ein kurzsichtiger Rentner als lebensrettende Wahrheit erkennen konnte. »Von nichts kommt nichts« gehörte zu den Standardsprüchen, die sein Kumpel aus Studientagen bei jeder passenden und unpassenden Gelegenheit zum Besten gab.

Diesmal hatte Moritz aber nicht übertrieben, auf jeden Fall hatten sich die in die Google-Werbung investierten hundert Euro bereits heute bezahlt gemacht.

Leo drückte die Hand auf die Brust und spürte das Knistern der Scheinchen in der Innentasche des Jacketts mehr, als dass er es hörte. Schon erstaunlich, was manche Männer bereit waren zu investieren, nur damit ihre Gattin nichts von den amourösen Nebenschauplätzen mitbekam, auf denen sich die Herren regelmäßig tummelten. Dieser

Typ hatte sich zwar erst naserümpfend im Büro umgesehen, Leos Geschäftsräume entsprachen wohl nicht seinem Standard. Im Grunde machte ihn das sympathisch, Leo hätte selbst am liebsten bei der ersten Besichtigung der Räume auf dem Absatz kehrtgemacht. Kein Wunder, dass der Vormieter, eine Versicherungsagentur, Pleite gemacht hatte, die Möbel stammten aus den Siebzigern und der Mief dieser Zeit hing in jeder Pore der abgewohnten Sitzgruppe. Leo roch den Angstschweiß der Versicherten, die hier auf eine positive Abwicklung ihres Schadensfalles hofften. Für repräsentativere Büroräume fehlte ihm aber das Geld, außerdem hatte es ihm der Lagerraum im Hof angetan. Wo sollte er so etwas zu einem annehmbaren Preis sonst finden, Münster war ein teures Pflaster.

Zum Glück hatte der Mann seine Abneigung überwunden und sich überzeugen lassen, dass sein Gegenüber ein erfahrener Alibibeschaffer wäre. Wenn der wüsste!, dachte Leo und lachte lautlos. Zum Glück war es keine komplizierte Angelegenheit, sondern genau das, was er sich erhofft hatte. Dieser Jakob Kaiser würde sich heute Nacht mit einer Geliebten an einem unbekannten Ort treffen. Seiner Frau erzählte er etwas von einer Dienstreise nach Münster, die er nach seiner Rückkehr mit entsprechenden Hotelrechnungen und Quittungen belegen würde. Nur, dass nicht er selbst unter dem Namen Kaiser im Hotel nächtigen, in einem der besseren Restaurants zu Abend essen und in der Hotelbar einen Schlummertrunk nehmen würde.

Eine einfache Angelegenheit, sah man davon ab, dass nicht viel Zeit blieb, alles vorzubereiten. Trotzdem sollte normalerweise alles glattgehen. Vorausgesetzt, Thees machte seinen Job. Leo drückte die schwere Eichentür zum

›Café Klatsch‹ auf. Drinnen war es noch wärmer als draußen, dazu kam ein schwerer, süßer Duft nach überzuckerten Torten und verbranntem Kaffee. Thees saß an einem dunklen Eichentisch und rührte mit einem winzigen Kaffeelöffel in einer Tasse, den kleinen Finger der klobigen Hand seltsam affektiert abgespreizt. Als er Leo erblickte, ließ er den Löffel auf die Untertasse fallen, sprang auf und breitete die Arme aus. Er hatte ordentlich an Gewicht zugelegt, wirkte aber eher massig als fett.

»Leo Liebig! Das muss doch mindestens zehn Jahre her sein!«

»Eher fünfzehn.«

Thees schloss Leo in die Arme und erdrückte ihn fast.

Leo brauchte ein paar Sekunden, um sich von der übertrieben enthusiastischen Begrüßung zu erholen. Sie waren nie enge Freunde gewesen, hatten während des Studiums hin und wieder miteinander gezecht, sich danach aber bald aus den Augen verloren. Er hätte auch heute keinen Gedanken an seinen ehemaligen Kommilitonen verloren, wäre da nicht dieser Auftrag, bei dem nichts schiefgehen durfte. Kaiser hatte weitere Jobs in Aussicht gestellt, vorausgesetzt, dass heute alles klappte. Er führte wohl ein ausschweifendes außereheliches Liebesleben. Auf jeden Fall konnte es nicht schaden, einen professionellen Schauspieler zu engagieren, Kaisers Rolle zu spielen. Thees war sicherlich kein strahlender Bühnenheld, aber dafür sollte es reichen.

Leo bestellte einen »Kaffee mit«, was der Kellner mit einem mehr gegrunzten als artikulierten »Sehr wohl« quittierte, und selbst das lag wohl nur daran, dass Leo sich durch die Bestellung als Stammgast zu erkennen gegeben hatte. Beim ›Kaffee mit‹ handelte es sich im ›Klatsch‹ um einen Kaffee mit Sahne und einem Schuss Marillenlikör.

»Cooler Laden«, meinte Thees.

Leo schluckte die Entgegnung herunter, das ›Café Klatsch‹ sei alles andere als das. Die Einrichtung war wie die Stammgäste in die Jahre gekommen, die Kellner bedienten mit einer steifen Korrektheit, die leicht als Arroganz ausgelegt werden konnte, und auch das Angebot war nicht mit der Zeit gegangen, es gab nicht einmal eine Espressomaschine. Kaffee wurde hier noch gefiltert wie zu Omas Zeiten und der Kuchen war weder vegan noch glutenfrei. Und selbst der Name war kein anbiederndes Wortspiel, sondern ging auf den ersten Besitzer Otto Klatsch zurück, dessen Schwiegersohn Gerd zwar nicht mehr den passenden Namen, aber den gleichen muffigen Gesichtsausdruck trug.

Leo wartete, bis der Ober den Kaffee serviert hatte, obwohl er registrierte, dass Thees seine Ungeduld nur mühsam zügeln konnte. Vermutlich hatte sich da in den letzten fünfzehn Jahren nichts geändert und der Schauspieler war wie immer knapp bei Kasse.

»Du hast dich also selbstständig gemacht?«, beendete Thees das Schweigen. Da Leo nur wortlos nickte, setzte er ungeduldig hinzu: »Lass dir doch nicht alles aus der Nase ziehen! Was zum Teufel habe ich mir unter einer Alibiagentur vorzustellen?«

Leo zuckte mit den Schultern. »Na, was wohl?«

Thees lachte auf. »Schon klar. Untreue Ehemänner brauchen eine Erklärung, warum sie unbedingt außer Haus nächtigen müssen!«

»Schnellmerker«, sagte Leo und trank einen großen Schluck vom heißen Kaffee. Fast hätte er sich verschluckt; der Wirt hatte nicht am Schnaps gespart.

»Hast du heute Abend Zeit?«

»Klar, Leo. Für dich doch immer!«

Das Leuchten in seinen Augen deutete Leo nicht als Zeichen freundschaftlicher Rührung, sondern als Hoffnung auf eine satte Entlohnung.

»Gut. Dann beziehst du in zwei Stunden ein Zimmer im ›Hotel Krautkrämer‹, das unter diesem Namen reserviert ist.«

Er schob Thees einen Zettel zu, auf dem er Kaisers Daten notiert hatte.

»Krautkrämer?«, fragte der Schauspieler ungläubig.

Leo nickte. Einen derartigen Nobelschuppen hatte Thees bestimmt seit Jahren nicht mehr von innen gesehen.

»Beim Check-in wird man dich nach einer Kreditkarte fragen.«

Er beugte sich vor und schaute seinem Gesprächspartner in die Augen. Er musste sich sicher sein, dass er die folgenden Instruktionen genau verstand. »Du sagst, dass dir gestern deine Brieftasche mit allen Papieren, Kreditkarten und so weiter gestohlen worden ist, du hättest den Verlust bereits angezeigt. Du kannst das ruhig ein bisschen ausschmücken.«

Leo rechnete damit, dass der Hotelportier seinem Gast voller Mitleid begegnen würde. Der Verlust von Papieren und Kreditkarte ist schließlich der Albtraum aller Reisenden.

»Klar«, antwortete Thees einsilbig und starrte dabei auf das Blatt mit Kaisers persönlichen Daten. Er war so konzentriert, dass er zusammenzuckte, als Leo auf das Papier tippte. »Hier findest du auch den genauen Ablauf des Abends.«

Thees hielt den Kopf leicht schief, während er die weiteren Erläuterungen las, und leckte sich über die Lippen, als freue er sich schon jetzt auf die in den knappen Anweisungen verborgenen Genüsse.

»Halte dich genau an den Ablauf und die Zeiten, hörst du!«

»Klar.« Augenscheinlich war das seine Standardantwort. »Und wie bezahle ich das alles?«

Leo lächelte. Endlich kam der Schauspieler zur Sache.

»Cash natürlich.«

»Dachte ich mir.«

Leo trank den letzten Schluck und grinste Thees an, der unruhig auf seinem Stuhl hin- und herrutschte.

»Wie sieht es mit einem Vorschuss aus? Ich bin ein bisschen knapp im Moment.« Er biss sich auf die Unterlippe. »Theaterferien, du verstehst?«

»Klar«, sagte Leo. Er griff in seine Jackentasche und zog einen der Scheine heraus, die Kaiser ihm gegeben hatte. Thees bekam Stielaugen; einen Fünfhunderter sah man nicht alle Tage. Leo faltete den Schein zwei Mal und hielt ihn dem Schauspieler zwischen Zeige- und Mittelfinger hin. »Das dürfte für die Spesen und dein Honorar großzügig bemessen sein.«

Thees nahm den Schein und steckte ihn hastig in die Brusttasche seines Hemds. »Na ja, so ein Menü im ...«

»Geschenkt«, sagte Leo. Er hatte sich vorher über die Preise in der ›Villa Medici‹ informiert. Selbst wenn Thees nur die teuersten Gerichte auf der Karte wählte und später in der Bar noch ein paar edle Spirituosen kippte, dürften zwei- bis dreihundert Euro Honorar übrig bleiben. Viel zu viel für den Job, aber er wollte sich den Schauspieler warmhalten. Es kamen sicher auch noch schwierigere Aufgaben.

»Brauchst du eine Quittung?« Thees strich fast zärtlich mit der Hand über die Brusttasche, eine Geste, die Leo gut nachvollziehen konnte.

»Du lässt dir natürlich überall Quittungen ausstellen, die gibst du mir, wenn wir uns morgen Vormittag in meinem Büro treffen.« Er schrieb die Adresse auf die dünne Serviette, die man im ›Klatsch‹ zum Kaffee servierte, und machte sich eine gedankliche Notiz, unbedingt Visitenkarten in Auftrag zu geben. »Dein Honorar ist netto!«

Er sah die Erleichterung in Thees' Gesicht und nickte. Er wusste, was so ein unerwarteter Geldsegen bedeuten konnte.

»Zeit, dass du loskommst«, sagte Leo und stand auf. »Wie kommst du nach Hiltrup?«

»Mit dem Auto.«

»Klar.«

Thees grinste. »Kann ich dich irgendwo absetzen?«

»Nee, lass mal. Ich brauche noch ein bisschen frische Luft.«

Als Thees Anstalten machte, Leo auch zum Abschied mit seinem Würgegriff zu umarmen, nickte er ihm nur kurz zu und ging schnellen Schrittes aus dem Café. Die Rechnung überließ er dem Schauspieler. Dessen Spesenkonto war schließlich gut gefüllt.

14748940R00174

Printed in Poland
by Amazon Fulfillment
Poland Sp. z o.o., Wrocław